을 유 세 계 문 학 전 집 · 4 6

무사시노 외

무사시노 외

武藏野

구니키다 돗포 지음 · 김영식 옮김

❀ 을유문화사

옮긴이 **김영식**

중앙대학교 일어일문학과를 졸업했다. 2002년 계간 『리토피아』 신인상(수필)으로 등단했다. 옮긴 책으로 『기러기』, 『라쇼몽』, 『나는 고양이로소이다』 등이 있고, 저서로 『그와 나 사이를 걷다 - 망우리 비명으로 읽는 근현대 인물사』가 있다.

을유세계문학전집 46
무사시노 외

발행일 · 2011년 8월 10일 초판 1쇄 | 2023년 9월 25일 초판 3쇄
지은이 · 구니키다 돗포 | 옮긴이 · 김영식
펴낸이 · 정무영, 정상준 | 펴낸곳 · (주)을유문화사
창립일 · 1945년 12월 1일 | 주소 · 서울시 마포구 서교동 469-48
전화 · 02-733-8153 | FAX · 02-732-9154 | 홈페이지 · www.eulyoo.co.kr
ISBN 978-89-324-0376-2 04830 978-89-324-0330-4(세트)

차례

겐 노인

상

　도쿄에서 내려온 젊은 교사가 사이키(佐伯) 마을 학교에서 어학을 가르친 지 어언 일 년, 그는 한가을에 와 한여름에 떠났다. 초여름, 그는 읍내에 사는 것이 싫어서 반 리쯤 떨어진 가쓰라(桂)라고 하는 항구 마을로 이사하여 그곳에서 학교에 다녔다. 그렇게 해변에 머물기를 한 달, 그동안 서로 말을 틀 수 있을 정도로 친해진 사람은 한 손으로 충분히 헤아릴 정도로 적었다. 그중 중요 인물이 하숙집 주인아저씨였다. 어느 날 저녁, 비가 내리고 바람이 불어 해변의 바위에 부딪히는 파도 소리도 거칠게 들려오니, 원래 홀로 있기를 좋아하며 말수도 적은 교사 역시 이날만큼은 몹시 쓸쓸하다는 생각에 이층의 자기 방에서 내려와 주인 부부가 편히 발을 뻗고 쉬고 있는 마루로 왔다. 주인 부부는 등불을 켤 생각도 하지 않고 어슴푸레한 어둠 속에서 부채로 모기를 쫓으며 몇 마디 나누다가, 교사를 보고 별일도 나 있나는 듯 선뜻 자리를 내주었다. 저녁 바람에 날리는 빗방울이 간간이 얼굴에 닿아도 기분 좋게 맞으며 세 사람은 이런저런 세상 이야기의 꽃을 피웠다.

그 후 교사가 도쿄로 돌아간 지 몇 년의 세월이 지난 어느 겨울밤, 한 시가 넘은 깊은 밤에 그는 혼자 책상에 앉아 편지를 쓰고 있다. 고향의 친구에게 보내는 것이다. 수심에 찬 창백한 얼굴이 이 밤에는 두 뺨도 불그스레 상기된 듯 때때로 어딘가를 응시하는 시선은 안개에 쌓인 무언가를 찾아내려는 듯하다.

안개 속에는 한 사람의 노인이 서 있다.

교사는 펜을 내려놓고 쓴 글을 다시 읽었다. 그리고 눈을 감았다. 그러나 밖으로 감은 눈은 다시 안으로 떠지며 보이는 것은 또 그 노인. 편지에는 이렇게 적혀 있다. "주인아저씨는 담담하게 그 노인의 이야기를 하였다네. 별로 대단치도 않은 평범한 인생, 그런 노인은 산중이나 해변, 어디를 가더라도 흔히 볼 수 있을 것이네. 그렇지만 나는 어찌하여 그 노인을 잊을 수 없을까? 내게는 그 노인이 마치 누군가를 마음속에 숨겨 아무도 열 수 없는 상자처럼 생각되네. 이것은 내가 늘 그 노인을 궁금해 하였기 때문일까? 그럴지도 모르지만 어쨌든 나는 그 노인을 생각할 때면, 멀리서 들려오는 피리 소리에 고향을 그리워하는 나그네의 심정, 또는 고상한 시 한 구절을 읽고 한없는 창공을 우러러보는 그런 심정이 된다네."

그렇지만 교사는 노인에 관해 자세히 알지 못했다. 주인아저씨에게 전해 들은 말은 대략적인 내용일 뿐. 주인아저씨는 교사가 왜 노인에 대해 그렇게 듣고 싶어 하는지 그 마음을 헤아리기 어려웠지만, 묻는 말에 선선히 대답해 주었다.

"이 항구는 사이키 마을에 잘 어울리지. 보다시피 집도 몇 채 없고 인구 역시 스무 명도 되지 않아 늘 오늘 밤처럼 쓸쓸하다네. 그렇지만 겐 씨네 집 한 채가 해변에 홀로 서 있던 그 옛날의 쓸쓸함을 생각해 보게. 그 집 옆에 선 커다란 소나무는 넓은 신작로가 생긴 지금 여름마다 시원한 그늘을 나그네에게 빌려 주고 있지만, 십여 년 전에는 바다에서 밀려온 파도가 때때로 소나무 밑동을 씻어 내렸지. 읍내에서 온 이들은 겐 씨의 나룻배를 타지 않으면 바다로 돌출한 바위 때문에 오도 가도 못하였어. 지금은 화약의 힘으로 그 험한 바위도 깨져 없어졌지만.

아니, 그도 어찌 처음부터 홀몸이었겠나.

곱게 생긴 마누라가 있었지. 이름은 유리(百合)라 하고 오뉴도(大入島) 출신이라네. 세상 소문 반은 거짓이라고 하지만 이것만은 사실이라며 겐 씨가 어느 밤에 술에 취해 말하는 것을 들었다네. 그가 스물여덟인가 아홉 때의 어느 봄날, 밤이 깊어 묘견사(妙見寺)의 등불도 다 꺼졌을 때, 똑똑 하고 문을 두드리는 사람이 있었지. 겐 씨가 일어나 누구냐고 묻자, 섬까지 태워 달라고 하는 여자의 목소리가 들렸어. 저무는 달빛에 내다본즉 예전부터 낯익은 오뉴도의 유리라는 처녀였던 게지.

그 시절 도선(渡船)을 업으로 하는 사공은 많았지만, 겐 씨는 온 마을에 유명하였다네. 그건 그가 호방한 사나이라는 것도 그랬지만 달리 깊은 늦이 있었는데, 사네에게도 들려주고 싶은 것이 그 시절 겐 씨의 노랫소리라네. 사람들은 그가 노를 저으며 부르는 노래를 듣고 싶어 일부러 그의 배를 골라 탔지. 그렇지만 말수가 적은 것은 그때나 지금이나 마찬가지였고.

섬 처녀가 무슨 생각으로 그런 늦은 밤에 겐 씨에게 배를 부탁하였는지, 그거야 하늘에서 내려다보고 계시는 묘견보살님만이 아는 비밀이겠지. 배를 띄우고 서로 무슨 말을 나누었는지 물어보면 취하여도 말수가 적은 그는 그저 이마에 깊은 주름을 짓고 웃을 뿐인데, 그 웃음이 왠지 슬프게 보여 마음이 아팠다네.

겐 씨의 노랫소리는 더욱 청명해졌다네. 그렇게 젊은 부부의 행복한 세월은 꿈보다도 덧없이 흘러갔지. 외아들 고스케(幸助)가 일곱 살 때, 아내 유리는 둘째 아이를 낳다가 끝내 저 세상으로 가 버렸다네. 읍내의 어떤 사람이 고스케를 데려가서 어엿한 상인으로 키워 주겠다고 했으나, 사랑하는 아내와 사별하고 다시 외아들마저 떨어져 사는 것은 견디기 힘들다며 거절했다네. 원래 말수가 적은 그는 그때부터 더욱 말이 없어지고 웃는 일도 드물어지고, 술의 힘을 빌리지 않으면 노를 저어도 노래를 잘 하지 않게 되어, 어쩌다 저녁 달빛 부서지는 다이고 강(醍醐江)에서 낭랑하게 노래하는 목소리가 아주 구슬펐다네. 그건 듣는 이의 마음이 그래서였을까. 아니, 아내를 잃어 원기 넘쳤던 그의 마음이 산산이 깨져 버렸던 게지. 비가 부슬부슬 내리는 날에는 쓸쓸한 집에 고스케 혼자 남겨 두는 것이 불쌍하다고 손님과 함께 배에 태워서 가면, 사람들이 모두 불쌍하게 여겼지. 그래서 자기 자식들 선물로 읍내에서 사온 과자 봉지를 뜯어 그 아이에게 나눠주는 아낙네도 적지 않았다네. 아버지는 늘 못 본 척하며 고맙다는 말도 하지 않았지만, 너무도 슬픈 나머지 그러려니 하고 밉게 보는 사람도 없었지.

그렇게 두 해가 흘렀네. 항구 공사가 거의 끝나갈 때, 우리 부부는 섬에서 이곳으로 이사와 이 집을 짓고 지금의 일도 시작하였지. 산등성이는 깎여 길이 뚫리고, 겐 씨 집 앞에는 지금의 신작로가 생기고 아침저녁으로 두 번 기선의 기적 소리가 울리니, 옛날에는 그물조차 말리지 못하던 험한 해변이 금세 지금의 모습으로 바뀌었다네. 그렇지만 겐 씨의 뱃일은 옛날 그대로였지. 포구와 섬 사람들을 태우고 읍내를 왕래하는 것은 전과 다를 바 없었어. 옛날에 비해 항구가 열리고 신작로가 생겨 사람의 왕래도 잦아져 이곳도 번잡한 속세로 바뀐 것을 그는 기뻐하지도 슬퍼하지도 않는 모습이었다네.

그리하여 다시 삼 년의 세월이 흘렀네. 고스케가 열두 살 때, 동네 아이들과 바닷가에서 놀다가 잘못하여 그만 물에 빠져 버렸는데, 그 모습을 본 아이들은 무서워서 그냥 도망쳐 버려 아무도 이 일을 어른들에게 알리지 않았어. 저녁이 되어도 고스케가 돌아오지 않아 놀라서 우리도 함께 찾으러 나갔을 때는 이미 늦어, 그 불쌍한 시체는 참으로 희한하게도 겐 씨의 배 밑에 가라앉아 있었던 게야.

그는 그 후로 결코 노래를 부르지 않았지. 친한 사람과도 말을 나누는 것을 피하게 되었다네. 말도 없이 노래도 부르지 않고 웃지도 않으며 세월을 지내다 보면, 그 어느 사람이라도 세상에서

잊히고 마는가 보네. 겐 씨가 배를 젓는 것은 옛날과 다를 바 없었지만, 포구 사람들은 겐 씨의 배에 타도 겐 씨가 세상에 있다는 것을 잊게 되었지. 이렇게 말하는 나도 때때로 겐 씨가 그 둥근 눈을 반쯤 감고 노를 저어 돌아오는 것을 볼 때, 겐 씨가 아직 살아 있구나 생각할 때도 있다네. 그가 누구냐고 물은 사람은 자네가 처음일세.

그렇군. 불러서 술을 마시게 하면 어느덧 노래도 하게 되지. 그렇지만 그 노래의 뜻은 알기 어려웠어. 아니, 그는 중얼거리지도 않고 똑같은 말을 반복하지도 않고 단지 때때로 큰 한숨만 내쉴 뿐이니 불쌍하다 생각지 않을 수 있겠나……."

하숙집 주인아저씨가 교사에게 해준 말은 이뿐이었다. 교사는 도쿄에 돌아간 뒤에도 겐 노인을 잊을 수 없었다. 등잔 밑에 앉아 빗소리를 듣는 밤에는 때때로 이 가련한 노인에게로 생각이 옮아갔다. 생각건대 겐 노인은 지금 어떻게 지낼까? 파도 소리를 들으며 그 옛날 봄밤을 회상하며 홀로 화롯가에서 둥그런 눈을 지그시 감고 있지 않을까? 아니면 오로지 고스케만 생각하고 있을까……? 그러나 교사는 알지 못했다. 그가 그렇게 생각하며 지내던 어느 해의 겨울밤, 노인의 무덤에는 진눈깨비가 쌓이고 있었다는 것을.

젊은 교사가 시를 읽는 마음으로 기억의 페이지를 들추고 있는 사이, 노인의 신상에는 더욱 슬픈 일이 생겨 마침내 그는 저 세상 사람이 되었던 것이다. 그리하여 교사의 시는 마지막 한 구절이 빠진 것이 되어 버렸다.

중

　사이키의 학생들이 어학 선생을 가쓰라 항의 부두에서 배웅하던 그 해도 저물어 다음 해 일월 말, 어느 날 겐 노인은 용무가 있어 아침부터 읍내로 나갔다.

　하늘이 잔뜩 흐려 눈이 내릴 듯하다. 눈은 이 지방에서 보기 드문 것이니 그날의 추위는 능히 짐작할 수 있으리라. 산촌이나 어촌 사람들 모두 강이나 바다에서 나룻배를 타고 읍내로 들어가 일을 보는 것이 사이키 지방 사람들의 관습이라 반조 강(番匠川)의 나루터에는 많은 나룻배가 모여 들어 사람들은 타고 내린다. 어촌 사람은 노래하고 산촌 사람은 소리치며 늘 북적이지만, 오늘은 쓸쓸하게도 강물 위로 회색 구름만 비칠 뿐이다. 큰길도 모두 한적하여 어두컴컴한 처마 밑을 오가는 사람들 끊어지고, 돌이 많은 골목길은 꽁꽁 얼어 있다. 산기슭에서 울린 종소리가 구름을 지나 이끼가 허옇게 낀 기와지붕이 늘어선 읍내의 끝에서 끝까지 서글픈 음색으로 떠도는 모습은 마치 고기가 살지 않는 호수의 한가운데에 돌 하나를 던져 놓은 것 같다.

　명절 같은 큰 날에 무대가 만들어지는 넓은 사거리에는 핏기 없는 얼굴의 가난한 집 아이들이 뛰어놀고, 어떤 아이는 품에 손을 넣고 서 있다. 그곳에 한 거지 아이가 다가왔다. 한 아이가 "기슈야, 기슈야" 하고 불렀지만 돌아보지도 않고 지나간다. 언뜻 보기에 나이는 열대여섯쯤. 흐트러진 머리칼은 목을 덮고 얼굴은 길고 홀쭉하며 아래턱이 튀어나왔다. 눈빛이 흐리고 눈동자도 느리게 움직여 어디를 바라보나 멍한 눈길이다. 몸에 걸친 것은 오로지 겉옷 하나, 짧고 남루한 옷자락은 젖은 채로 무릎을 겨우 가리고 있다. 소매 밖으로 여치 다리 같은 팔꿈치를 드러내고 덜덜 떨며 걸어간다. 이때 저쪽에서 다가오는 사람이 있으니 바로 겐 노인이다. 두 사람은 사거리 한가운데에서 마주쳤다. 겐 노인은 둥그런 눈을 크게 뜨고 거지를 바라보았다.

"기슈야!" 하고 부르는 노인의 목소리는 낮지만 굵었다.

어린 거지는 멍한 눈을 들어 마치 돌이라도 보듯 겐 노인의 눈을 보았다. 두 사람은 잠시 눈을 마주하고 섰다.

겐 노인이 소맷자락을 더듬어 댓잎으로 싼 주먹밥 하나를 꺼내 기슈 앞으로 내밀자, 거지는 품에서 그릇을 꺼내 그것을 받았다. 주는 사람도 말이 없고 받는 사람도 말이 없이, 서로 기쁘게도 불쌍하게도 생각지 않는 듯한 모습이다. 기슈는 그대로 지나가 뒤도 돌아보지 않고 가는데, 겐 노인은 그 뒷모습이 모퉁이를 돌아 사라질 때까지 바라보았다. 하늘을 올려다보니 내릴 듯 말 듯 눈이 한두 송이 날린다. 겐 노인은 다시 한 번 거지가 가 버린 쪽을 바라보며 한숨을 쉬었다. 아이들이 뒤에서 웃음을 삼키며 수군거렸으나 노인은 알 리가 없다.

겐 노인이 집에 돌아온 것은 저녁 무렵이었다. 집의 창은 길을 향해 나 있지만 열린 적이 없어, 그렇지 않아도 어두운 곳에 노인은 등불도 켜지 않고 화로 앞에 앉아 손가락이 굵은 양손을 얼굴에 대고 머리를 숙이고 한숨을 쉬었다. 화로에는 마른 가지가 한 움큼밖에 없다. 가느다란 가지에 촛불같이 작은 불이 피었다가 꺼졌다가 한다. 불이 피었을 때는 잠시 환하다. 노인의 그림자가 크게 벽에 비쳐 움직이고 그을린 벽 위로 목판화가 떠오른다. 고스케가 대여섯 살 때, 아내 유리가 고향에서 가져온 것을 벽에 붙여 놓은 것이 십여 년의 세월이 지나 지금은 거무스레 변했다. 오늘 밤은 바람도 없어 파도 소리도 들리지 않는다. 집 주위에서 무언가 속삭이는 소리가 나 노인은 귀를 기울인다. 그것은 진눈깨비 내리는 소리다. 겐 노인은 잠시 쓸쓸한 그 소리에 귀를 기울였으나 이내 한숨을 크게 쉬고 집안을 둘러보았다.

기름등잔에 불을 붙여 들고 문 밖으로 나가니 추위가 뼈에 스며드는 듯, 겨울밤 추위에 노질쯤이야 힘들 것 없다고 자신하는 몸에도 소름이 끼친다. 산은 검고 바다는 어둡다. 불빛이 닿는 곳까지 눈송이가 반짝거리며 내리는 것이 보인다. 땅은 꽁꽁 얼었다. 이때, 청년 둘이 말을 나누면서 읍내 쪽에서 오다가 등을 들고 문 앞에 서 있는 노인을 보고 "겐 할아범, 오늘 밤은 되게 춥네요" 하고 말했다. 노인은 단지 그렇다고 대답할 뿐 눈길은 읍내 쪽으로 향하고 있다.

좀 지나서 청년 중 한 사람이, 늘 그렇지만 오늘 밤 겐 할아범 꼴이 참 으스스하지? 계집아이들이 저 얼굴을 보면 그 자리에서 기절해 버릴지도 모른다고 속삭이자, 상대는 내일 아침 저 소나무 가지에 노인이 목매단 걸 보게 될지도 모르지 하고 말한다. 두 사람은 온몸의 털이 쭈뼛 서는 것을 느껴 뒤를 돌아보니, 이미 노인 집의 문에는 불빛이 보이지 않았다.

밤이 깊었다. 눈은 진눈깨비로 바뀌고 진눈깨비는 다시 눈이 되어 내렸다가 그치기를 거듭한다. 나다 산(灘山) 위로 떠오른 달이 구름 바다로 빛을 비추니 옛 성터 마을은 흡사 황량한 묘지 같다. 산기슭에는 마을이 있고 마을 안에는 무덤이 있다. 무덤은 이때 깨어나고 사람은 이때 잠들어 꿈의 세계에서 고인과 만나 울고 웃는다. 지금 그림자 같은 사람 하나가 넓은 사거리를 가로질러 작은 다리 위를 걸어간다. 다릿목에 잠든 개는 머리를 들고 그 뒷모습을 쳐다보지만 짖지 않는다. 아아, 이 자는 무덤에서 빠져나왔는가? 누구를 만나 무슨 말을 하려고 이렇게 헤매는가? 그는 바로 기슈이다.

겐 노인의 외아들 고스케가 바다에 빠져 죽은 해의 가을, 한 여자 거지가 휴가(日向) 쪽에서 사이키 마을로 흘러들어와 발을 멈추었다. 여덟 살 가량의 남자아이와 함께였다. 어미는 이 아이를 데리고 집집의 문 앞에 서면 얻는 것도 많았다. 동네 사람들의 깊은 자비심은 다른 곳에서는 볼 수 없을 정도였으니, 아이를 위해서도 장차 좋으리라 생각했는지 다음 해 봄에 어미는 아이를 남기고 어디론가 모습을 감추었다. 다자이후(太宰府) 신사를 다녀온 어떤 사람의 말로는, 그녀와 비슷하게 생긴 여자 거지가 남루한 옷을 입고 참배하러 온 씨름꾼들을 따라다니며 신사 앞에서 구걸하는 것을 보았다고 하였다. 사람들은 모두 짐작할 만하다고 말했다. 마을 사람들은 어미의 무정함을 미워하여 남겨진 아이를 더욱 불쌍하게 여겼다. 이렇게 하여 어미의 계획은 들어맞은 듯하였다. 그렇지만 마을마다 절이 있어도 사람들의 자비에는 한계가 있다. 불쌍하다고 서로 말은 하지만 정작 데려가 키워 주겠다는 사람은 없고, 때로 마당 청소 같은 것을 시키며 사람답게 대접해 주는 사람은 있었지만 그것도 오래가시 않았다. 처음에는 아이가 어미를 그리워하며 울면 사람들은 먹을 것을 주어 달랬다. 아이는 점차 어미를 그리워하지 않게 되었다. 사람들의 자비는 아이로 하여금 어미를 잊게 할 뿐이었다. 잘 잊는 아이라고도 하고, 백치라고도 하며, 불결하다고도 하고, 도둑질을 한다고도 말했다. 구실은 각양각색이었지만 아이를 거지의 형편으로 빠뜨려 인정의 세상 밖으로 매장해 버린 결과는 하나였다.

장난삼아 가나다라를 가르치면 가나다라를 외우고, 교과서를 가르치면 한두 구절 암송하고, 동요를 듣고서는 부르고, 웃고 떠들며 노는 것은 세상의 보통 아이와 다를 바 없었다. 실로 그렇게 보였다. 아이가 태어난 곳이 기슈(紀州)라고 하기에 그대로 기슈라고 불리게 되어, 결국에는 사이키 마을의 부속품처럼 취급되며 길에서 노는 아이들은 이 아이와 함께 자랐다. 이렇게 그의 마음은 남들이 모르는 사이에 황폐해져, 사람들이 아침 해를 쬐고 밥 짓는 연기가 오르고 부모자식이 있고 부부가 있으며 형제가 있고 친구가 있으며 눈물이 있는 세계에 그 아이와 함께 살고 있다고 생각하는 동안, 그는 언제부터인가 인적 없는 묘지에 그 쓸쓸한 거처를 옮기고 그 마음도 땅속에 묻어 버렸던 것이다.

먹을 것을 주어도 그는 고맙다는 말을 하지 않게 되었다. 웃지도 않게 되었다. 그가 화내는 것을 보기 어려웠고 우는 것을 보는 것도 쉽지 않았다. 그는 원망하지도 기뻐하지도 않았다. 그저 움직이고, 그저 걷고, 그저 먹었다. 먹을 때 옆에서 맛있느냐고 물으면 악센트 없는 말투로 맛있다고 대답하는 그 소리는 땅속에서 울리는 듯하였다. 장난으로 막대기를 들어 그의 머리 위로 휘두르면, 웃는 듯한 표정을 짓고 천천히 걸어가는 모습이 주인에게 혼이 난 개가 꼬리를 흔들며 도망하는 모습과도 비슷하였다. 그는 결코 남들의 동정을 사려 하지 않았다. 세상의 거지를 보고 불쌍하다는 마음으로 그를 불쌍히 여길 것까지는 없다. 속세의 파도에 휩쓸려 허우적거리는 사람을 불쌍하다고 보는 눈으로 그를 본다면 잘못이다. 그는 아예 파도의 밑바닥을 기어 다니는 사람이니까…….

기슈가 다리 저쪽으로 건너간 잠시 후, 사거리로 나와 주위를 둘러보는 자가 있다. 손에는 작은 초롱불이 들려 있다. 초롱불의 빛이 나오는 쪽을 이쪽저쪽으로 돌릴 때마다, 살짝 쌓인 눈 위로 불빛이 달려 눈은 아름답게 반짝이고, 사거리를 둘러싼 집들의 컴컴한 처마 밑으로 둥근 빛이 흔들거렸다. 이때, 혼마치 쪽에서 돌연 순사가 나타났다. 척척 다가와 누구냐고 물으며 등을 들어 얼굴을 비추었다. 둥근 눈, 깊은 주름, 커다란 코, 건장한 뱃사공이다.

"겐 할아범 아니오?" 순사는 어이없다는 표정이다.

"그렇소이다." 쉰 목소리로 대답했다.

"밤이 깊은데 누굴 찾는가요?"

"기슈를 보지 못했소?"

"기슈에게 무슨 일이 있나요?"

"오늘 밤은 너무 추워서 집에 데려갈까 해서 그렇지."

"하지만 그 아이 잠자리는 개도 모를 거요. 할아범이나 감기 걸리지 않게 조심하쇼."

인정 많은 순사는 떠나갔다.

겐 노인이 한숨을 쉬며 다리 위까지 오자 불빛이 비친 곳에 발자국이 있었다. 지금 막 지나간 듯하다. 기슈가 아니면 누가 이 눈 위를 맨발로 걸어가겠는가. 노인은 서둘러 발자국이 향한 쪽으로 달려갔다.

하

겐 노인이 기슈를 자기 집에 데려갔다는 사실이 알려지자, 전해들은 사람들은 처음에는 설마 하고 의심하였으나 곧 어처구니없다며 웃지 않는 이가 없었다. 두 사람이 저녁상을 마주하고 있는 꼴을 보고 싶다는 둥 희극을 보는 기분으로 비웃는 사람도 있었다. 있는지 없는지도 모르던 겐 노인도 다시 사람들의 입방아에 오르내리게 되었다.

눈 내리던 그날 밤으로부터 이레 정도가 지났다. 저녁 해가 환하게 비치어 먼 바다 위로 시코쿠(四國) 땅이 떠 있는 것이 보인다. 쓰루미(鶴見) 곶 부근에는 흰 돛단배들이 보인다. 강어귀의 모래톱에는 물새 떼가 날아다닌다. 겐 노인이 다섯 명의 손님을 태오 후 배를 매어 둔 밧줄을 풀려고 할 때, 두 명의 젊은이가 달려와 타니 배가 가득 찼다. 섬으로 돌아가는 처녀 둘은 자매인 듯, 머리에 수건을 쓰고 손에는 작은 보따리를 들고 있다. 나머지 다섯은 포구 사람들이다. 나중에 탄 젊은이 둘 외에 세 명은 아이를 동반한 노부부다. 사람들은 마을 이야기를 주고받았다. 어떤 젊은이가 연극 이야기를 시작하자, 자매 중에 언니가 "이번 연극은 의상도 각별히 아름다웠다면서요. 섬에는 아직 구경한 사람이 적지만 소문은 무성하다"고 말했다. 그러자 노부인은, 아니 그 정도는 아니라 그저 작년보다 조금 나았을 뿐이라고 부정하듯이 말하고, 배우 중에 구메 고로라는 자가 보기 드문 미남이라고 섬 처녀들 사이에 소문이 자자하다고 들었는데 그런가? 하고 젊은 자매에게 물어 두 처녀는 금세 얼굴을 붉히니 노부인이 큰 소리로 웃었다. 겐 노인은 노를 저으며 눈을 먼 곳에 둘 뿐, 속세의 큰 웃음소리를 흘려들으며 한마디도 말을 섞지 않았다.

"기슈를 집에 데려왔다고 들었는데 정말인가요?" 한 젊은이가 문득 생각이 나서 물었다.

"그렇다네." 겐 노인은 돌아보지도 않고 대답했다.

"거지 아이를 왜 집에 들여 놓았는지 모르겠다는 사람이 적지 않아요. 혼자서는 너무 외로우신가 보죠?"

"그렇다네."

"기슈가 아니라도 같이 데리고 살 아이는 섬이나 포구에서도 찾으면 적잖이 있을 텐데요."

"그건 그렇지" 하고 노부인이 끼어들어 겐 노인의 얼굴을 올려다보았다. 겐 노인은 생각에 빠진 얼굴로 잠시 대답하지 않았다. 서쪽 산기슭에서 똑바로 올라오는 연기가 저녁 해에 빛나 새파래진 풍경을 바라보는 듯하였다.

"기슈는 부모도 형제도 집도 없는 아이네. 나는 마누라도 아이도 없는 늙은이지. 내가 그 아이의 아비가 되고, 그 아이가 내 아들이 되면 둘 다 좋지 않겠나." 혼잣말처럼 흘리는 말을 듣고 사람들은 속으로 놀랐다. 노인이 이렇게 술술 말을 길게 하는 것을 지금까지 본 적이 없기 때문이다.

"실로 세월이 참 빠르네요. 나는 유리 씨가 갓난아이를 안고 해변에 서 있는 모습을 본 게 엊그제 같은데요." 노부인은 한숨을 쉬고 다시 물었다.

"고스케가 살아 있다면 지금 몇 살이 되죠?"

"기슈보다 두세 살 위일게요." 무심한 대답이다.

"기슈 나이처럼 알기 어려운 게 없죠. 때 먼지에 나이도 묻혀 버렸나, 열인지 열여덟인지."

사람들이 웃는 소리가 한동안 끊이지 않았다.

"열여섯인지 일곱인지 나도 잘 모르오. 생모도 아닌데 확실히 알 리 없지 않소. 불쌍한 일이요."

겐 노인은 노부부가 데려 온 일곱 살 정도의 손자인 듯한 아이를 돌아보며 말했다. 목소리가 떨렸으므로 사람들은 안타까움에 웃음을 그쳤다.

"실로 부자의 정이 두 사람 사이에 생긴다면 겐 씨의 여생이 즐거울 것이요. 기슈도 사람의 자식이니, 겐 씨의 귀가가 늦을 때 문

잎에 나가 기나리는 아늘이 되어 준다면 눈물 흘릴 자가 어찌 겐 씨뿐이겠소." 남편인 노인은 예의상 말하는 듯하였지만 진심이 없지는 않았다.

"그렇소. 실로 그때는 기쁠 것이외다" 하고 대답한 겐 노인의 말에는 기쁨이 넘쳤다.

"기슈를 데리고 이번 연극을 볼 생각은 없나요?" 젊은이는 겐 노인을 놀리려는 뜻이 아니라 섬 처녀가 웃는 얼굴을 보고 싶어서 이렇게 말했다. 자매는 겐 노인이 조심스러워 미소만 지을 뿐이다. 노부인은 뱃전을 두드리며 그럼 아주 재미있겠다며 웃었다.

"아와노 주로베(阿波十郎兵衛) 같은 걸 보여줘 우리 아들을 울려 보는 것도 나쁘지 않겠지." 겐 노인은 진지한 얼굴로 말했다.

"우리 아들이라는 건 누구 말이죠?" 노부인은 의아한 얼굴로 물으며,

"고스케는 저기에 빠져 죽었다고 들었는데." 고개를 돌려 묘겐 산 그림자가 검게 비친 근방을 가리켰다. 사람들은 모두 그쪽을 바라보았다.

"우리 아들이라는 건 기슈 말이오." 겐 노인은 잠시 노질을 멈추고 히코다케 산 쪽을 바라보고 얼굴을 붉히며 내뱉었다. 분노도 슬픔도 수치도, 또 기쁨이라고도 말하기 어려운 감정이 가슴을 찔렀다. 발을 뱃전에 걸치고 노에 힘을 주는가 싶더니 소리 높이 노래를 부르기 시작했다.

산도 바다도 오랫동안 이 노랫소리를 듣지 못했다. 노래하는 겐 노인도 오랜만에 자기 소리를 들었다. 저녁의 잠잠한 수면을 건너

소리의 맥은 유유히 파문을 그리며 사라져 가는 듯하다. 파문은 해변에 닿았다. 산의 메아리가 희미하게 대답하였다. 노인은 오랫동안 이 메아리를 듣지 못했다. 삼십 년 전의 그가 긴 잠에서 깨어나 산 저쪽에서 지금의 그를 부르는 듯하였다.

노부부는 목청도 박자도 옛날 그대로라며 칭찬했고 젊은이 넷은 소문과 다를 바 없다며 귀를 기울였다. 겐 노인은 마치 일곱 명의 손님이 자신의 배에 있는 것을 잊은 듯하였다. 두 처녀를 섬에 내려준 후, 젊은이들은 춥다고 모포를 덮고 다리를 바싹 움츠렸다. 노부부는 손자에게 과자를 주며 집안일을 소곤소곤 속삭였다. 포구에 도착했을 때, 해는 이미 떨어지고 마을에는 저녁밥 짓는 연기가 가득하였다. 돌아오는 배에는 손님이 없었다. 다이고 강어귀를 나설 때 산바람이 차갑게 몸에 스며들어, 뒤를 돌아보니 샛별의 빛이 잔물결에 부서지고 이쪽의 물결은 오뉴도의 불빛을 받아 반짝거렸다. 조용하게 노 젓는 노인의 그림자가 검게 수면에 비쳤다. 뱃머리가 가볍게 물을 차고 나갈 때 뱃바닥을 두드리는 물소리는, 아아, 무언가 속삭이는 듯하였다. 겐 노인은 사람을 졸리게 하는 이 물소리를 듣는 둥 마는 둥 이런저런 기쁜 일만 생각하다가, 슬픈 일이나 걱정스러운 일이 떠오르면 노를 잡은 손에 힘을 주며 머리를 흔들었다. 마치 그 생각을 떨쳐 내려는 듯이.

집에는 기다리는 이가 있다. 그는 화로 앞에 앉아 졸고 있겠지. 동냥질 할 때에 비해 내 집안의 즐거움과 따뜻함에 마음이 녹아 망연히 등불을 바라보고 있지 않을까? 내 귀가를 기다리느라 저녁밥을 먹기나 했을까? 노 젓는 법을 가르쳐 준다고 했을 때 기쁜 듯이 고개를 끄덕였시. 말 없이 멍하니 생각에 빠진 모습은 지금까지의 버릇이겠지. 세월이 흐르면 살도 붙고 뺨에도 핏기가 돌 때가 있겠지. 아니, 하지만……. 겐 노인은 고개를 저었다. 아니, 그 아이도 사람의 자식이고 나의 자식이다. 아이에게 노래를 가르쳐 구성지게 잘 부르는 소리를 듣고 싶구나. 소녀를 태우고 달밤에 배를 저어갈 때면 그도 사람의 자식이니 그 소녀를 다시 보고 싶은 마음이 생기지 않겠는가. 남들은 보지 못해도 나는 그 마음을 알아볼 눈이 있지.

선착장에 들어왔을 때, 노인은 꿈을 꾸는 듯한 눈으로 주막의 등불 그림자가 길게 수면에 흔들리는 것을 보았다. 배를 묶은 후에 돗자리를 말아 옆구리에 끼고 노는 어깨에 메고 뭍으로 올라갔다. 날이 저문 지 얼마 되지 않았는데 주막 세 채는 모두 문을 닫아 인적은 끊어지고 사람 소리도 없다. 겐 노인은 눈을 감고 자기 집 앞까지 걸어온 후, 둥근 눈을 크게 뜨고 주위를 둘러보았다.

"아들아, 이제 돌아왔다" 하고 아이를 부른 후 노를 놓고 안으로 들어갔다. 집안은 어두웠다.

"어찌 된 거냐? 아들아, 이제 돌아왔다. 어서 등불을 붙여라." 그러나 적막하게 대답이 없다.

"기슈야, 기슈야." 여전히 귀뚜라미 우는 소리뿐…….

노인은 당황한 마음에 품속에서 성냥을 꺼내어 켜니 순간 환해졌으나 사람의 모습은 보이지 않고, 곧 다시 어두워졌다. 음침한 기운이 바닥에서 올라와 노인의 품으로 스며들었다. 서둘러 등잔에 불을 붙여 주위를 둘러보는 눈길이 흐릿하고, 귀를 기울여 "내

아들아" 하고 부르는 소리는 거칠어 호흡도 가쁘게 보인다.

화로에는 재가 하얗게 식어 저녁밥을 먹은 흔적도 없다. 집안을 다 둘러볼 것도 없는 단칸방 집을 노인은 천천히 둘러보았다. 빛이 닿지 않는 그을린 벽의 네 구석에는 마치 사람이 있는 듯하다. 겐 노인은 얼굴을 양손에 묻고 깊은 한숨을 쉬었다. 이때, 혹시나 하는 생각이 머리를 스쳤다. 벌떡 일어나 굵은 눈물이 뺨을 타고 흘러내리는 데 닦을 생각도 하지 않고, 기둥에 걸어 놓은 초롱에 불을 옮겨 서둘러 집을 나와 읍내 쪽으로 달려갔다.

간다(神田)의 대장간에는 밤 작업으로 문밖으로 튀는 불꽃이 어둠 속으로 흩어지고 있다. 노인은 그 앞을 지나가려다 멈춰 서서 저녁쯤에 기슈가 여기를 지나가지 않았는가 물으니, 망치를 든 젊은이는 의아한 얼굴로 본 적이 없다고 대답한다. 노인은 일을 방해해서 미안하다고 미소를 지어보이고 다시 가던 길을 서둘렀다. 오른쪽에는 밭, 왼쪽은 둑 위로 노송이 일렬로 늘어선 곧은 길을 반쯤 왔을 때 저 앞에 걸어가는 사람이 있다. 서둘러 등불을 비춰 보니 뒷모습이 기슈가 틀림없다. 그는 양손을 품에 집어넣고 몸을 앞으로 숙인 채 걷고 있다.

"기슈 아니니?"라고 부르며 어깨에 손을 대었다.

"혼자 어디 가려고 하느냐?" 화가 나는 한편 기쁘기도 하고 슬프기도 하며 또 한없는 실망을 이 한마디에 담은 듯하였다. 기슈는 겐 노인의 얼굴을 보고 놀라는 기색도 없이, 길 가는 사람을 문에 서서 무심히 바라보는 듯이 서 있다. 노인은 어이가 없어 잠시 말이 없다.

"춥지 않니? 어서 돌아가자, 내 아들아"라고 말하면서 기슈의 손을 잡고 돌아갔다. 가는 길에 겐 노인은 내가 늦게 돌아와서 심심해서 힘들었니? 저녁밥은 찬장에 차려 놓았는데 등의 말을 하면서 걸어갔다. 기슈는 한마디도 하지 않고, 한숨을 쉬는 것은 오히려 노인이다.

집에 돌아오자마자 화로에 불을 가득 피워 그 옆에 기슈를 앉히고 찬장에서 밥을 꺼내 자기는 먹지 않고 기슈만 먹인다. 기슈는 노인이 권하는 대로 노인의 밥까지 다 먹었다. 그동안 겐 노인은 때때로 기슈의 얼굴을 보고는 눈을 감고 한숨을 쉬었다. 다 먹으면 불을 쬐라고 말하고 맛있게 먹었느냐고 묻는다. 기슈는 졸린 눈으로 노인의 얼굴을 보고 살짝 끄덕일 뿐이다. 겐 노인은 이 모습을 보고 졸리면 자라고 부드럽게 말한 뒤, 손수 요를 깔고 이불을 덮어 주었다. 기슈가 잠든 후, 노인은 홀로 화로 앞에 앉아 눈을 감고 움직이지 않는다. 화롯불이 다 타 꺼져가지만 땔감도 새로 넣지 않고, 오십 년 긴 세월 바닷바람으로 거칠어진 얼굴에는 붉은 불빛이 희미하게 어른거리는데 뺨을 타고 반짝이며 흐르는 것은 눈물이런가. 지붕을 스쳐 지나온 바람이 문 앞의 소나무 가지를 세차게 흔들며 지나갔다.

다음날 이른 아침에 일어난 겐 노인은 기슈에게 아침을 먹이고 자기는 머리가 무겁고 목이 탄다며 물만 마시고 아무것도 먹지 않았다. 잠시 후 이 열을 보라고 기슈의 손을 잡아 자기 이마에 대고, 감기에 걸린 듯하다며 결국 자리를 깔고 누웠다. 겐 노인이 병들어 누운 것은 드문 일이다.

"내일이면 나을 거다. 이리 오너라. 이야기를 들려주마." 억지로 웃으며 기슈를 머리맡에 앉히고, 한숨을 쉬어 가며 여러 이야기를 들려주었다. 너는 상어라는 무서운 고기를 본 적이 없지? 하는 말이 마치 칠팔 세의 아이에게 말하는 것 같다. 한참 후에 기슈의 얼굴을 보며 물었다.

"어미가 그립지 않니?" 이 질문의 뜻을 기슈는 모르는 듯하였다.

"오래오래 우리 집에 있거라. 나를 너의 아비라고 생각하거라……"

계속 말을 하려다가 힘들어 거친 숨을 내쉰다.

"모레 밤에는 연극을 보러 가자. 제목은 아와노 주로베라고 한단다. 네가 보면 필시 부모가 그리워질 테니 그때 나를 아비라고 생각해라. 네 아비가 나다."

이렇게 겐 노인은 옛날에 본 연극의 줄거리를 말하고 낮은 목소리로 애조 띤 주제가를 불러 주었다. 불쌍하다고 생각지 않니? 말하며 눈물까지 흘렸다. 기슈는 아무것도 모르겠다는 표정이다.

"그래, 그래. 이야기만으로는 모를 테지. 눈으로 보면 너도 반드시 울 거다." 말을 마치고 괴로운 숨을 뱉었다. 이야기에 지쳐서 잠시 잠이 들었다. 눈을 뜨고 머리맡을 보니 기슈가 보이지 않았다. '기슈야, 내 아들아' 부르면서 달려가는데 얼굴의 절반이 붉게 물든 여자 거지가 어디선가 나타나, '기슈는 내 아들'이라고 말하자 순식간에 젊은 여자로 바뀌었다. '유리가 아니오?' '고스케는 어떻게 했어요?' '내가 잠든 사이에 고스케가 어디로 도망쳤소' '오세요, 오세요. 함께 찾아 봅시다' '저것 봐. 고스케가 쓰레기더미에서 무 조각을 끄집어 내' 하며 큰 소리로 우는데, 뒤에서 '내 아들아' 하고 말하는 이는 노인의 어머니다. 어머니는 무대를 보라며 손가락으로 가리킨다. 무대에는 촛불이 눈부시게 빛났다. 어머니가 눈시울을 붉히고 우시는 게 이상하다고 생각하며 자신은 과자만 먹다가 결국 어머니 무릎에 작은 머리를 얹고 그대로 잠이 들었다. 어머니가 흔들어 깨우는 듯한 느낌에 꿈이 깨었다. 겐 노인은 머리를 들어,

"내 아들아, 지금 무서운 꿈을 꾸었단다" 하며 머리맡을 보았다. 기슈는 보이지 않았다.

"내 아들아." 쉰 목소리로 불렀다. 대답이 없다. 창에 불어 닥치는 바람 소리가 괴이하게 울렸다. 꿈인가 생시인가. 노인은 이불을 걷어차고 벌떡 일어나 "기슈야, 내 아들아!" 하고 불렀을 때, 눈앞이 어지러워 그대로 이불 위로 쓰러졌다. 천 길 낭떠러지로 떨어져 파도가 머리 위에서 부서지는 듯하였다.

그날 겐 노인은 이불을 덮은 채 일어나지 못하고 아무것도 먹지 못하고 머리를 이불 밖으로도 내놓지 못했다. 아침부터 불던 바람은 점차 거칠어져 해변의 바위를 때리는 파도 소리가 요란하였다. 오늘은 포구 사람도 읍내에 나가지 않고 읍내에서 섬으로 건너가는 사람도 없어 나룻배를 청하러 오는 사람도 없었다. 밤이 되어 파도는 더욱 미친 듯이 방파제가 무너질까 요란하게 몰아 닥쳤다.

아침은 다시 밝아 동녘 하늘이 이제 막 희끄무레할 무렵, 사람들은 모두 일어나 비옷을 입고 초롱불을 들고 밖으로 나와 방파제

로 모였다. 방파제는 아무 이상이 없었다. 바람이 차분해졌지만 파도는 아직 높아 먼 바다는 천둥치는 듯한 소리를 내고 바위를 치는 파도는 부서져 튀어 올랐다. 사람들은 황폐해진 흔적을 돌아보다가 작은 배 하나가 바위 위로 밀려 올라와 거의 다 부서져 있는 것을 발견하였다.

"누구 배지?" 주막의 주인 같은 남자가 물었다.

"겐 할아버지 배가 틀림없어요." 한 젊은이가 대답했다. 사람들은 얼굴을 마주 보고 말이 없다.

"누가 겐 씨를 불러와야지."

"제가 가죠." 젊은이는 초롱불을 땅에 놓고 달려갔다. 열 걸음 앞 정도는 또렷이 보였다. 길로 뻗은 소나무 가지에 수상한 것이 걸려 있었다. 담이 큰 젊은이는 척척 다가가 유심히 보았다. 겐 노인이 목을 매고 늘어져 있었다.

가쓰라 항구 가까운 산기슭에 작은 묘지가 동쪽을 향하고 있다. 겐 노인의 아내 유리와 외아들 고스케의 묘가 모두 여기에 있다. '이케다 겐타로의 묘'라고 쓴 비석이 여기에 세워졌다. 고스케를 가운데에 두고 세 개의 묘가 나란히 있어 겨울밤에는 그 위로 진눈깨비가 내리기도 하는데, 도쿄에 있는 젊은 교사는 겐 노인이 지금도 혼자 외롭게 해변에 살며 처자에 대한 그리움에 울고 있으리라 생각하며 가련한 마음을 금치 못했다.

기슈는 변함없이 기슈였다. 마을 사람들로부터 사이키 마을의 부속품으로 여겨지는 것은 전과 다름없고, 묘에서 빠져나온 사람처럼 옛 성터 마을의 밤을 헤매는 것도 예전과 같았다. 한 사람이 그에게 다가가 겐 노인이 목을 매고 죽었다고 하니, 그는 단지 그 자의 얼굴을 멍하니 쳐다볼 뿐이었다.

무사시노(武藏野)

1

"무사시노*의 옛 모습은 지금의 이루마 군(入間郡)*에 약간 남아 있다"라는 글을 나는 백여 년 전 만들어진 지도에서 본 적이 있다. 그리고 그 지도에 "이루마 군 고테사시하라(小手指原)의 구메천(久米川)은 옛 전쟁터인데 『태평기』*에 1333년 5월 11일 미나모토와 다이라*가 고테사시하라에서 맞붙기를 하루 삼십여 회, 날이 저물어 다이라가 삼 리를 퇴각하여 구메천에 진을 치고 있었는데 다음날 새벽에 미나모토가 구메천의 진지로 쳐들어갔다고 서술된 곳이 바로 이 근처다"라고 적혀 있는 것을 읽은 적이 있다. 나는 무사시노의 흔적이 조금이나마 남아 있다는 곳이 필시 그 옛날의 전쟁터가 아닐까 하여 한번 가보겠다고 벼르기만 하다가 아직 가지 못했으나, 실제로 그곳이 지금도 여전히 그대로일지 의심스러웠다. 어쨌든 그림과 글로만 상상하던 무사시노를 그 흔적이라도 보고 싶은 것은 나만의 바람은 아닐 것이다. 그런 무사시노가 지금은 과연 어떤 모습일지, 이 질문에 상세하게 대답하여 나를 만족시키겠다는 소원이 생긴 것은 실로 일 년 전의 일로 지금은 이 소원이 더욱 커졌다.

그런데 이 소원은 과연 나의 힘으로 성취될 수 있을 것인가. 나는 불가능하다고는 생각하지 않는다. 쉽지는 않겠지만, 그만큼 나는 지금의 무사시노에 정취를 느끼고 있다. 아마 동감하는 이 적지 않으리라 생각한다.

그래서 지금 소소한 첫발을 내딛는 마음으로 가을부터 겨울에 걸쳐 내가 보고 느낀 것을 써서 내 소원의 아주 작은 부분이나마 이루고자 한다. 먼저 내가 이 질문에 대하여 내린 답은 무사시노의 아름다움은 지금도 옛날과 다를 바 없다는 한마디다. 옛날의 무사시노가 실제로 얼마나 아름다웠는지 그것은 틀림없이 상상을 초월할 정도였겠지만, 내가 지금 마주하는 무사시노의 아름다움은 이런 과장된 표현을 감히 단언할 수 있을 정도로 나를 감동시켰다. 나는 무사시노의 미(美)라고 말하였지만, 미라고 하기보다는 시취(詩趣)라고 말하고 싶다. 그게 더 적절하리라 생각한다.

2

나는 소재 부족을 이유로 나의 일기를 인용하고자 한다. 나는 1896년 초가을부터 초봄까지 시부야 촌(澁谷村)의 작은 초가에 살

왔다. 내게 이 소원이 생긴 것도 그 무렵의 일이고, 또 가을에서 겨울 부분만 옮기는 것도 그러한 연유에서이다.

　9월 7일

　어제도 오늘도 남풍이 강하게 불어 구름을 보내왔다가 이내 흩어버리고, 비는 오락가락하며, 햇빛이 구름 사이로 비칠 때, 숲은 일시에 번쩍인다……

　이것이 지금 무사시노의 초가을 풍경이다. 숲에는 아직 여름의 녹음이 그대로 남아 있으나 하늘의 모양은 여름과 전혀 달라져 남풍이 몰고 온 비구름은 무사시노의 낮은 하늘에서 빈번하게 비를 내리는데, 비가 잠시 개인 사이로 물기를 머금은 햇빛이 저쪽 숲에 쏟아지고 이쪽 숲에 반짝인다. 나는 가끔 생각한다. 이런 날에 무사시노 전체를 조망할 수 있다면 그 광경은 얼마나 아름다울 것인가. 이틀 후 9일의 일기에도 "세찬 가을바람 소리는 들판에 가득 차고 뜬 구름은 변화무쌍하다"라고 적혀 있다. 요즘 마침 이런 날씨가 연이어져 하늘과 들의 풍경이 끊임없이 변하고 햇볕은 여름 같고 구름 빛과 바람 소리는 가을 같으니 그 정취가 무척이나 깊다.

　나는 우선 이것을 요즘 무사시노의 가을을 알리는 서문으로 삼아, 겨울이 끝날 때까지의 일기를 아래에 옮겨 적어 대략적인 풍경의 변화를 보여 주고자 한다.

9월 19일

아침, 하늘은 흐리고 바람은 잠잠하다. 안개와 이슬은 차갑고 벌레 소리 요란하니 천지는 아직 깨지 않은 듯하다.

9월 21일

가을 하늘은 씻어 낸 듯이 말끔하고 나뭇잎은 타오르는 불처럼 빛난다.

10월 19일

달은 밝고 숲은 검다.

10월 25일

아침에 안개가 짙더니 오후에 걷히다. 밤이 되어 구름 사이로 보이는 달이 맑다. 안개가 아직 자욱한 이른 아침, 집을 나와 들을 걸어 숲을 찾다.

10월 26일

오후에 숲을 찾았다. 깊은 숲속에 앉아 사방을 둘러보고 경청하고 응시하고 묵상하다.

11월 4일

하늘은 높고 공기는 투명하게 맑다. 저녁에 홀로 바람 부는 들에 서 있으니, 먼 하늘의 후지 산은 가깝게 보이고, 국경을 따라 늘어 선 산맥은 지평선 위로 검다. 별빛은 한 점, 저녁 어스름이 짙어져 숲은 점차 멀어진다.

11월 18일

달빛을 밟으며 거닐다. 푸른 밤안개 땅에 깔리고 달빛은 숲에서 부서진다.

11월 19일

하늘은 맑고 바람은 깨끗하고 이슬은 차다. 눈에 들어오는 것은 온통 단풍 사이에 섞인 상록수다. 작은 새는 나뭇가지에서 지저귄다. 길에는 아무도 없다. 홀로 걸으며 묵묵히 생각하고 읊조리며 발 닿는 대로 근교를 거닐다.

11월 22일

깊은 밤, 문밖은 숲을 스치는 거센 바람 소리. 처마의 낙수 소리 계속 들리지만 비는 이미 그친 듯하다.

11월 23일

어젯밤의 비바람으로 나뭇잎은 거의 다 떨어졌다. 논의 벼도 거의 다 베어졌다. 황량하게 쓸쓸한 겨울 풍경이 되었다.

11월 24일

나뭇잎이 아직 다 떨어지지는 않았다. 먼 산을 바라보면 마음도

스러질 듯 그립나.

11월 26일

밤 열 시에 쓰다. 바깥은 비바람 소리 거세다. 빗방울 소리는 들리지 않는다. 오늘은 종일 안개가 끼어 들과 숲은 영원한 꿈속으로 들어간 듯하다. 오후에 개를 데리고 산책하였다. 숲에 들어가 묵묵히 앉아 있었다. 개는 잠들었다. 흐르는 물은 숲에서 나와 숲으로 들어가며, 낙엽을 띄운 채 흘러갔다. 때때로 겨울비 살며시 숲을 거쳐 낙엽 위를 지나가니 그 소리 차분하다.

11월 27일

어젯밤의 비바람은 오늘 아침 말끔히 사라지고 화창한 해가 떠올랐다. 집 뒤의 언덕에 서서 바라보면 새하얀 후지 산이 산맥 위로 솟아 있다. 바람은 깨끗하고 공기는 맑다.

실로 초겨울의 아침이로다.

가득 찬 논물 위로 숲이 거꾸로 비친다.

12월 2일

오늘 아침 서리가 눈처럼 아침 해에 반짝이는 모습 아름답다. 얼마 후 엷은 구름이 끼어 햇볕은 차다.

12월 22일

첫눈이 내리다.

1897년 1월 13일

밤이 깊었다. 바람은 잠들었고 숲은 침묵하다. 눈이 거듭 내린다. 등을 들고 문밖을 내다보니 내리는 눈이 등불에 반짝이며 춤을 춘다. 아아, 무사시노는 말이 없다. 그러나 귀를 기울이면 멀리 저쪽의 숲을 스쳐가는 바람 소리가 들린다. 과연 바람 소리일까?

1월 14일

오늘 아침 대설. 포도 넝쿨 받침대가 쓰러졌다.

밤이 깊었다. 나뭇가지를 스쳐가는 바람 소리 멀리서 들린다. 아아, 이것이 무사시노의 숲에서 숲을 스쳐가는 겨울밤의 매서운 바람인가. 눈이 녹아 떨어지는 낙수 소리 처마를 휩싼다.

1월 20일

아름다운 아침. 하늘에는 구름 한 점 없고 땅에는 서릿발이 은색으로 빛난다. 작은 새는 나뭇가지에서 지저귄다. 잎이 다 떨어진 나뭇가지의 끝은 바늘처럼 뾰족하다.

2월 8일

매화가 피었다. 달은 더욱 아름답다.

3월 13일

밤 열두 시, 달은 기울고 바람은 급히 불어 대고 구름은 피어오르고 숲은 운다.

3월 21일

밤 열한 시. 집 밖의 바람 소리를 듣다. 어느새 멀리 사라졌다 금세 다시 가까워진다. 봄이 쳐들어오니 겨울은 멀리 도망간다.

3

옛날의 무사시노는 끝없는 억새밭 풍경으로 절정의 미를 뽐냈다고 전해지는데, 지금의 무사시노는 울창한 숲이다. 숲은 실로 지금 무사시노의 특색이라고 해도 좋다. 즉, 나무는 주로 졸참나뭇과로, 겨울에는 잎이 모두 다 떨어지고 봄에는 방울지듯 신록의 싹이 움트는 그러한 변화가 치치부(秩父) 산맥 동쪽 수십 리의 들에 일제히 나타나니, 봄여름가을겨울 내내 성에, 비, 달, 바람, 안개, 소나기, 눈, 녹음, 단풍 등이 다채로운 광경을 만들어 내는 묘미는 아무래도 서쪽 지방이나 동북 지방 사람은 이해하기 어려울 것이다. 일본인은 여태껏 참나뭇과 낙엽림의 아름다움을 잘 몰랐던 것 같다. 숲이라고 하면 주로 소나무 숲만 일본의 문학, 미술에 보이고, 옛 시에서도 참나무 숲속에서 빗소리를 듣는 장면 같은 것은 보이지 않는다. 나도 서쪽 지방 출신으로 소년 시절 공부하러 처음 도쿄에 상경한 지 십 년이 지났지만, 이런 낙엽림의 아름다움을 알게 된 것은 최근의 일로 그것도 다음의 글이 크게 나를 깨우쳤던 것이다.

가을 구월 중순경, 어느 날 나는 종일토록 자작나무 숲속에 앉아 있었다. 아침부터 가랑비가 내리고, 비가 그친 사이에는 때때로 따스한 햇살도 비치니 실로 변덕스런 날씨. 담담한 흰 구름이 하늘 가득 길게 덮는가 싶더니, 문득 눈 깜빡할 사이에 구름은 다시 사방으로 흩어졌다. 억지로 흩어놓은 듯한 구름 사이로 총명한 사람의 눈처럼 맑게 갠 파란 하늘이 엿보였다. 나는 앉아서 주위를 둘러보고 귀를 기울였다. 나뭇잎이 머리 위에서 살짝 흔들리는데 그 소리를 듣는 것만으로도 계절이 느껴졌다. 그 소리는 초봄의 재미있는 웃음 섞인 속삭임도 아니고, 여름의 느긋하게 흔들거리는 소리도 아니고, 장황한 이야기 소리도 아니며, 또 늦가을의 소름 돋는 싸늘한 수다도 아니라, 그저 겨우 들릴까 말까 할 정도로 차분하게 속삭이는 소리였다. 산들바람이 살며시 나뭇가지를 스쳐 지나갔다. 비에 젖은 숲속은 개었다가 흐려지는 변덕스런 날씨에 따라 끊임없이 그 모습이 바뀌었다. 그곳에 있는 모든 것이 일시에 미소 짓는 것처럼 속속들이 붉어지고, 듬성하게 서 있는 자작나무의 앙상한 줄기는 불현듯 흰 비단처럼 부드러운 광택을 띠고, 땅 위로 흩어진 잔낙엽들은 갑자기 햇빛을 받아 눈부신 황금색을 발하고, 흐트러진 머리칼 같은 고사리의 아름다운 줄기는 짙은 포도색을 띠고 마구 엉켜 있는 것이 눈앞에 보였다.

　그런가 하면 또 주위가 갑자기 어두워져 순식간에 사물의 모습이 보이지 않게 되니, 마치 땅에 내려 쌓인 그대로 햇볕도 받지 못한 눈처럼 자작나무는 몽롱하게 희미한 흰색이 되었다. 그리고 가랑비가 살며시 비밀을 속삭이는 듯 후드득 내리기 시작했다. 자작나무 잎의 상택은 눈에 띄게 퇴색하였지만 그래도 여전히 푸르렀다. 다만 여기저기에 서 있는 작은 나무들은 모두 붉거나 노란색을 띠고 때때로 방금 비에 젖은 무성한 잔가지를 적시며 틈 사이로 쏟아져 내리는 햇빛을 받아 반짝거렸다.

이것은 투르게네프*가 쓴 것을 후타바테이*가 번역하여 「밀회」라고 제목 붙인 단편의 모두 부분에 나온 문장으로, 내가 이러한 낙엽림의 정취를 이해하기에 이른 것은 미묘한 풍경 묘사의 힘 덕분이다. 이것은 러시아의 풍경으로 자작나무 숲인데다 무사시노의 숲은 참나무인지라 식물 분류로 치자면 꽤 다르지만, 낙엽림의 정취는 다를 바 없다. 나는 종종 생각하였다. 만약 무사시노 숲이 참나뭇과가 아니라 소나무나 다른 것이었다면 극히 평범하게 변화가 적은 한 가지 색과 모습이 되어 이토록 좋아하지는 않았으리라고.

참나뭇과이므로 단풍이 든다. 단풍이 드니 잎이 떨어진다. 가을비가 속삭인다. 겨울바람이 울부짖는다. 한바탕 바람이 나지막한 언덕에 몰아치면, 수천만의 나뭇잎이 하늘 높이 춤추며 작은 새 떼처럼 멀리 날아가 사라진다. 나뭇잎이 다 떨어지면, 수십 리의 지역에 걸친 숲은 일시에 벌거숭이가 되고, 그 위로 파란 겨울 하늘이 높이 펼쳐지니, 무사시노 전체가 일종의 차분한 적막에 빠진다. 공기가 한층 더 맑게 가득 찬다. 먼 소리가 선명하게 들린다. 나는 10월 26일의 일기에, "깊은 숲속에 앉아 사방을 둘러보고 경청하고 응시하고 묵상하다"라고 썼다. 「밀회」에서도 "나는 숲속에 앉아서 주위를 둘러보고 귀를 기울였다"고 하였다. 이렇게 귀를 기울여 듣는다는 것이, 늦가을에서 겨울에 걸친 지금 무사시노의 마음에 얼마나 꼭 들어맞는가. 가을이면 숲속에서 일어나는 소리, 겨울이면 숲 저 멀리 울리는 소리.

새의 날갯짓 소리, 지저귀는 소리. 바람이 살랑거리고 울고 포효하고 외치는 소리. 풀숲 그늘, 깊은 숲속에 떼 지어 우는 벌레 소리. 빈 수레나 짐수레가 숲을 돌아 언덕을 내려가고 들길을 가는 소리. 말발굽으로 낙엽을 차서 흩뜨리는 소리. 이것은 훈련 나온 기병이거나 아니면 부부 동반으로 멀리 외출 나온 외국인이다. 무슨 말인지 큰 소리로 떠들며 지나가는 마을 사람들의 사투리 소리, 그것도 어느새 멀리 사라져 간다. 홀로 쓸쓸하게 길을 서두르는 여자의 발소리. 멀리 울리는 포성. 옆 숲에서 갑자기 일어나는 총소리. 내가 언젠가 개를 데리고 근처의 숲을 찾아가 그루터기에 걸터앉아 책을 읽고 있자, 돌연 숲속에서 무언가 떨어지는 소리가 났다. 발밑에 웅크리고 있던 개가 귀를 쫑긋 세우고 그쪽을 노려보았다. 그뿐이었다. 아마 밤송이가 떨어졌던 것이리라. 무사시노에는 밤나무도 꽤 많으니까. 혹시 그것이 가을비 소리라면, 이처럼 그윽하고 차분한 소리는 없다. 산촌의 가을비는 우리나라에서도 예로부터 시의 소재로 자주 쓰였지만, 넓디넓은 들에서 들로, 숲을 넘어, 밭을 지나, 다시 또 숲을 넘어 살며시 지나가는 가을비 소리는 자못 차분하고 느긋한 정취가 있어, 온화하게 그윽한 것은 실로 무사시노 가을비의 특색이라 할 수 있다. 나는 예전에 홋카이도의 밀림에서 가을비를 만난 적이 있다. 그곳은 인적 없는 대삼림이므로 정취가 더욱 깊기는 하나, 그 대신 무사시노의 가을비처럼 더욱 사람 그립게 속삭이는 듯한 정취는 없다.

가을 중반부터 초겨울에 시험 삼아 나가노 근방, 혹은 시부야, 세타가야, 또는 고가네이의 깊은 숲을 찾아가 잠시 앉아 산책의 피로를 풀어 보라. 온갖 소리가 금세 일어났다 어느새 사라지고, 서서히 다가왔다 서서히 멀어지고, 머리 위의 나뭇잎이 바람 없이 떨어져 희미한 소리를 내지만 그것마저 멈춘 때, 자연의 조용하고 쓸쓸한 정취를, 영원의 호흡이 몸에 스며드는 것을 느낄 것이다. 무사시노의 깊은 겨울밤에 별이 빛날 때, 별도 불어 떨어뜨릴 듯한 태풍이 엄청난 소리를 내며 숲을 지나는 소리를 나는 종종 일기에 적었다. 바람 소리는 사람의 마음을 먼 곳으로 유혹한다. 나는 거친 바람 소리가 불쑥 가까이 다가왔다가 곧 멀어지는 것을 들으며 먼 옛날 무사시노의 삶을 골똘히 생각한 적도 있다.

구마가이 나오요시*는 이런 와카를 지었다.

밤새도록 나뭇잎 흔들리는 소리 들리누나
은밀하게 바람이 찾아온 것이었나

나는 산속 초가의 생활을 알지만 이 노래의 마음을 절실히 느낀 것은 실로 무사시노의 마을에서 겨울을 지내던 때였다.

숲속에 앉아 있을 때 햇빛이 가장 아름답게 느껴지는 것은 늦봄에서 초여름이지만 그것을 지금 여기에서는 쓰지 않는다. 그다음은 단풍의 계절이다. 반쯤 노랗고 반쯤 푸른 숲속을 걷고 있으면,

끝없이 맑은 하늘이 나뭇가지 사이로 보이고 햇살은 바람에 흔들리는 잎사귀 끝에서 산산이 부서지니 그 아름다움은 차마 말로 다할 수 없다. 닛코(日光)라든가 우스이(碓氷) 같은 천하의 명소도 좋지만, 무사시노처럼 넓은 평원의 숲이 구석구석 모두 물들어, 해가 서쪽으로 기울어짐과 동시에 온통 불꽃을 피우는 것도 특이한 미관이 아닐까. 만약 높은 곳에 올라가 한눈에 이 장관을 바라볼 수 있다면 얼마나 좋을까. 아니 그것이 어렵다고 해도 평원의 경관이 단조로운 만큼, 무사시노는 사람에게 자신의 일부를 보여주고 끝없이 넓은 광경 전체를 상상하게 한다. 그 상상에 감동하면서 저녁노을을 향해 단풍 속을 걷는 것은 얼마나 즐거운가. 숲이 끝나면 들이 나온다.

4

10월 25일의 일기에 "들을 걸어 숲을 찾다"라고 쓰고, 또 11월 4일에는 "저녁에 홀로 바람 부는 들에 서 있으니"라고 썼다. 여기에서 나는 다시 한 번 투르게네프를 인용한다.

나는 멈춰 섰다. 꽃다발을 주위 들었다.* 그리고 숲을 벗어나 들판으로 나왔다. 해는 파란 하늘에 낮게 떠 있고 햇빛은 창백하게 싸늘해져, 비춘다기보다는 단지 담백하게 희미한 물빛처럼 사방에 가득 찼다. 일몰까지는 아직 반 시간이나 남았을 터인데, 벌써 저녁놀이 불그스레 하늘 끝을 물들이기 시작했다. 누렇게 마른 논을 지나 세차게 불어오는 태풍에 잔낙엽들이 휙 젖혀져 어수선하게 일어나더니 숲 언저리의 길을 가로질러와 내 옆을 스쳐 지나갔다. 들판을 향해 벽처럼 나란히 늘어선 숲은 온통 술렁거리며 작은 옥구슬을 흐트러뜨린 듯 뿌연 빛으로 반짝거렸다. 또 마른풀이나 밀짚에 가득 쳐진 거미줄은 바람에 흔들거렸다.

나는 멈춰 섰다……. 왠지 불안했다. 눈앞에 펼쳐진 풍경은 시원하기는 하지만, 즐거움도 재미도 없이 아주 쓸쓸한 가운데, 어쩐지 바싹 다가온 겨울의 음울한 차가움을 보여 주었기 때문이다. 소심한 까마귀 한 마리가 무거운 날갯짓으로 세찬 바람을 가르며 머리 위로 높이 날아와서는 흘깃 고개를 돌려 나를 노려보더니 이내 급히 날아올라 까악까악 울어대며 숲 뒤로 사라졌다. 비둘기가 떼 지어 곡창 쪽에서 날아왔다가 다시 둥근 원을 그리며 날아오르더니, 돌연 일제히 내려와 들판으로 흩어졌다. 아아, 가을이다. 누군가 저쪽의 민둥산 언덕을 지나는 듯, 빈 수레 소리가 허공에 울려 퍼졌다…….

이것은 러시아의 들판이지만, 우리 무사시노 들판의 가을에서 겨울에 걸친 광경도 거의 이와 같다. 무사시노에 민둥산은 전혀 없다. 그러나 바다가 물결치는 듯한 고저 기복이 있다. 그것도 외견상으로는 전체적으로 평원처럼 보이지만 오히려 고원의 곳곳이 낮게 패여 작고 얕은 골짜기를 이루고 있다는 표현이 적당하리라. 골짜기의 밑은 대개 논이다. 밭은 주로 고원에 있어, 고원에는 숲과 밭이 다채로운 모습으로 구획을 이루고 있다. 밭은 곧 들이다. 그렇지만 숲이라 해도 몇 리에 걸친 것은 없고, 아니 아마 일 리에 걸친 것도 없을 것이고, 밭이라 해도 한눈에 보아 몇 리나 계속된 것은 없어, 내가 앉았던 어떤 숲의 주위는 밭, 한 정보(町步) 밭의 삼면은 숲이 있는 형국이고, 농가가 그 사이에 산재하여 다시 이 것을 분할하고 있다. 즉 들과 숲이 그저 난잡하게 섞여 있어, 숲으로 들어간다고 생각하면 금세 다시 들로 나오게 되는 식이다. 그 것이 또 실로 무사시노에 일종의 특색을 주고 있어 여기에 자연이 있고 여기에 삶이 있으니, 홋카이도와 같은 자연 그대로의 대평야, 대삼림과는 달리 그 정취도 특이하다.

벼가 익을 무렵이 되면 골짜기 곳곳의 논이 노랗게 물든다. 벼가 베어지고 숲 그림자가 거꾸로 논물에 비칠 때가 되면 무밭은 한창 바쁘다. 하나둘 무를 뽑아 여기저기의 물웅덩이 또는 작은 도랑가에서 흙을 씻어 낼 때, 들판은 다시 보리 새싹으로 파랗게 바뀐다. 그런가 하면 보리밭의 한쪽 끝에는 들판이 그대로 남아 억새꽃과 들국화가 바람에 흔들리고 있다. 억새밭이 끝나는 곳은 다시 점차 높아져 하늘에 닿는데, 그 완만한 언덕에 올라가 보면 숲이 끊긴 사이로 이 지방의 경계를 잇는 치치부 산맥이 검게 가로놓여 있어, 마치 지평선 위를 달려가다가 다시 지평선 아래로 사라지는 것처럼 보인다. 그럼 여기서 다시 밭 쪽으로 내려가야 하는가. 혹은 밭 저쪽의 억새밭에 몸을 뉘이고 주위에 마른풀을 쌓아 거세게 부는 북풍을 피하고 남쪽 하늘을 지나는 해의 따스한 빛을 얼굴에 받으며, 밭 옆의 숲이 바람에 술렁이며 반짝이는 풍경을 바라보아야 하는가. 혹은 다시 곧바로 숲으로 가는 길을 나아가야 하는가. 나는 이렇게 주저한 적이 종종 있다. 나는 난처했을까? 아니, 결코 난처하지 않았다. 무사시노를 종횡으로 통하는 길은 어디를 골라 가도 결코 실망시키지 않는다는 것을 오래전부터 경험하여 알고 있었으니까…….

5

일찍이 나의 친구가 그의 고향에서 보내온 편지 속에 "요즘도 저녁에 혼자 억새밭을 걸으며 생각하네. 이 들판에 종횡으로 통하는 수십 개의 길 위를 몇 백 년 전의 옛날부터 아침 이슬이 맑다고 하고 저녁 구름이 눈부시다고 하며, 풍경의 정취를 아는 몇 백 명의 사람들이 거닐었겠지. 서로 싫어하는 사람은 서로 피해 다른 길로 떨어져 가고, 서로 좋아하는 사람은 함께 같은 길을 손에 손을 잡고 돌아갔겠지"라는 구절이 있었다. 들판의 길을 걸으면 이런 멋진 생각도 일겠지만, 무사시노의 길은 이와는 달리 서로 만나려고 해도 만나지 못하고 서로 피하려고 걸어도 숲을 돌아가는 모퉁이에서 돌연 만날 수가 있다. 그렇게 이 길 저 길을 오른쪽으로 돌아 왼쪽으로 틀고 숲을 뚫고 들을 가로질러 곧바른 것이 철로와 같은가 싶더니, 동쪽에서 나아가 다시 동쪽으로 돌아오는 우회로도 있고, 숲으로 사라지고 계곡으로 사라졌다가, 들로 나타났다 다시 숲으로 사라지니, 흔히 보통 들길처럼 저 멀리 다른 길을 가는 사람을 보는 것이 여기서는 쉽지 않다. 그러나 무사시노의 길에는 들길의 느낌보다 훨씬 좋은 대단한 정취가 있다.

무사시노를 산책하는 사람은 길을 잃을까 걱정하지 않아도 된다. 어느 길로도 발 닿는 대로 가다 보면 반드시 그곳에 보고 듣고 느껴 얻는 것이 있다. 무사시노의 아름다움은 단지 종횡으로 통하는 수천 갈래의 길을 방향 없이 걸음으로써 비로소 얻을 수 있다. 봄, 여름, 가을, 겨울, 아침, 낮, 저녁, 밤, 그리고 달, 눈, 바람, 안개, 서리, 비, 소나기처럼 단지 이 길을 정처 없이 걸으며 마음 내키는 대로 좌우로 가면 곳곳에 우리를 만족시켜 주는 것이 있다. 이것이 실로 무사시노 제일의 특색일 것이라고 나는 절절히 느꼈다. 무사시노를 제외하고 일본에 이와 같은 곳이 어디에 있을까. 숲과 들이 이렇게 잘 어우러지고, 삶과 자연이 이렇게 밀접한 곳이 어디에 있겠는가. 실로 무사시노의 길이 대단히 특색 있다는 것은 바로 이런 이유에서다.

그러니 그대가 만약 하나의 작은 길을 가서 곧 세 갈래로 갈라지는 곳에 다다른다 해도 난처하지 않을 것이다. 그대의 지팡이를 세워 쓰러진 쪽으로 걸어가라. 어쩌면 그 길은 그대를 작은 숲으로 인도할 것이다. 숲 가운데쯤에 이르러 다시 두 갈래로 갈라진다면 작은 길을 골라 보라. 어쩌면 그 길이 그대를 묘한 곳으로 이끌 것이다. 숲속의 오래된 묘지에 이끼 긴 무덤 네다섯 개 나란히 있고 앞에는 약간의 빈터가 있으며 옆에는 마타리 같은 것이 피어 있기도 할 것이다. 머리 위의 나뭇가지에서 작은 새가 울고 있다면 그것은 그대의 행운이다. 곧바로 되돌아와서 왼쪽 길로 가 보

라. 금세 숲이 끝나고 그대 앞에는 망망하게 넓은 들이 펼쳐진다. 발밑으로 완만하게 경사진 내리막 들판에 억새가 가득하고, 억새 꽃은 햇볕에 빛난다. 억새밭이 끝나는 곳에 밭이 있고 밭 건너편에는 키 작은 숲 하나 무성하며 그 위로 멀리 삼나무 숲이 보인다. 지평선 위로 엷은 구름이 모여 있어 구름빛과도 비슷한 산맥이 그 사이로 언뜻언뜻 보인다. 초봄 같은 십일월의 햇빛 화창하게 비치고 서늘한 바람이 살며시 불어온다. 만약 억새밭 쪽으로 내려가면 지금까지 보였던 넓은 경치가 모두 사라져 버리고 작은 골짜기 밑으로 나오게 될 것이다. 뜻밖에도 좁고 긴 연못이 억새밭과 숲 사이에 숨어 있는 것을 발견한다. 물은 깨끗하게 맑고, 하늘을 가로지른 흰 조각 구름이 선명히 비치고 있다. 연못 주위에는 마른 갈대가 조금 자라 있다. 이 연못 주위의 길을 잠시 걸으면 다시 두 갈래로 갈라진다. 오른쪽으로 가면 숲, 왼쪽으로 가면 언덕. 그대는 필시 언덕에 오를 것이다. 어쨌든 무사시노를 산책할 때 계속 높은 곳으로 오르고 싶어지는 것은 어떻게 하면 더 넓게 무사시노를 조망할 수 있을까 하는 바람이겠지만, 그 소망은 쉽사리 달성되지 않는다. 전체를 내려다볼 수 있는 조망은 절대 불가능하다. 그것은 애초부터 체념하는 것이 좋다.

혹시 그대가 어떤 필요로 길을 묻고 싶어지면, 밭의 한가운데에 있는 농부에게 물어보라. 농부가 마흔 살 이상의 사람이라면 큰 소리로 묻도록 하라. 놀라 이쪽을 바라보고 큰 소리로 가르쳐 줄 것이다. 만약 처녀라면 다가가서 작은 소리로 물어보라. 만약 청년이라면 모자를 벗고 공손하게 물어보라. 느긋한 태도로 가르쳐

술 것이다. 화내서는 아니 된다. 이것이 도쿄 근교 젊은이의 버릇이니까.

가르쳐 준 길을 가면 길이 다시 둘로 갈라진다. 가르쳐 준 길이 너무 좁아 조금 이상하다고 생각되어도 그대로 가라. 돌연 농가의 뜰 앞이 나올 것이다. 역시 길을 잘못 들었다는 생각이 들어도 놀랄 필요가 없다. 그때 농가에 물어보라. 문을 나가면 곧 길이에요 하고 아무렇지도 않게 대답해 줄 것이다. 농가의 문밖으로 나가 보면 과연 본 기억이 있는 길, 아! 이것이 지름길이었군 하고 그대는 그때 불현듯 미소를 지으며, 비로소 가르쳐 준 길의 고마움을 알게 될 것이다.

똑바른 길 양쪽에 단풍이 짙게 물든 숲이 사오백 미터나 이어진 곳으로 나올 수도 있다. 이 길을 혼자 조용히 걸어가면 얼마나 즐거울까 오른쪽 숲의 위로는 저녁노을이 선명하게 빛나고 있다. 때때로 낙엽 소리가 들려올 뿐, 주위는 조용해 너무도 쓸쓸하다. 앞에도 뒤에도 사람은 보이지 않고 아무도 만나지 못한다. 혹시 그때가 낙엽이 다 떨어진 때라면 길에는 낙엽이 쌓여 걸음마다 바스락 바스락 소리가 나고, 숲은 안쪽 깊은 곳까지 보이며, 바늘처럼 가는 나뭇가지의 끝은 파란 하늘을 찌르고 있다. 사람은 더욱 만나기 어렵다. 쓸쓸함은 더해 간다. 낙엽을 밟는 그대의 발소리만 높고, 때로 산비둘기 한 마리 급히 날아가는 날갯짓 소리에 놀랄 뿐.

같은 길을 되돌아가는 것은 어리석다. 헤맨 곳이 지금의 무사시노인 것이다. 어쩌다 길을 가다 날이 저물어도 난처할 것은 없다. 돌아가는 길도 역시 대충의 방향을 정해 놓고, 왔던 길과 다른 길을 정치 없이 걷는 것이 묘미다. 그렇게 하면 뜻밖에도 일봄의 아름다운 경관을 볼 수도 있다. 해는 후지 산 뒤로 넘어갈 듯 말 듯 하는데, 후지 산 중턱에 걸린 구름은 황금색으로 물들어 바라보는 사이에 다양한 형태로 바뀐다. 은빛 사슬과 같은 눈에 덮인 산맥의 능선은 멀리 북으로 뻗어 가다가 끝내는 무겁게 드리운 검은 구름 속으로 사라져 버린다.

해가 지고, 들에는 세찬 바람이 불고, 숲은 운다. 이제 무사시노는 저물려고 한다. 추위가 몸에 스며든다. 그때는 길을 서둘러라. 되돌아보면 문득 새로 나온 달이 마른 숲의 나뭇가지 옆에서 차가운 빛을 발하고 있는 것을 본다. 바람이 불어 나뭇가지에서 지금 막 달을 떼어 놓으려고 한다. 돌연 다시 들판으로 나온다. 그대는 그때 다음의 유명한 하이쿠가 떠오를 것이다.

산은 저물고 들판은 해질 녘의 억새로구나.*

6

지금으로부터 삼 년 전 여름의 일이었다. 나는 한 친구와 함께 시내의 집을 나와 미사키 정(三崎町) 정거장에서 교외의 종점까지 갔다. 그곳에서 걸어서 북쪽으로 똑바로 사오백 미터 가면 사쿠라 교(櫻橋)라는 작은 다리가 나오고 그 다리를 건너면 찻집이 있다. 그 찻집 할머니가 나를 보고, "이런 때에 뭐 하러 왔소?" 하고 물었다.

　나는 친구와 얼굴을 마주하고 웃으며, "산책 나왔어요. 그냥 놀러 왔죠"라고 대답하자 할머니는 웃었다. 그것이 우리가 참 바보 같다는 뜻이 담긴 웃음으로, "벚꽃은 봄에 피는 것도 모르는가 보네" 하고 말했다. 그래서 나는 여름의 교외 산책이 얼마나 즐거운 것인지 할머니가 이해할 수 있도록 말해 보았으나 소용없었다. 도쿄 사람은 할 일도 없나 보네 하는 한마디로 무시되었다. 우리는 땀을 닦고 할머니가 깎아 준 참외를 먹고는 찻집 옆을 흐르는 폭 한 자 정도의 작은 도랑에서 얼굴을 씻고 밖으로 나왔다. 도랑의 물은 아마 고가네이(小金井)의 수로에서 끌어온 듯 아주 맑았고, 풀숲 사이로 졸졸졸 소리를 내며 자못 상쾌하게 흘러가 때때로 작은 새가 와서 날개를 적시고 목을 축이는 것을 기다리는 듯했다. 그러나 할머니는 그저 무념무상 이 물을 길어 아침저녁으로 냄비와 솥을 씻는 듯했다.

　찻집을 나와 우리는 천천히 고가네이의 둑을 걸어 상류 쪽으로 올라가기 시작했다. 아아, 그날의 산책은 얼마나 즐거웠던가. 역시 고가네이는 벚꽃의 명소인지라 한여름에 둑을 천천히 거닐면 누가 봐도 어리석게 보일 것이다. 그러나 그것은 무사시노의 여름 햇빛을 모르는 사람의 말이다.

　하늘에는 무더운 구름이 피어오르고, 구름 안으로 구름이 숨고, 구름과 구름 사이로 파란 하늘이 보인다. 구름이 하늘과 닿은 부분은 은빛인지 눈빛인지 비유하기 어렵지만, 은근하고 담백하며 투명한 순백색을 띠어서 하늘은 한층 더 새파랗게 보인다. 단지 이뻔이리면 여름답다고 할 수 없으니, 일종의 흐린 안개와 같은 것이 구름과 구름 사이를 흩트려 하늘의 온갖 모양을 흔들어 뒤섞어 놓고, 구름을 세차게 뚫는 광선과 구름에서 발한 그늘이 이쪽 저쪽으로 교차하는, 자유분방한 기운이 온 하늘에 미동하고 있다. 모든 숲과 온갖 나무와 풀잎까지 빛과 열에 녹아서 졸리고 나른하고 몽롱하게 취해 있다. 숲의 한 모퉁이, 직선으로 끊어진 곳 그 사이로 넓은 들이 보인다. 들판에는 아지랑이가 가득히 어지럽게 피어올라 오랫동안 쳐다볼 수도 없다.

우리는 땀을 닦으면서도 하늘을 우러러보고 숲속을 들여다보고 숲 저편의 먼 하늘을 바라보며 강둑 위를 숨차게 걸어갔다. 힘드냐고? 천만에! 온몸에서는 건강이 넘쳐흘렀다. 둑을 삼 리나 걷는 동안 사람은 거의 보이지 않았다. 농가의 뜰, 혹은 덤불숲 사이에서 갑자기 개가 나타나서 우리를 의심스럽게 쳐다보더니 하품을 하고 가 버린다. 숲의 저쪽에는 수탉이 높이 날갯짓을 하며 시간을 알리니, 그 소리가 곳간의 벽과 삼나무 숲을 지나 숲, 덤불을 가득 채우며 쾌청하게 들려온다. 강둑 위에도 집닭들이 벗나무 그늘에서 놀고 있다. 먼 수면을 바라보면, 일직선으로 흘러오는 물은 은가루를 뿌린 듯한 일종의 음영 속에 사라졌다가, 가까이 다가옴에 따라 번쩍번쩍 빛나며 화살처럼 달려온다. 우리는 어느 다리 위에 서서 수로의 상류와 하류를 비교했다. 광선의 상태에 따라 수로의 모습도 끝없이 바뀌었다. 수면이 돌연 어두컴컴하게 되는가 싶어 가만히 바라보니 구름 그림자가 흐르는 물과 함께 순식간에 달려와 우리 위까지 와서 잠시 멈추더니 다시 금세 옆으로 비껴 나가 버렸다. 잠시 후 수면은 눈부시게 빛나기 시작하여 양쪽의 숲, 강둑 위의 벚나무는 마치 비 온 후의 봄풀처럼 선명한 녹색 빛을 발한다. 다리 밑에서는 무어라 말할 수 없이 아주 부드러운 물소리가 들린다. 이것은 물이 양쪽 벽에 세차게 부딪혀 나는 소리가 아니고, 또 얕은 개울 같은 소리도 아니다. 진흙으로 벽을 바른 듯한 깊은 도랑에 풍부한 수량이 흐르므로, 물과 물이 얽히고설켜 서로 비벼대니 자연히 소리가 나는 것이다. 얼마나 정겨운 소리인가!

…… Let us match

This water's pleasant tune

With some old Border song, or catch,

That suits a summer's noon.*

이런 구절도 떠오르고, 일흔두 살의 할아버지와 소년이 저쪽의 벚나무 그늘에라도 앉아 있지 않을까 해서 문득 주위를 둘러보고 싶어진다. 나는 이 수로의 양쪽에 산재한 농촌 사람들을 행복한 사람들이라고 생각했다. 물론 이 강둑 위로 밀짚모자와 지팡이 하나로 산책하는 우리도…….

나와 함께 고가네이의 강둑을 산책하던 친구는 지금은 판사가
되어 지방에 가 있는데, 그는 내가 쓴 지난 호의 글을 읽고 다음과
같이 써서 보내 주었다. 나는 편의상 이것을 여기에 인용할 필요
를 느낀다.

무사시노는 흔히 말하는 관동 8주*의 평야가 아니다. 또 도칸(道
灌)이 우산 대신에 황매화 꽃 한 송이를 받았다*는 역사적인 들판
도 아니다. 나는 내 나름대로 한계를 정한 무사시노관을 가지고
있다. 그 한계는 마치 군의 경계나 마을의 경계가 산이나 강 혹은
고적 등으로 정해지듯 내 나름으로 정한 것으로, 그것은 다음의
여러 생각에서 비롯한다.

내 무사시노의 범위 안에는 도쿄가 있다. 그러나 이것은 물론
생략해야 한다. 왜냐하면 우리는 농상무부의 관청이 우뚝 서 있거
나 철관 사건*의 재판이 벌어지는 번화가에서는 옛날의 모습을 상
상할 수가 없다. 게다가 내가 최근에 알게 된 어느 독일 부인이,
도쿄는 "새로운 도시"라는 말을 한 적도 있어, 설령 막부 시대부
터 시작된 오래된 도시라 해도 오늘의 광경을 보면 이 말이 맞다
고 생각한다. 이런 이유로 도쿄는 반드시 무사시노에서 제외해야
한다.

그러나 도시가 끝나는 곳, 즉 교외는 반드시 제외해서는 아니
된다. 내 생각에는 무사시노의 시취(詩趣)를 그리려면 반드시 이

교외를 하나의 주제로 삼아야 한다고 생각한다. 예를 들면 자네가 사는 시부야의 도겐자카 근방, 메구로의 교닌자카, 또 자네와 내가 자주 산책한 적이 있는 와세다의 기시모진 주변의 거리, 신주쿠, 시로카네…….

또 무사시노의 진수를 맛보기 위해서는 들판에서 후지 산, 치치부 산맥의 고노다이 등을 바라본다는 생각뿐 아니라, 그 가운데에 둘러싸인 수도 도쿄를 되돌아본다는 생각으로 바라보아야 한다. 그래서 삼 리나 오 리 밖으로 나가 평원을 묘사할 필요가 있다. 자네의 글에도 생활과 자연이 밀접하여 있다고 하고, 또 때때로 이것저것과 조우하는 재미가 묘사되어 있는데 실로 동감한다. 나는 과거 이런 일이 있었다. 동생을 데리고 다마천 쪽으로 소풍 나갔을 때, 일이 리를 가면 집들이 나오고, 집들을 떠나면 또다시 집들이 나오고, 사람과 동물을 만나고, 또 어느 때는 초목만 펼쳐지는 다양한 변화가 있으므로, 곳곳에 삶이 점철된 정취의 재미를 동생에게 말한 적이 있었다. 이 정취를 묘사하기 위해 무사시노에 산재한 역참, 아니 역참까지는 아니더라도 집들, 즉 건축 용어로 말하는 '연립 가옥'을 묘사할 필요가 있다.

또 다마천은 아무래도 무사시노의 범위에 넣어야 한다. 무쓰다마천(六つ玉川)이라고 우리 선조가 이름 붙인 적이 있으나 무사시노의 다마천과 같은 강이 달리 어디에 있겠는가. 그 강이 평평한 밭과 낮은 숲에 연이어 접한 곳의 정취는 마치 수도와 교외가 인접한 곳의 정취처럼 깊은 맛이 있다.

또 동쪽의 평지를 생각해 보라. 이것은 한없이 펼쳐져 논이 많고 지평선이 약간 낮으므로 제외될 듯하지만 여전히 무사시노임이 틀림없다. 가메이도의 긴시천 주위부터 기네천 주위에 걸쳐 논과 나무와 초가집이 정취를 자아내고 있는 모습은 무사시노의 한 영역이다. 특히 후지 산을 보면 알 수 있다. 후지 산을 높게 보이게 하여 마치 우리가 즈시(逗子)의 '아부즈리'에서 바라보는 것처럼 보이게 하는 것은 이곳뿐이다. 또 쓰쿠바 산(筑波山)을 보면 알수 있다. 쓰쿠바 산의 모습이 낮게 멀리 보이니 우리는 관동 8주의 한구석에서 무사시노가 호흡하고 있는 의미를 절감한다.

그러나 도쿄의 남북에 걸쳐서는 무사시노의 영역이 매우 좁다. 거의 없다고도 할 수 있다. 이것은 지형이 그렇게 만들었으며, 또 철도가 지나고 있으므로 즉 '도쿄'가 이 선로에 의해 무사시노를 관통하여 직접 다른 범위와 이어지고 있기 때문이다. 나는 아무래도 그렇게 느낀다.

그래서 나는 무사시노는 우선 조시가야에서 시작해서 선을 그어 보면 이타바시의 나카센도(中仙道) 서쪽을 지나 가와고에 근방까지 달하여, 자네가 지난 호에 언급한 이루마 군을 감싸고 둥글게 고부선(甲武線)의 다치가와역으로 온다. 이 범위 속에 있는 쇼자와, 다무 같은 역은 얼마나 정취가 깊은가……. 특히 여름의 녹음이 짙을 때 말이다. 한편 다치가와로부터 시작하면 다마천을 한계로 하여 가미마루 근처까지 내려간다. 하치오지는 결코 무사시노에는 들어갈 수 없다. 그리고 마루코에서 시모메구로로 돌아간다. 이 범위 안에 있는 후다, 노보리토, 후타고 등의 정취는 얼마나 좋은가. 이상은 서쪽 면.

60

동쪽 면은 가메이도 부근에서 고마쓰천을 지나 기노시타천에서 호리키리를 감싸고 센주 근방에 이르러 멈춘다. 이 범위는 이의가 있으면 제외해도 좋다. 그러나 일종의 정취가 있어 무사시노가 틀림없는 것은 앞서 말한 바와 같다…….

8

나는 이상의 주장에 조금도 이의가 없다. 특히 도쿄 시의 교외를 하나의 주제로 삼으라는 말에는 크게 동의하는 바 나도 예전부터 생각한 적이 있다. 교외를 '무사시노'의 일부로 넣는다고 하면 좀 이상하게 들리겠지만, 실은 이상한 것이 아니라 바다를 그릴 때 해안선을 그리는 것과 같다. 그러나 나는 이것을 제쳐 놓고 고가네이 둑 위 산책에 이어 우선 무사시노의 하천에 대해 말하기로 한다.

첫째는 다마천(多摩川), 둘째는 스미다천(隅田川), 물론 이 두 강에 관해서는 충분히 쓰고 싶으나 이 역시 뒤로 제쳐 두고 무사시노를 흐르는 또 다른 하천을 찾아보고자 한다.

고가네이의 수로가 그중 하나다. 이 수로는 도쿄 근교에 이르러서는 센다가야, 요요기, 쓰노하즈 등의 여러 마을 사이를 흘러 신주쿠로 들어가 요쓰야 상수(上水)가 된다. 또 이노가시라 연못(井頭池), 젠후쿠 연못(善福池) 등으로부터 흘러나와 간다(神田) 상수가 되는 것, 메구로 근처를 흘러 힌카이(品海)로 들어가는 것, 시부야 근방을 흘러 가나스기로 나오는 것 등, 이름도 알려지지 않은 작은 도랑과 같은 하천이 무사시노의 평지와 고원 할 것 없이, 숲을 지나고 들을 가로질러 사라졌다가 나타났다가 하며, 또 굽이치며(고가네이는 직선 수로이므로 제외) 흐르는 정취는 춘하추동을 통하여 우리 마음을 끌기에 충분하다. 나는 원래 산이 많은 지방에서 자랐으므로 강이라고 하면 꽤 큰 강이라도 물이 투명한 것을 많이 본 탓인지 다마천을 제외하고 무사시노의 하천 모두가 탁하여 처음에는 꽤 불쾌한 느낌을 가졌지만, 점차 익숙해지자 역시 약간 탁한 것이 평원의 경치에 적합하다고 생각하게 되었다.

지금으로부터 사오 년 전의 여름밤, 나는 그 친구와 함께 근교를 산책한 기억이 있다. 간다 상수의 상류에 있는 다리 하나를 밤 여덟 시경에 건너갔다. 그 밤은 달이 밝고 바람은 상쾌하여 들과 숲 모두 희고 엷은 비단으로 덮인 듯, 이루 말할 수 없이 기분 좋은 밤이었다. 다리 위에는 마을 사람 네다섯이 모여서 난간에 기대 무언가 이야기하고 웃고 노래하고 있었다. 그중에 노인 한 사람이 섞여 있어, 계속 젊은이들의 이야기와 노래를 훼방 놓고 있었다. 달이 환하게 비치니 몽롱한 타원형 속의 이 광경은 전원시의 한 구절처럼 떠올랐다. 우리도 이 그림 속의 사람들 사이에 끼어들어 난간에 기대 달을 쳐다보니, 달은 완만하게 흐르는 수면에 맑게 비쳤다. 나방들이 물을 칠 때마다 미세한 파문이 일어남지만 잠시 달의 얼굴에 작은 주름이 질 뿐이었다. 강은 숲 사이를 굽이쳐 나오거나 숲 사이에 반원을 그리고 숨어 버렸다. 숲의 나뭇가지에 부서진 달빛은 어두컴컴한 수면 위로 떨어져 반짝였다. 수증기는 강 위 서너 자 위로 피어올랐다.

무를 뽑는 시기에 근교를 산책하면 이런 작은 도랑가 여기저기에서 농부들이 무의 흙을 씻어 내고 있는 것을 보게 된다.

9

군이 도겐자카나 시로카네가 아니더라도 도쿄 시의 한 끝인 고슈가도(甲州街道), 혹은 아오우메도(青梅道)나 나카하라도(中原道), 세타가야가도(世田ヶ谷街道) 같이 교외의 숲과 논밭으로 진입하는 곳의 거리와 집들이 일종의 삶과 자연을 배합한 어떤 풍경을 그려 내어 나의 시흥을 자아내는 것도 묘한 기쁨이다. 왜 이와 같은 곳이 우리에게 감정을 불러일으키는가? 나는 한마디로 대답할 수 있다. 즉 이런 교외의 광경은 왠지 사람으로 하여금 사회라는 것의 축소판을 보는 느낌을 주기 때문이 아닐까. 달리 말하면, 시골 사람에게도 도시 사람에게도 감흥을 일으킬 법한 이야기, 작은 이야기, 게다가 아주 슬픈 이야기, 혹은 포복할 정도의 이야기가 두세 개쯤 그곳의 처마 밑에 숨어 있는 듯 느껴지기 때문일 것이다. 나아가 그 특색을 말하자면, 대도시 생활의 흔적과 시골 생활의 여파가 여기에서 서로 만나 완만하게 소용돌이치는 듯하다.

보라, 저기에 외눈박이 개가 웅크리고 앉아 있다. 이 개의 이름이 알려진 곳까지가 곧 이 교외의 영역이다.

보라, 저기에 작은 요릿집이 있다. 우는 건지 웃는 건지 모를 소리로 떠드는 여자의 그림자가 장지문에 비치고 있다. 밖은 어둠이 가득 차고, 연기인지 흙인지 잘 구분이 되지 않는 냄새가 떠돌고 있다. 손수레가 두세 대 연이어 지나가는데, 빈 수레의 바퀴 소리는 시끄럽게 들렸다가 사라지고 또다시 들려온다.

보라, 대장간 앞에서 짐을 얹고 서 있는 말 두 마리의 검은 그림자 옆에 두세 명의 남자들이 무언가 두런두런 말하고 있는 것을. 새빨간 말편자가 모루 위에 올려지고, 불꽃이 어둠을 깨고 길 한가운데로 날아갔다. 이야기를 나누던 사람들이 무엇 때문인지 왁하고 웃었다. 집들 뒤의 키 큰 떡갈나무 꼭대기로 달이 떠오르자 저쪽 편의 지붕이 환해졌다.

칸델라(Kandelaar)에서 검은 석유 연기가 피어오른다. 연기 사이로 마을 사람과 읍내 사람들 열댓 명이 뛰어다니며 큰 소리로 떠든다. 각종 채소가 이쪽저쪽에 쌓여 있다. 이곳은 작은 채소 시장, 작은 경매장이다.

날이 저물면 곧 일찍 잠드는 집이 있는가 하면 밤 두 시경까지 장지문으로 불빛이 비치는 집도 있다. 이발소 뒤 농부네 외양간 소가 음매 하고 우는 소리가 길까지 들린다. 주점의 옆집은 낫토(納豆) 장수 노인의 집으로, 매일 아침 일찍 노인은 쉰 목소리로 낫토, 낫토 하고 소리치며 시내 쪽으로 나간다. 짧은 여름밤이 금세 밝아 오면 벌써 짐수레가 나다니기 시작한다. 덜거덕덜거덕, 덜컹덜컹 하는 소리가 끊이지 않는다. 아홉 시 열 시가 되면, 길에 보이는 키 큰 나무에서 매미가 울기 시작하고 날은 점점 더워진다. 말발굽과 수레바퀴 때문에 일어난 흙먼지가 허공으로 날아오른다. 파리 떼가 거리를 가로질러 이 집 저 집, 이 말 저 말로 날아다닌다.

그리고 정오를 알리는 포성이 희미하게 들려오고, 도시의 하늘 저편 어디에선가 기적이 울린다.

잊을 수 없는 사람들

다마천(多摩川)의 후타고(二子) 나루에서 강을 건너면 곧 미조구치(溝口)라는 역참이 나온다. 그 읍의 중심가에 가메야(龜屋)라는 여관이 있다. 삼월 초 흐린 하늘에 북풍이 강하게 불어, 그렇지 않아도 한적한 마을이 한층 더 적적하고 음울하고 싸늘한 풍경을 드러내고 있다. 높낮이가 들쑥날쑥한 초가지붕들의 남쪽 처마 끝에서는 어제 내린 눈이 녹으며 떨어지는 물방울이 바람에 흩날리고 있다. 땅에 찍힌 짚신 발자국에 고인 물에서도 차가운 느낌의 잔물결이 인다. 날이 저물자마자 대부분 가게는 문을 닫았다. 어두운 거리가 적막에 잠겼다. 여관인지라 가메야의 장지문에는 아직 등불이 밝게 비치고 있으나, 오늘 밤은 손님도 거의 없는 듯 안쪽도 조용하여 간간이 담뱃대로 화로 테두리를 두드리는 소리*만 들릴 뿐이다.

　돌연 문을 열고 한 남자가 불쑥 들어왔다. 화로에 기대어 상념에 빠져 있던 주인이 놀라 그쪽을 바라볼 여유도 주지 않고, 넓은 마당을 시니 길음 싱큼싱큼 걸어와 주인 앞에 우뚝 선 남자는, 서른 살에서 두세 살이 모자라 보이고, 양복, 각반, 짚신을 갖춘 여행 차림에 납작모자를 쓰고 오른손에는 우산을 들고 왼쪽 옆구리에는 작은 가죽 가방을 끼고 있다.

"하룻밤 묵읍시다."

주인은 손님의 풍채를 바라볼 뿐 아직 아무 말도 하지 않고 있는데, 그때 안에서 손뼉을 치는 소리가 들렸다.

"6번 방 손님이 부르신다!"

주인이 짖어 대듯 큰 소리로 외쳤다.

"어디 분이시지요?"

주인은 화롯가에 앉은 채 물었다. 손님은 어깨를 치켜세우고 잠시 얼굴을 찡그렸으나 곧 입가에 미소를 짓고,

"저요? 저는 도쿄."

"그러면 어디로 가시는 길이죠?"

"하치오지(八王子)로 갑니다."

손님은 대답하고 그곳에 걸터앉아 각반의 끈을 풀기 시작했다.

"손님, 도쿄에서 하치오지로 가신다니 방향이 좀 이상하네요."

주인은 의아하다는 듯이 손님의 모습을 새삼스럽게 쳐다보며 무언가 말하고 싶다는 투로 말했다. 손님은 무슨 말인지 곧 알아차렸다.

"아뇨. 집은 도쿄인데 오늘은 도쿄에서 온 것이 아닙니다. 오늘 느지막하게 가와사키에서 출발해서 이렇게 날이 저물어 버렸군요. 발 씻을 물 좀 주시죠."

"애야, 어서 대야에 따뜻한 물 좀 가져오너라. 오늘은 꽤 춥죠? 하치오지 쪽은 더 춥지요."

주인의 말에는 애교가 있어도 전체적인 분위기는 무뚝뚝하다. 나이는 예순 살 정도로, 비만한 체구에 두꺼운 솜옷을 입고 있어서 어깨에서 곧바로 머리가 튀어나온 것처럼 보이고, 넓적하게 살찐 얼굴에 눈초리가 처져 있다. 그래서 왠지 성격이 까다롭게 보인다. 그러나 정직한 영감 같다고 손님은 바로 생각했다.

손님이 발을 씻은 후 아직 물기를 다 닦지도 않았는데 주인은,

"7번 방으로 안내해 드려라!"

하고 외쳤다. 이 말을 마지막으로 더는 손님에게 말도 걸지 않고, 방으로 가는 손님의 뒷모습을 지켜보지도 않았다. 새까만 고양이가 주방 쪽에서 걸어와 살며시 주인의 무릎 위로 올라가 웅크리고 앉았다. 주인은 그것을 아는지 모르는지 지그시 눈을 감고 있다. 잠시 후 오른손이 담배 상자 쪽으로 움직여 그 굵은 손가락이 담배를 말기 시작했다.

"6번 손님 목욕 끝나시면 7번 손님 안내해 드려라."

무릎의 고양이가 깜짝 놀라 뛰어 내렸다.

"바보! 네 놈에게 말한 게 아니야."

고양이는 후다닥 주방 쪽으로 달려가 버렸다. 벽시계가 느리게 여덟 시를 쳤다.

"할멈, 기치조(吉藏)가 졸려 하지 않나? 빨리 이불난로 넣어 주고 재우지. 가엾게도."

오히려 주인 목소리가 졸린 듯하다. 주방 쪽에서,

"기치조는 여기서 복습하고 있어요."

할멈의 소리 같았다.

"그래? 기치조야, 그만 자고 아침 일찍 일어나 복습하거라. 할멈, 빨리 난로 넣어 주고."

"지금 곧 넣어 줄 거예요."

부엌 쪽에서 하녀와 할멈이 얼굴을 마주보고 쿡쿡 웃었다. 문쪽에서 하품 소리가 크게 났다.

"영감 자기가 졸린 게지."

오십을 대여섯 넘긴 듯한 작은 노모가 그을린 이불난로에 숯불을 넣으면서 중얼거렸다.

현관문이 바람에 덜컹거리는가 싶더니 후드득 비가 몰아치는 소리가 희미하게 들렸다.

"이제 문 꼭 닫아라." 주인은 소리친 후 혀를 차면서,

"또 내리는군."

하고 혼잣말처럼 중얼거렸다. 과연 바람이 꽤 거세지고 비까지 내리기 시작한 듯하다.

초봄이라고 하지만, 차가운 진눈깨비가 섞인 바람이 광활한 무사시노 평야를 휩쓸고 와 밤새도록 캄캄한 미조구치 거리를 미친 듯이 휘몰아쳤다.

7번 방에서는 열두 시가 넘도록 등불이 밝게 빛나고 있다. 가메야에서 아직 잠들지 않은 자는, 이 방 한가운데에서 서로 마주보고 이야기를 하고 있는 두 손님뿐이다. 문밖은 비바람 소리가 요란하고 덧문은 계속 울어 댄다.

"이 모양으로라면 내일 출발은 무리군요."

한 사람이 상대의 얼굴을 보며 말했다. 그는 6번 방 손님이다.

"뭐, 별로 할 일도 없으니 내일 하루 정도 여기서 지내도 되지."

두 사람 다 붉은 얼굴에 코끝이 번들거렸다. 옆에 놓인 상 위에는 술병이 세 개 놓여 있고, 잔에는 술이 남아 있다. 둘 다 기분 좋은 듯 느긋하게 책상다리로 앉아 화로를 가운데에 두고 담배를 피우고 있다. 6번 손님은 잠옷 소매를 허연 팔꿈치까지 걷어 올리고 담뱃재를 털고 다시 피우기를 거듭한다. 둘이 대화하는 모습은 극히 진솔하게 보이지만, 오늘 저녁 처음 이 여관에서 만나 어떤 계기로 두세 마디 벽 너머로 대화를 하다가 너무 적적했던지 6번 손님이 건너와서 명함을 교환하자마자 술을 시키고 대화에 빠져 들더니, 언제부터인가 경어와 반말을 섞어 사용하게 된 것이 틀림없다.

7번 손님 명함에는 오쓰 벤지로(大津辨二郎)라고 쓰여 있다. 직함 같은 것은 쓰여 있지 않다. 6번방 손님 명함에는 아키야마 마쓰노스케(秋山松之助)라 쓰여 있고 여기에도 이름만 쓰여 있다.

오쓰는 오늘 밤에 도착한 양복 차림의 남자다. 훤칠하게 마른 체형과 흰 얼굴은 아키야마와는 대조적이다. 아키야마는 스물대여섯 살 정도로, 둥글게 살이 붙은 붉은 얼굴에 눈꼬리에 애교가 있어 항상 웃는 표정이다. 오쓰는 무명의 문학자이고 아키야마는 무명의 화가로, 우연히도 같은 종류의 청년이 이 시골 여관에서 만난 것이다.

"이제 잘까? 욕도 꽤 많이 한 것 같군."

미술론에서 문학론, 종교론까지 툴은 제멋대로 현세의 유명한 문학자와 화가를 신랄하게 비평하며 열한 시를 치는 소리가 들릴 때까지 시간 가는 줄 몰랐던 것이다.

"아직 괜찮은데. 어차피 내일은 글렀으니까 밤새도록 떠들어도 상관없지."

화가 아키야마는 싱글거리며 말했다.

"그런데 몇 시지?"

오쓰는 풀어 놓은 시계를 보고,

"어라, 벌써 열한 시가 넘었군."

"어차피 밤 새워야겠군."

아키야마는 태평이다. 술잔을 내려 보고,

"자네는 졸리면 누워도 좋네."

"전혀 안 졸려. 자네가 피곤할 거라 생각했지. 나는 오늘 늦게 가와사키를 떠나 삼 리 반을 걸었을 뿐이니 아무렇지도 않지만."

"뭐, 나도 아무렇지도 않아. 자네가 잔다면 이걸 빌려 가서 읽어 보려고 생각했네."

아키야마는 열 장 정도의 원고 같은 것을 들어 보였다. 그 표지에는 '잊을 수 없는 사람들'이라고 쓰여 있다.

"그건 정말 안 되네. 그러니까 자네 경우로 치자면 연필로 스케치한 것이나 다름없어서 남이 봐도 이해할 수 없으니까."

이렇게 말하면서도 오쓰는 아키야마의 손에서 그 원고를 뺏으려고 하지 않았다. 아키야마는 한두 장을 펼쳐서 대충 읽어 보고,

"스케치도 스케치 나름의 재미가 있으니 좀 보고 싶네."

"글쎄, 일단 돌려줘 보게."

오쓰가 아키야마의 손에서 원고를 빼앗아 여기저기 들춰 보고 있는 동안 둘은 아무 말도 하지 않았다. 문밖의 비바람 소리가 이때 새삼스럽게 두 사람의 귀로 들려왔다. 오쓰는 자기가 쓴 원고를 바라본 채 가만히 귀를 기울이며 멍하게 있다.

"오늘 같은 밤은 자네 소관일세."

아키야마의 목소리가 오쓰의 귀에는 들리지 않은 듯하다. 대답도 없다. 비바람 소리를 듣고 있는지 원고를 보고 있는지 혹은 멀리 백 리나 떨어진 곳의 사람을 생각하고 있는지, 아키야마는 마음속으로 오쓰의 지금의 얼굴, 지금의 눈매는 화가인 자기의 소관이라고 생각했다.

"자네가 이것을 읽는 것보다는 내가 내용을 말해 주는 것이 좋을 듯하네. 어때, 자네 들어 보겠나? 이 원고는 아주 대충 써 놓은 것이라 읽어도 모를 테니."

꿈에서 깨어난 듯한 눈으로 오쓰는 아키야마를 바라보았다.

"자세히 말해 준다면 더욱 좋지."

하고 아키야마가 오쓰의 눈을 보니, 오쓰의 눈은 눈물로 약간 촉촉해져 묘한 빛을 발하고 있다.

"가급적 자세히 말해 줄테니. 재미없으면 주저 없이 말해 주게. 그 대신 나도 거리낌 없이 말하지. 왠지 내 쪽에서 들어 달라고 부탁하는 기분이 되어 묘하군."

아키야마는 화로에 숯을 넣고 철제 용기 안에 차가워진 술병을 집어넣었다.

"잊을 수 없는 사람이란 잊어서는 아니 되는 사람만을 의미하는 것은 아니다. 들어 보게, 내 원고의 처음에 써 넣은 것이 이 말이지."

오쓰는 잠시 아키야마 앞에 그 원고를 내밀었다.

"그래서 나는 먼저 이 말에 대해 설명하려고 생각하네. 그러면 자연히 이 글의 주제를 알 수 있게 될 터이니. 자네도 대략 무슨 말인지 아리라 생각하네만."

"그런 말 하지 말고 어서 말해 보게. 나는 평범한 독자의 자세로 들을 테니. 실례지만 옆으로 누워 듣겠네."

아키야마는 담배를 물고 옆으로 누웠다. 오른손으로 머리를 받치고 오쓰의 얼굴을 보면서 미소를 짓고 있다.

"부모나 자식, 또는 친구와 지인 그밖에 은혜를 입은 선생님과 선배 같은 사람은 한마디로 말해 단순히 잊을 수 없는 사람이라고는 할 수 없지. 잊어서는 아니 되는 사람이라고 말해야지. 그런데 그런 은혜와 사랑의 인연도 없고 의리도 없는 전혀 모르는 타인 중에서 솔직히 말해 잊어버린다고 해서 인정이나 의리를 모른다고 할 수도 없지만, 이상하게 끝끝내 잊을 수 없는 사람이 있지. 세상 모든 사람에게 그런 사람이 있다고는 할 수 없으나, 적어도 내게는 있어. 아마 자네에게도 있을걸."

아키야마는 묵묵히 고개를 끄덕였다.

내가 열아홉 때의 봄 중턱으로 기억하는데, 몸이 좀 좋지 않아 잠시 요양할 생각으로 도쿄의 학교를 그만두고 고향으로 돌아가던 때였어. 오사카에서 세토를 오가는 기선을 타고 파도 잔잔한 봄날의 세토 내해(瀨戶內海)를 항해했는데, 거의 십여 년 전의 옛날 일이니 내가 그때 함께 탄 승객이 어떤 사람이었는지 선장은 어떤 남자였는지 다과를 나르는 보이의 얼굴은 어떠했는지 그런 것은 전혀 기억이 나지 않아. 아마 내게 차를 따라 준 분도 있던 것 같고 갑판 위에서 잡담을 나눈 사람도 있던 것 같으나 아무도 기억에 남아 있지 않네.

그때는 건강이 좋지 않아 그다지 들뜬 마음도 없이 사색에 빠져 있었음이 틀림없지. 갑판 위로 나와 장래의 꿈을 꾸거나 당시의 내 신세 등을 계속 생각하고 있던 것은 기억나네. 물론 젊은 나이니 그런 모습이 이상할 것도 없지. 그곳에서 나는 봄날의 화창한 햇살이 기름처럼 해면에 녹아드는 잔잔한 바다에, 배가 시원한 소리로 물살을 가르며 나아감에 따라 안개에 쌓인 섬들이 다가왔다가 멀어지는 좌우의 경치를 바라보았지. 유채꽃과 보리의 파란 새싹이 어우러져 마치 비단을 깐 듯한 섬들이 안개 속에 떠 있는 것처럼 보였어. 그러는 가운데 배 오른쪽으로 작은 섬 하나가 나타났는데, 배와 섬의 거리가 가까워 나는 난간에 기대어 아무 생각 없이 그 섬을 바라보았지. 산기슭 여기저기에 키 작은 소나무가 작은 숲을 이루고 있을 뿐, 보기에는 밭도 없고 집 같은 것도 없었어. 썰물이 빠진 적막한 갯벌이 햇볕에 빛나고, 잔잔한 파도가 해안을 어루만지듯 긴 해안선이 칼날처럼 번뜩거렸지. 산 위 하늘 높이 종달새가 울고 있어 그 섬이 무인도가 아닌 것을 알 수 있었어. "논밭이 있는/ 섬인 걸 알 수 있네/ 높이 나는 종달새" 이것은 내 부친이 지은 하이쿠인데 산 너머에 틀림없이 인가가 있으리라 생각했지. 그렇게 바라보고 있을 때 햇볕에 빛나는 갯벌에 사람 하나가 눈에 들어 왔어. 분명히 남자이고 아이는 아니었지. 뭔가 자꾸 주워서 망태인지 통 같은 것에 담고 있는 듯했어. 두세 걸음 걷고는 쭈그려 앉아 뭔가를 주웠어. 나는 적막한 섬 그늘의 작은 해변에서 조개를 캐고 있는 그 사람을 오랫동안 바라보았지. 배가 점차 멀어지자 그 사람은 검은 점처럼 보였어. 그러는 중에 해변과 산, 섬 전체가 안개 속으로 사라져 버렸지. 그 후 오늘까지 거의 십 년간, 나는 그 섬 그늘의 얼굴도 모르는 사람이 얼마나 자주 떠올랐는지 모르네. 그가 나의 '잊을 수 없는 사람들'의 한 사람일세.

그다음은 지금으로부터 오 년 전이던가, 설날을 고향 집에서 보내고 곧바로 규슈로 여행을 떠나, 구마모토에서 오이타로 규슈를 횡단하던 때였네.

나는 아침 일찍 동생과 함께 짚신에 각반을 차고 기운차게 구마모토에서 출발했어. 그날은 아직 해가 중천에 뜬 가운데 다테노(立野)라는 역참 마을까지 걸어가 그곳에서 하루 묵었지. 다음날 아침 일찍, 해가 뜨기도 전에 다테노를 떠나 오래전부터 가 보고 싶던 아소 산(阿蘇山)의 흰 연기를 쳐다보며 서리를 밟고 다리를 건너 길을 잘못 들기도 하면서 이윽고 정오 때에 정상 가까이 올라 분화구에 이른 것은 한 시가 넘었을 때야. 구마모토 지방은 따뜻한 데다가 바람 한 점 없이 맑게 갠 날이어서, 겨울이지만 육천 척*의 높은 산도 그다지 춥게 느껴지지 않았어. 정상의 분화구에서 분출되는 수증기가 하얗게 얼어붙어 있었으나, 그 밖으로는 산에 눈은 거의 보이지 않고 단지 하얗게 마른풀이 바람에 흔들리고, 타버린 흙이 붉고 검은 색을 띠고 절벽을 이루며 옛 분화구의 흔적을 남기고 있었는데, 그 황량한 광경은 글과 말로 다 표현하기 어려우니 이를 묘사하는 깃은 아무래도 자네 소관이라고 생각하네.

우리는 일단 분화구 주위까지 올라가 한동안 엄청나게 큰 분화구를 들여다보고 사방의 대장관을 한껏 즐기고 있었으나, 과연 정상은 바람이 차서 견딜 수 없었기에, 분화구에서 조금 내려가 아소신사 옆에 엽차 정도는 얻어먹을 수 있는 작은 산장이 있어, 그곳으로 피신하여 주먹밥을 먹고 다시 기운을 차려 분화구까지 올라갔네.

그때는 해가 벌써 많이 저물어 히고(肥後) 평야에 피어오르는 아지랑이가 흡사 그곳에 보이는 옛 분화구 절벽과 같은 색으로 붉게 물들었어. 봉우리들 사이로 워뿔형으로 높이 솟아 오른 구쥬령(九重嶺) 기슭의 고원에 가득한 마른풀이 석양에 물들고, 공기가 물처럼 맑아 사람과 말이 지나는 것도 보일 듯했지. 막막한 하늘과 땅, 게다가 발밑에는 굉장한 소리를 내며 흰 연기가 뭉게뭉게 피어올라 똑바로 하늘로 치솟는가 싶더니, 이내 꺾여 봉우리를 스쳐 지나가 하늘 저편으로 사라져 버렸어. 장엄하다 해야 할지 아름답다고 해야 할지, 우리는 묵연히 한마디도 하지 않고 잠시 석상처럼 서 있었지. 이때 천지의 끝없음, 불가사의한 인간 존재에 대한 생각 등이 내면의 깊숙한 곳에서부터 일어나는 것은 자연스러운 일이었다고 생각하네.

그런데 가장 우리의 마음을 끈 것은 구쥬령과 아소 산 사이의 커다란 분지였어. 그곳은 예로부터 세계 최대의 분화구 유적이라고 하는데, 과연 구쥬령의 고원이 가파르게 패어져 있고, 몇 리에 걸친 절벽이 그 분지 서쪽을 둘러싸고 있는 것이 눈앞에 확연히 보였어. 난타이 산(男體山)의 분화구는 풍광이 아름답고 조용한 추젠지호(中禪寺湖)로 바뀌었으나, 그 대분화구는 언제부터인가 오곡이 열리는 수천 정보(町步)의 전원으로 바뀌어 마을 여기저기의 나무숲과 보리밭이 바야흐로 저녁 해에 조용히 빛나고 있었지. 우리가 그날 밤 피곤한 다리를 이끌고 달콤한 잠을 자게 될 미야지(宮地)라는 역참 마을도 그 분지에 있었다네.

아예 산 위의 산장에서 일박을 하고 분화구의 야경을 구경하자는 말도 둘 사이에서 나왔으나 일정이 촉박하여 결국 산에서 내려오기로 하고 미야지를 향해 내려갔지. 하산길은 등산길보다 훨씬 경사가 완만하여 산 능선과 계곡의 마른풀 사이로 뱀처럼 굽어진 길을 서둘러 가니, 마을에 가까워지면서 건초를 등에 진 말 몇 마리를 지나쳤어. 주위를 둘러보니 이곳저곳의 능선 좁은 길에는 노을빛 속에 사람들이 말들을 이끌고 낭랑한 방울 소리를 울리며 산 밑 마을로 돌아가고 있었지. 말들은 모두 건초를 등에 지고 있었네. 산기슭은 바로 밑에 보이는데도 한참을 걸어도 마을이 나타나지 않아, 해가 저물어 가기도 하여 우리는 걸음을 빨리 하다가 나중에는 뛰어 갔네.

마을에 도착한 때는 이미 해가 저물어 어둑한 저녁 때였어. 마을의 저녁은 활기로 넘쳐 어른들은 하루 일과를 마무리하기에 바쁘고 아이들은 어두컴컴한 담 그늘과 화덕의 불빛이 보이는 집 앞에 모여 웃고 노래하고 울고 있었지. 이것은 어느 시골도 다를 바 없으나, 나는 황량한 아소 산 초원에서 뛰어 내려와 돌연 인간 세상에 던져진 그때만큼 그런 광경에 감동을 한 적은 없었던 것 같네. 둘은 날이 저물어 길이 멀다고 느끼면서도 애틋한 심정으로 지친 발을 끌고 미야지를 그날 밤의 목표로 하여 걸었지.

마을 하나를 벗어나 숲과 밭 사이를 한동안 걷자, 해는 완전히 저물어 우리 둘의 그림자는 뚜렷하게 땅 위로 찍히게 되었어. 뒤돌아서서 서쪽 하늘을 쳐다보니 아소 산에서 갈라져 나온 봉우리 오른쪽에 새로 나온 달이, 마치 맑고 푸른 물빛처럼 분지 일대의 마을을 제 세상인 양 비치고 있었지. 문득 뭔가 보이는 느낌에 고개를 들어 하늘을 쳐다보자, 대낮에는 새하얗게 피어오르던 연기가 달빛을 받아 회색으로 물들어 청색 유리 같은 하늘을 향해 올라가는 모습이 참으로 굉장하기도 하고 아름답기도 했어. 길이보다는 너비가 더 넓은 다리에 이르러, 그 난간에 기대어 지친 다리를 쉬면서 둘은 다양한 모습으로 피어오르는 연기를 바라보기도 하고, 멀리서 들려오는 마을 사람의 말소리를 듣고 있었네. 그러자 둘이 지금 걸어온 길 쪽에서 덜커덩거리는 빈 수레 소리가 숲으로 메아리치고 허공에 울려 퍼지며 점차 가까이 다가오는 것이 또렷하게 들리기 시작했어.

잠시 후 낭랑하게 맑은 소리의 마부가(馬子唄)가 빈 수레 소리와 함께 점점 가까이 다가왔어. 나는 연기를 바라보며 귀를 기울이고 그 소리가 다가오는 것을 가만히 기다리고 있었지.

사람 모습이 보이는가 싶더니 "미야지는 살기 좋은 곳, 아소 산기슭"이라는 민요를 길게 늘이며 부르는데, 마침 우리가 서 있는 다리 바로 앞까지 들려온 그 민요의 뜻과 비장한 음이 얼마나 내 마음을 움직였던가. 스물네다섯으로 보이는 건장한 청년이 고삐를 잡아끌며 우리 쪽은 쳐다보지도 않고 지나가는 것을 나는 가만히 바라보았지. 저녁 달빛을 등지고 있었으므로 그의 옆얼굴도 잘 보이지 않았으나 건장한 체구의 검은 윤곽이 지금도 내 눈에 또렷이 보이는 듯하네.

나는 멀어지는 청년의 뒷모습을 오랫동안 지켜보고 다시 아소 산 연기를 쳐다보았지. '잊을 수 없는 사람들'의 또 한 사람은 바로 그 청년이라네.

다음은 시코쿠의 미쓰가하마(三津ヶ濱)에서 하룻밤 묵고 기선을 기다리던 때였네. 초여름이라고 기억하는데, 나는 아침 일찍 여관을 나왔으나 기선은 오후에 도착한다고 하기에 항구의 해변과 마을을 거닐었지. 내륙의 마쓰야마(松山)가 가까우므로 이 항구는 크게 번성하여 특히 아침에는 어시장이 섰는데, 시장 주위는 매우 혼잡했어. 하늘은 말끔히 개여 아침 해는 환히 빛나고, 빛나는 것에는 반사를 주고, 색 있는 것에는 빛을 더하여 번잡한 광경을 더욱더 현란하게 만들고 있었지. 무언가 외치는 자, 사람을 부르는 자, 웃음소리가 희희낙락하게 이쪽에서 일어나고 저쪽에는 환호와 욕설이 섞여 들끓는 모습으로 파는 자와 사는 자, 남녀노소, 모두 뭐가 그리 바쁘고 재미있고 기쁘다는 것인지 이리 뛰고

저리 뛰고 있었어. 늘어선 노점들은 손님을 기다리고 있었네. 파는 게 무어냐는 건 굳이 말할 것도 없고 먹는 이들은 대개 뱃사람이었어. 도미에 광어에 장어, 문어가 그곳에 널려 있었지. 사람들이 설쳐대는 소매와 옷깃에 비린내가 풀풀 일어나 코를 찔렀네.

나는 외지 사람이라 그 지방에는 전혀 연고가 없으니 당연히 아는 사람도, 본 적이 있는 사람도 없었지. 그곳에 있으니 왠지 그러한 광경이 묘한 느낌을 불러 일으켜 세상의 모습이 한층 선명하게 보이는 듯했어. 나는 거의 나 자신을 잊고 이 번잡 속을 하릴없이 거닐다가 비교적 조용한 어떤 길로 나왔다네.

그러자 곧 내 귀에 들어온 것은 비파 소리였어. 저쪽 가게 앞에 비파승이 서 있었네. 나이는 마흔을 대여섯 넘긴 듯하고 넓게 각진 얼굴에 키가 작은 살찐 남자였지. 그 얼굴빛, 그 눈빛은 슬픈 비파 음에 꼭 어울렸고, 흐느끼는 듯한 비파 줄의 소리로 이어지는 곡조는 낮고 탁하게 가라앉아 있었네. 거리의 사람들은 아무도 이 스님을 돌아보지 않고, 집안의 사람들 아무도 이 비파에 귀를 기울이는 것 같지 않았어. 아침 해는 환하고 속세는 바빴다네.

그러나 나는 가만히 비파승을 바라보며 비파 소리에 귀를 기울였어. 좁은 거리에는 집들의 처마가 들쑥날쑥 어지럽고, 게다가 바쁜 듯한 광경이 비파승이나 비파 소리와는 조화되지 않은 모습이면서도 어딘가 깊은 인연이 느껴졌지. 흐느끼는 비파 소리가 거리의 집들을 떠돌다가 장사꾼의 큰 소리와 시끄럽게 깡깡 대는 대장간 소리에 섞여, 별도로 한 줄기 맑은 샘물이 탁한 물결 사이를 흐르는 듯한 그 소리를 듣고 있자니, 기쁘고 들뜨고 재미있고 바쁘다는 표정을 한 거리의 사람들 마음속 깊은 곳의 비파 줄이 자연의 곡조를 연주하는 것처럼 느껴졌네. '잊을 수 없는 사람들' 의 한 사람은 바로 이 비파승이라네.

여기까지 이야기한 오쓰는 원고를 밑에 놓고 잠시 생각에 잠겼다. 문밖의 비바람 소리는 조금도 사그라들지 않았다. 아키야마는 일어나 앉아,

"그리고?"

"이제 그만하지, 너무 밤이 깊었으니. 아직 몇 개 더 있지. 홋카이도 우타시나 탄광의 광부, 대련만(大連灣)의 청년 어부, 반쇼 강의 곱사등이 사공 등 내가 하나하나 이 원고에 쓴 것을 상세히 말하자면 밤이 새어 버릴걸. 어쨌든 내가 왜 이들을 잊을 수 없는가 하는 것은, 그저 생각이 나기 때문이지. 왜 생각나는 것인가? 나는 그것을 자네에게 말하고 싶은 걸세.

요컨대, 나는 끊임없이 인생 문제로 괴로워하면서 또 내 장래의 큰 꿈에 억눌려 스스로 괴로워하는 불행한 사람이라네.

그래서 오늘 같은 밤 나 홀로 밤늦게 등불을 마주하고 있으면, 인생의 고독을 느껴 견딜 수 없을 정도의 애상을 불러일으키지. 그때 내 이기심의 뿔은 뚝 부러져 왠지 사람이 그리워지네. 옛날 일과 친구가 생각나지. 그때 강하게 내 머리에 떠오르는 것은 바로 그 사람들이네. 아니, 그때 그 광경 속에 서 있던 그 사람들이네. 아(我)와 타(他) 사이에 무슨 차이가 있겠는가. 모두 다 이승의 어느 하늘 어느 땅 한구석에서 태어나 머나먼 행로를 헤매다가 서

로 손잡고 영원한 하늘로 돌아가는 게 아닌가. 이런 감정이 가슴 속 깊은 곳에서 일어나서 나도 모르게 눈물이 뺨을 타고 흘러내린 적이 있네. 그때는 실로 아도 아니며 타도 아닌, 단지 모두가 그립고 애틋하게 느껴지네.

나는 그때만큼 마음의 평온을 느낀 적이 없다네. 그때만큼 자유를 느낀 적이 없다네. 그때만큼 명리경쟁(名利競爭)의 속념이 사라지고 모든 것에 대한 동정이 깊어지는 때가 없다네.

나는 어쨌든 이 제목으로 내 힘껏 한번 써 보려고 생각하네. 내게 동감하는 자가 반드시 세상에 있으리라 믿네."

그 후 두 해가 지났다. 오쓰는 어떤 일로 도호쿠(東北)의 어느 지방에 살고 있었다. 미조구치의 여관에서 처음 만난 아키야마와의 교제는 완전히 끊어졌다. 마침 오쓰가 미조구치에 묵었던 때와 같은 계절로 비 내리는 밤이었다. 오쓰는 혼자 책상을 마주하고 명상에 빠졌다. 책상 위에는 이 년 전 아키야마에게 보여준 원고인 '잊을 수 없는 사람들'이 놓여 있고 그 마지막 부분에 추가로 써 놓은 것은 '가메야의 주인'이었다.

아키야마가 아니었다.

쇠고기와 감자

메이지 클럽은 시바 구(芝區) 사쿠라다혼고 정(櫻田本鄕町)의 수로 변에, 그리 대단하지는 않으나 그래도 꽤 훌륭한 서양식 건물에 있었다. 그 건물은 아직 남아 있지만 주인은 바뀌었고 메이지 클럽도 지금은 없다.

이 클럽이 아직 왕성하게 활동하던 때의 일이다. 어느 겨울밤, 드물게도 이층의 식당에 등불이 켜 있고, 때때로 크게 웃는 소리가 밖으로 흘러나왔다. 원래 이 클럽은 밤에 사람들이 모인 적이 드물어 스토브 연기는 평소에도 주로 낮에만 피어올랐다.

그런데 아까 시계가 여덟 시를 쳤는데도 사람들은 아직 해산할 분위기가 아니다. 인력거 여섯 대가 현관 옆에 늘어서 있으나 인력거꾼들은 모두 부엌 쪽에서 늘 하던 주사위 도박에 빠져 있는 듯하다.

그때 외투 깃을 세우고 중절모를 푹 눌러쓴 남자가 컴컴한 어둠 속에서 불쑥 나타나 거칠게 초인종을 눌렀다.

안에서 문이 열리자,

"다케우치(竹內) 군은 와 있나요?" 하고 낮고 침착한 목소리로 물었다.

"예, 와 계십니다. 실례지만 성함이?" 애꾸눈에 갸름한 얼굴의 일본 옷을 입은 안내인이 정중하게 말했다.

"이걸" 하고 내민 명함에는 5호 활자로 오카모토 세이후(岡本誠夫)라고 쓰여 있을 뿐, 아무런 직함도 없다. 안내인은 그것을 받아들고 서둘러 이층으로 올라갔다 곧 내려와서,

"자 이리로 오시죠" 하고 안내했다. 안내인의 뒤를 따라서 이층으로 올라가자 스토브가 활활 타오르고 있어 후끈할 정도로 따뜻하다. 스토브 앞에는 세 명, 또 다른 세 명은 조금 떨어져서 의자에 앉아 있다.

옆 테이블에는 위스키 병이 놓여 있고, 텅 빈 컵도 있고 가득 찬 컵도 있는 것으로 보아 사람들은 적당히 술을 마신 듯하다.

오카모토의 모습을 보자 다케우치는 일어나 기운찬 소리로,

"어이, 이리로 앉게" 하고 의자 하나를 권했다.

그러나 오카모토는 쉬이 의자에 앉으려 하지 않는다. 방 안을 둘러보자 그들 중 다섯 명은 이미 일면식 정도는 있는 사람이나, 한 사람, 흰 얼굴에 적당한 살집의 품위 있는 신사는 아직 모르는 사람이다. 다케우치는 그것을 눈치채고,

"어, 자네는 아직 이 친구를 모르지? 소개하지. 이쪽은 가미무라(上村) 군이라고 하고 홋카이도 탄광 회사 직원이야. 가미무라 군, 이쪽은 내 아주 오랜 친구로 오카모토 군……"

하고 아직 말이 채 끝나기도 전에 가미무라라는 신사는 쾌활한 말투로,

"아, 처음 뵙겠소……. 쓰신 글은 평소 잘 보고 있소이다……. 앞으로 친하게……."

오카모토는 단지 "예, 모쪼록 허물없이"라고 대답하고 입을 다물었다. 그리고 의자에 앉았다.

"자, 그럼 다음 이야기를……" 하고 와타누키(綿貫)라는 키가 작고 구레나룻이 짙은 신사가 말했다.

"그래! 가미무라 군, 그리고?" 이야마(井山)라는 눈이 거슴츠레하고 머리숱이 적으며 마른 체구의 신사가 재촉했다.

"아니, 오카모토 씨가 오시니 갑자기 진도가 안 나가네. 하하하." 탄광 회사의 신사는 조금 겸연쩍은 듯 웃었다.

"무슨 이야기인데?"

오카모토는 다케우치에게 물었다.

"아주 재미있네. 무슨 이야기를 하다가 우리 인생관을 이야기하게 되었는데 말이야, 들어 보게. 명론탁설(名論卓說)이 줄줄이 나와 끊이지 않으니."

"뭐, 이미 대략 다 말했습니다. 당신은 우리 속물당과 달리 착실한 사람이니 당신 말을 들어보죠. 어떤가? 제군!"

가미무라는 뒷전으로 물러나려고 한다.

"안 돼, 안 돼. 먼저 자네 이야기를 끝내야지!"

"꼭 듣고 싶군요." 오카모토는 위스키 한 잔을 받아 아래에 내려놓지도 않고 그대로 들이켰다.

"내 이야기는 오카모토 씨의 설과 아마 정반대일 거라고 생각해. 요컨대, 이상과 실제는 일치하지 않아. 절대 일치하지 않지……."

"옳소, 옳소." 이야마가 맞장구를 쳤다.

"끝내 일치하지 않는다면 이상을 따르는 것보다 현실에 복종하는 것이 나의 이상이라는 말입니다."

"단지 그것뿐인가요?" 오카모토는 두 잔째를 손에 들고 신음하듯이 말했다.

"그렇죠. 이상은 먹을 수 없는 걸요!" 하고 말한 가미무라의 얼굴은 토끼를 닮았다.

"하하하, 비프스테이크도 아니고 말이야!" 다케우치는 입을 크게 벌리고 웃었다.

"아니, 비프스테이크입니다. 현실은 비프스테이크입니다, 스튜입니다."

"오믈렛인가!" 지금까지 잠자코 졸고 있던 새빨간 얼굴의 마쓰키(松木), 좌중에서 가장 젊은 듯한 신사가 진지하게 말했다.

"와하하하" 하고 일동이 웃음을 터뜨렸다.

"아니, 웃을 일이 아니야." 가미무라는 조금 초조해져서,

"예를 들면 그렇다는 것이고, 이상을 따르자면 감자만 먹어야 하네. 때에 따라서는 감자도 먹지 못하게 되고. 제군은 쇠고기와 감자 중 어느 것이 더 좋은가?"

"쇠고기가 좋지!" 마쓰키는 다시 졸린 듯한 목소리로 진지하게 말했다.

"그러나 비프스테이크에 감자는 부속물이야." 구레나룻 신사가 우쭐대며 말했다.

"그렇고말고! 이상은 즉 현실의 부속물이지! 감자도 전혀 없으면 곤란해. 그러나 감자뿐이라면 정말 곤란하지!"

가미무라는 자기 말이 적잖이 만족스럽다는 듯 오카모토의 얼굴을 보았다.

"그래도 홋카이도는 감자가 명물이라고 하잖습니까?" 오카모토는 태연하게 물었다.

"그 감자가 문제입니다. 나는 감자에 아주 질려 버렸습니다. 다케우치 군은 알겠지만 나는 이래 봬도 기독교계 도시샤(同志社) 대학 졸업생이라 역시 그때는 열성적인 아멘 족속으로, 달리 말하면 대대적인 감자당이었던 것입니다!"

"자네가?" 자못 의아스러운 얼굴로 이야마가 가슴츠레한 눈을 크게 떴다.

"전혀 이상할 게 없지. 그때는 아주 젊었으니까. 오카모토 씨는 몇 살인지 모르지만 내가 도시샤를 졸업한 때는 스물두 살이었습니다. 십삼 년이나 지난 옛날입니다. 정말 보여 주고 싶을 정도로 열성적인 감자당이었습니다만, 학창 시절부터 나는 홋카이도라는 말만 들으면 소름이 끼칠 정도로 푹 빠졌던 사람으로, 청교도를 자임했으니 한심하지!"

"대단한 청교도다!" 하고 마쓰키가 다시 끼어드는 것을 가미무라는 제발 좀 하고 턱짓으로 말리고 위스키를 홀짝이면서,

"단연코 이 오염된 본토를 떠나 홋카이도 자유의 천지에 투신하

고자 생각했죠" 하고 말했을 때, 오카모토는 가만히 가미무라의 얼굴을 보았다.

"그리고 무턱대고 홋카이도 이야기를 들으러 다녔습니다. 전도사 중에 홋카이도에 갔다 왔다고 하는 사람이 있으면 곧바로 이야기를 들으러 갔습니다. 그런데 또 그쪽은 달콤한 이야기만을 들려줍니다. 아아, 자연이 어떻다는 둥, 이시카리 강(石狩川)은 끝없이 넓다는 둥, 보이는 것은 온통 숲 또 숲이라는 둥, 참을 수 없었어요! 나는 완전히 빠져 버렸습니다. 그래서 나는 여러모로 입수한 정보를 종합하여 이런 상상을 했습니다. ……우선 내가 이마에 땀을 흘리며 숲을 개간하고 나무들을 쓰러뜨리고, 그리고 그곳에 팥씨를 뿌리고……."

"그런 농민을 보고 싶었던 게로군. 아하하하." 다케우치는 웃기 시작했다.

"아니, 실제 그 땅에 갔지. 기다려 봐. 좀 있으면 그곳에 가니까……, 조만간에 점차 전원이 생기고 주로 감자를 재배하고 감자만 있으면 먹고살 수는 있고……."

"야, 감자가 나왔다!" 마쓰키는 다시 끼어들었다.

"그곳 전원 한가운데에 집이 있지. 구조는 극히 보잘것없지만 외관은 미국풍으로 생겼는데, 뉴잉글랜드 식민지 시대의 모습 그대로이고, 지붕이 이렇게 급경사로 되어 큰 굴뚝이 옆쪽으로 하나. 창을 몇 개 달 것인지 나는 아주 고민을 많이 했고……."

"그래서 실제로 그 집이 지어졌나?" 이야마는 다시 게슴츠레한 눈을 크게 떴다.

"아니, 이것은 교토에 있을 때 그려 본 상상이야. 창 문제로 고민했던 것은……, 그렇지. 냐쿠오지(若王寺)를 산책하고 돌아올 때였어!"

"그리고 어떻게 되었죠?" 오카모토는 진지하게 재촉했다.

"그리고 북쪽으로 방풍림을 한 구획, 가급적 숲을 많이 만들어 놓기로 했습니다. 그리고 맑은 시냇물이 방풍림 오른쪽에서 휘몰아쳐 나와 건물 앞을 흘러갑니다. 물론 이 시냇물 위에 보라색 날개와 하얀 등의 집오리와 거위가 떠 있지요. 이 시냇물에 세 치 두께의 판자 다리가 놓여 있습니다. 다리에 난간을 설치할 것인지 말 것인지 여러모로 고민했으나 역시 없는 게 자연스러울 듯하여 설치하지 않기로 했습니다……. 뭐, 구조는 대략 이런데 내 상상은 이것으로 만족할 수 없었습니다……. 일단 겨울이 되면……."

"잠깐. 이야기 도중에 미안하지만, 당신은 그 '겨울'이라는 소리에 심취하지 않았습니까?" 오카모토는 물었다.

사미무라는 놀란 얼굴로,

"당신이 어떻게 그걸 아십니까? 이것 참 재미있군요! 역시 당신은 감자당이오! 겨울이라는 말만 들어도 아주 좋습니다. 왠지 겨울은 즉 자유라는 생각이 들어서요! 게다가 나는 열성적인 '아멘'이었지요, '크리스마스 만세'의 무리였죠. 크리스마스가 오면 아무래도 눈이 질릴 정도로 내리고, 처마에 막대기 같은 고드름이 달려 있지 않으면 이상했으니까요. 그러니 나는 홋카이도의 겨울이라 칭하기보다는 겨울하면 홋카이도라는 느낌입니다. 홋카이도 이야기를 듣다가 '겨울이 되면……'이라는 말만 나오면 온몸이 이렇게 부들부들 떨려옵니다. 그것은 상상할 때도 마찬가지입니다. 겨울이 되면 눈이 집들을 다 덮어 버리고, 밤에는 유리창에서 붉은 불빛이 깜박깜박 흘러나오며, 때때로 바람이 횡 하고 불어오니 숲의 나뭇가지에서는 눈이 툭툭 떨어지고, 외양간에서는 홀스타인종 암소가 음매 하고 우는도다!"

"자네는 시인이다!" 하고 외치며 신발로 바닥을 구른 자가 있다. 곤도(近藤)라고 하며 오카모토가 이 방에 들어온 후에 한마디도 하지 않고 오로지 위스키만 마시던, 키가 크며 성깔이 있어 보이는 얼굴의 남자다.

"그렇지? 오카모토 군!" 하고 덧붙였다. 오카모토는 단지 묵묵히 고개를 끄덕이기만 하였다.

"시인? 그렇지. 그때의 나는 시인이었지. '산들이 안개에 휩싸인'이라는 그레이의 처치야드* 번역을 애독하여 나도 지어 보았지. 요즘의 신체시 시인보다 선배야."

"나도 신체시라면 지은 적이 있어." 마쓰키가 이번에는 좀 이야기에 몰입하여 말했다.

"뭐, 나도 두세 편 지었지." 이야마가 이에 질세라 진지하게 말했다.

"와타누키 군. 자네는 어때?" 다케우치가 물었다.

"아니, 창피하지만 나는 알다시피 여성적인 면이 없어 시인 소질은 전혀 없네. 오로지 '권리와 의무'로 일관했지. 아무래도 나는 꽤 속골(俗骨)이 발달한 것 같아!" 하고 와타누키는 머리를 긁었다.

"아니, 나야말로 아주 창피한 말이지만 이것으로 역시 작품을 썼지. 그리고 무슨 잡지에 두세 편 실은 적도 있다네! 하하하."

"하하하, 하하하." 모두 웃음이 폭발해 버렸다.

"그러면 제군은 모두 왕년의 시인이었군. 하하하. 재미있군, 재밌어!" 하고 와타누키가 외쳤다.

"그런가? 제군들도 지었던가. 놀랍군. 그 옛날에는 우리가 모두 감자당이었군." 가미무라는 크게 면목을 세웠다는 안색.

"이야기의 다음을 부탁합니다." 오카모토는 가미무라를 재촉했다.

"그렇지, 계속하게!" 곤도는 거의 명령하듯이 말했다.

"좋네! 그리고 나는 졸업하자마자 일 년 정도 도쿄에서 우물쭈물하다가 과감히 홋카이도로 출발한 그때의 심정은 말도 말게, '뭐야, 이 바보들아!' 하는 마음이었지. 우에노 정거장에서 기차를 타고, 빠앙 하고 기적이 울리며 기차가 움직이기 시작하자 나는 창밖으로 머리를 내밀고 도쿄 쪽으로 침을 뱉었던 것이야. 그리고 뭐라 말할 수 없는 기쁨이 솟아올라 남모르게 손수건으로 눈물을 닦았지. 정말로!"

"잠깐, 자네, 아까 '이 바보들아!' 하는 마음이라는 말이 나는 이해가 안 되는데……, 그게 무슨 뜻인가?" 하고 '권리와 의무'의 와타누키가 진지하게 물었다.

"누구긴, 도쿄 놈들을 말한 거지. 명리에 급급한 그 추태는 뭔가! 바보들아! 나를 봐! 하는 심정이라는 말이야." 가미무라 역시 진지하게 주석을 달아 주었다.

"그리고 가는 과정은 생략하고 어쨌든 무사히 홋카이도의 삿포로에 도착했네. 감자의 본고장에 도착했어. 그리고 어렵지 않게 십만 평의 땅이 손에 들어왔네. 자, 이제부터야. 소위 이마에 땀을 흘리는 것은 이제부터라며 곧바로 착수했지. 당연히 처음부터 나와 이상을 함께한 친구, 지금도 역시 나와 같은 회사에 다니는데, 그와 둘이서 개간 사업을 시작했던 것이야. 그렇지, 다케우치 군도 잘 아는 가지와라 신타로(梶原信太郎) 말이야……."

"아, 가지와라 군이!? 그도 역시 감자당이었던가. 지금은 돼지처럼 살쪘잖아?" 다케우치도 놀란 듯하다.

"그렇지. 지금은 괴물 같은 얼굴로 피가 뚝뚝 떨어지는 비프스테이크를 두 입에 다 먹어 치우지. 그런데 그는 나와 비교하면 원래가 영리한 사람이라서 말이야, 두 달 정도 견뎠던가. 어느 날 이런 어리석은 짓은 그만두자며 동의를 구하더라고. 논리인즉, 스스로 이렇게 은자가 될 필요는 없다, 자연과 싸우기보다는 오히려 세상과 격투해야 하지 않는가, 감자보다 쇠고기가 자양분이 많다는 것이었어. 나는 그때 강하게 반대했지. 그만두려면 그만둬, 나는 혼자서라도 하겠다고 버텼지. 그러자 그는, 하려면 맘대로 하게. 자네도 얼마 후에 깨달을 거야. 요컨대 이상은 공상이야, 미치광이의 꿈이란 대사를 남기고 홀쩍 떠나 버렸다네. 홀로 남은 나는 계속 분투해 보았지만 솔직히 내심 불안했지. 그래도 소작인 두어 명과 함께 그 후 석 달 가량 인내했다네. 훌륭하지 않은가!"

"바보로군!" 곤도가 꾸짖듯이 말했다.

"바보? 말이 심하군! 지금 보면 큰 바보지만 그러나 그때는 아주 훌륭했다네."

"역시 바보야. 처음부터 자네는 체질이 아니었어. 홋카이도에서 감자만 먹을 수 있는 체질이 아니야. 그걸 모르고 석 달이나 견디다니 바보라고 할 수밖에!"

"그래, 바보라도 좋아. 자네가 말하는 '체질'이 아니라는 걸 점차 깨닫기 시작했지. 다행인 것은 내게 감자 자질이 없었던 거야. 그곳에서 여름도 지나고 기대하던 '겨울'이라는 놈이 점차 다가왔어. 그전에 먼저 가을부터가 기대와 딴판이었어. 울창한 숲 위로 후드득 가을비가 내리고, 햇빛이 왠지 엷은 듯한 기분. 이야기 상대는 없고 먹을 것은 한 톨에 얼마씩 하는 비싼 쌀 약간과 감자. 자는 곳은 나무껍질로 벽을 대신한 움막."

"그건 당신이 각오한 바가 아니었나요?" 오카모토가 끼어들었다.

"몰랐습니다. 이상보다는 실제로 좋은 게 좋다는 것을. 각오는 했지만 역시 아무래도 감동할 수 없었습니다. 일단 그렇게 살다보니 뼈만 남던 걸요."

가미무라는 이렇게 말한 후에 술잔으로 조금 입을 축이고,

"나는 야위는 걸 원했던 게 아니야!"

"하하하." 일동은 웃음을 터뜨렸다.

"그래서 나는 곰곰이 생각했네. 과연 가지와라 놈이 말한 대로다, 어리석다. 그만두자고 하여 결국 그만두었으나, 그냥 그곳에서 겨울을 지냈다면 나는 아마 죽어 버렸을걸."

"그래서 결국 뭐라는 거죠? 지금 당신의 결론은?" 오카모토는 비웃는 듯한 진지한 표정으로 말했다.

"그러니 감사는 실렸다는 말입니다. 아무래도 지금은 현실주의자가 되어, 돈을 벌고 맛있는 것을 먹고 이렇게 제군과 스토브를 쬐며 술을 마시고 자유롭게 열띤 토론을 하고 배가 고프면 쇠고기를 먹는……"

"옳소, 나도 동감이네. 충군애국이건 뭐건 쇠고기와 양립하지 못하면 아무것도 아니야. 양립하지 않으면 양립시키지 못하는 자가 바보인 거야" 와타누키는 크게 기염을 토했다.

"나는 아니야!" 곤도는 외쳤다. 그리고 스토브 앞의 의자에 승마 하듯이 등받이를 앞으로 하고 걸터앉았다. 매서운 눈으로 좌중을 돌아보면서,

"나는 감자당도 아니고 쇠고기당도 아니야! 가미무라 군 등은 처음에는 감자당이었지만 나중에 쇠고기당으로 변절한 것이야. 즉, 의지박약이다. 요컨대 제군은 시인이었지만 시인은 타락했다. 그리하여 코를 벌름거리며 쇠고기 굽는 냄새를 쫓는 그 추태란!"

"어이, 자네. 남을 욕하기 전에 먼저 자신의 소신을 말해야지. 자네는 어떤 타락인가?" 가미무라가 따지듯이 물었다.

"타락? 타락이라는 건 높은 곳에서 낮은 곳으로 떨어지는 거잖아. 나는 다행히 처음부터 높은 곳에 있지 않았으니 그런 추한 짓은 못하지! 자네는 주의(主義)로 감자를 먹었어. 좋아서 먹은 게 아니야. 그러니 쇠고기에 굶주린 것이야. 나는 좋아서 쇠고기를 먹네. 그러니 애초부터 배를 곯지 않았으며 지금도 게걸스럽게 탐하지 않아……"

"도대체 무슨 말이야!" 가미무라가 외쳤다. 곤도가 곧바로 무언

가 말하려고 자세를 취했을 때, 급사 한 명이 성큼성큼 곤도 옆으로 와서 귀에 대고 무언가 속삭였다. 그러자,

"나, 곤도는 그렇게 관대한 주인이 아니라고 말해 줘!" 하고 호통쳤다.

"뭐야?" 좌중의 한 사람이 놀라서 물었다.

"글쎄, 인력거꾼 녀석이 또 도박하다가 져서 돈 좀 빌려 달라고 하잖아. ……근데 도대체 무슨 말이라니? 내 논리는 확실하잖아! 자네들은 쇠고기당이고, 쇠고기주의야. 나는 애초부터 쇠고기가 좋네. 주의고 나발이고 내겐 없어!"

"전적으로 찬성하네!" 하고 조용하게 낮고 굵은 목소리로 말한 자가 있다.

"찬성이지?" 곤도는 빙긋 웃고 오카모토의 얼굴을 보았다.

"지극 찬성이야. 주의가 아니라고 한 것은 지극 찬성이네. 세상에 주의라는 놈만치 어리석은 것은 없어" 하고 오카모토는 그 초롱초롱한 눈빛을 좌중으로 던졌다.

"그 의견을 듣도록 하지. 꼭 부탁하네!" 곤도는 사각의 턱을 내밀었다.

"당신은 어느 쪽이죠? 소와 감자. 음, 감자죠?" 가미무라는 능히 알겠다는 표정으로 오카모토의 말을 권유했다.

"나 역시 쇠고기당도 아니고 감자당도 아닙니다. 그러나 곤도 군처럼 쇠고기를 좋아하는 것도 아닙니다. 물론 그 주의라는 수제 요리는 아주 싫어합니다만, 그렇다고 해서 고기냐 감자냐 하는 선택의 요구에도 응할 수 없습니다."

"그렇디면 뭐지?" 하고 이야마가 게슴츠레한 눈을 깜박거렸다.

"아무것도 아닙니다. 비유는 관두고 노골적으로 말하지만, 나는 '바로 이것이야'라는 이상을 받들 수도 없고, 그렇다고 해서 속세에 영합하여 육욕을 충족함으로써 내 삶이 족하다고도 못합니다. 불가능합니다. 하지 않는 게 아닙니다. 실은 어느 쪽이라도 좋으니 후딱 결정해 버리면 좋지 않을까 생각하지만 어떠한 연유인지 지금 단 하나의 이상한 소원을 갖고 있으므로, 그 때문에 어느 쪽으로도 결정하지 못하고 있습니다."

"뭐야, 그 이상한 소원이라는 것은?" 곤도는 예의 강압적인 말투로 물었다.

"한마디로는 말할 수 없습니다."

"설마 늑대를 통째로 구워 한잔 마시고 싶다는 농담은 아니겠지?"

"일단 이런 것입니다. ……실은 나는 한 여자를 사랑한 적이 있습니다" 오카모토는 진지하게 이야기하기 시작했다.

"유쾌, 유쾌. 이야기가 점입가경이로군. 그래서?" 젊은 마쓰키는 의자를 스토브 쪽으로 당겼다.

"이야기가 조금 갑작스럽지만, 우선 내 이상한 소원이라는 것을 말하기 위해서는 이 이야기부터 시작하도록 하죠. 그 여자는 대단한 미인이었습니다."

"오호라!" 마쓰키는 뛸 듯이 기뻐했다.

"어떻게 생겼느냐 하면 둥글고 하얀 얼굴에, 어깨는 서양 여자처럼 살집이 좋으면서도 선이 부드럽고, 눈은 조금 졸린 듯 또렷하지는 않으나 생각에 잠긴 듯한 분위기가 있어, 그 눈이 애교를 띠고 가만히 쳐다보면 아무리 목석 같은 남자도 녹아 버립니다. 나도 간단히 홀려 버렸습니다. 처음 그녀를 보았을 때는 별로 그리 생각하지 않았으나, 한 번이 두 번, 세 번이 될 때쯤부터는 이상하게 마음이 끌려서 왠지 그녀가 자꾸 생각나게 되었습니다. 그래도 나는 아직 사랑한다고는 생각하지 않았지요.

어느 날 내가 그 여자 집에 가자, 부모는 외출 중이라 단지 하녀와 그녀 그리고 열두 살의 여동생, 이렇게 세 명만 있었습니다. 그런데 그녀는 몸이 좀 아프다고 방에 혼자 쓸쓸히 앉아 있었습니다만, 그녀가 낮은 소리로 노래를 부르는 것을 나는 툇마루에 앉아 들었습니다.

'오에이(お榮) 씨, 나는 당신 목소리를 들으면 왠지 슬퍼져 견딜 수 없습니다' 하고 불쑥 말을 꺼내자,

'저는 왜 이런 세상에 살고 있는지 알 수 없어요' 라고 그녀가 자못 외롭다는 듯이 말했습니다. 내게는 이 말이 대철학자의 염세론보다 더 진실하게 들렸습니다만, 그 뒤는 자세히 말하지 않아도 아시겠지요.

둘은 곧 사랑의 노예가 되어 버렸습니다. 나는 그때 처음으로 사랑의 기쁨과 슬픔을 알았습니다. 두 달 가량의 세월이 마치 꿈처럼 지나갔습니다만, 그중에 중요한 한두 장면을 말하자면 우선 이런 일이 있었습니다.

어느 날 오후 다섯 시쯤부터 친구 부부의 양행(洋行) 송별회에 참석했는데, 내 애인도 그녀의 어머니와 함께 참석했습니다. 백작의 영애도 나올 정도로 송별회는 손님이 아주 많았습니다만, 밤

열 시경 이윽고 끝이 나서 나는 호텔에서 시바산나이(芝山內)의 그녀 집까지 달빛도 좋으니 걸어서 바래다 주기로 하여 어머니와 셋이서 천천히 걸어가는데, 도중에 어머니는 양행 부부를 매우 칭찬하며 부럽다는 듯한 말을 했습니다. 그 말 속에 자기 딸은 탈속적 경향이 심해 유감이라는 뜻이 있고, 그런 경향이 있는 것도 요컨대 교제하는 남자 때문이라는 말도 은근히 섞여 나왔으므로 나와 어깨를 가까이 하고 걷던 그녀는 내 손을 꼭 잡았습니다. 그래서 나도 힘주어 맞잡았습니다. 이것이 어머니에 대한 힘없는 반항이었던 것입니다.

그리고 산나이의 산중에 당도하자 나무 사이로 푸른 달빛이 흘러 내려 한층 정취를 더했으나, 어머니는 우리보다 다섯 걸음 정도 앞에서 걷고 있었습니다. 밤은 깊어서 사람의 통행도 드물어 사방은 극히 조용하여 내 구두 소리와 두 여인의 게다 소리만 엄숙하게 울리고 있었습니다만, 아까 어머니의 말이 마음에 걸려 나와 그녀는 말이 없고, 어머니도 갑자기 심각한 표정으로 잠자코 걸어가고 있었습니다.

달빛이 가려진 어두운 숲까지 왔을 때, 그녀는 갑자기 내게 안기듯 달라붙어,

'당신, 어머니 말이 마음에 걸려 나를 버려서는 안 돼요' 하고 속삭이며 손을 내 어깨에 걸치자마자 왼뺨에 쪽 하고 뜨거운 것이 닿는 순간, 그 어떤 꽃보다 좋은 향기가 코끝을 스쳤습니다. 갑자기 밝은 곳으로 나오자, 그녀의 두 눈에는 눈물이 가득 차 있고 안색은 매우 창백했으나 그것은 달빛을 받은 탓도 있겠지요. 어쨌든

나는 이 모습을 보자 일종의 한기가 느껴져 무섭다고도 슬프다고도 할 수 없는 생각이 가슴에 꽉 차, 마치 납덩어리가 가슴을 짓누르는 느낌이었습니다.

그날 밤, 집 앞까지 바래다 주고 어머니가 잠깐 들어와서 차라도 마시고 가라며 권하는 것을 사양하고 집으로 돌아오는데, 어떤 어려운 수수께끼에 걸려들어 그것을 풀어야만 내 운명의 비통이 모두 없어질 것이라는 생각이 들었습니다. 결코 비유가 아닌, 확실히 그런 생각이 들어 가슴은 답답하기만 했습니다. 그래서 곧바로 집으로 돌아가지 않고 산나이의 한적한 곳을 골라 배회하다가 어느새 마루 산 위를 올라가, 벤치에 앉아 한동안 가만히 시나가와 바다 위의 하늘을 바라보았습니다.

'혹시나 그녀가 머지않아 죽지 않을까?'라는 일념이 번개처럼 내 마음속 가장 어두운 바닥에서 번뜩여서 나는 벌떡 일어났습니다. 그리고 주위를 정신없이 왔다 갔다 땅을 쳐다보고 걸으며 '결코 그런 일은 없어!', '절대 없어!' 라고 악마를 질타하는 듯 말해 보았으나 악마는 결코 떠나지 않았습니다. 때때로 발을 멈추고 땅을 응시하고 있으면, 창백한 그녀의 얼굴이 또렷하게 눈앞에 나타나 아무래도 그 안색이 이 세상 사람이 아닌 것처럼 보였습니다.

이윽고 나는 마음을 진정시키고 오늘 밤은 충분히 자는 게 좋다, 모두가 나 혼자의 미혹이라고 결심하고 산에서 내려가기 시작했습니다. 그러자 다시 나를 혼란케 하는 사건과 마주쳤습니다. 그것은 산을 오를 때에는 조금도 눈치채지 못했으나 길가에 있는 나무의 가지에 사람이 매달려 있던 것입니다. 놀랐죠. 나는 머리

부디 찬물을 뒤집어쓴 듯 그곳에 우뚝 서 버렸습니다.

그래도 용기를 내서 다가가 보니 여자였습니다. 물론 그 얼굴은 보이지 않았으나 길에 벗어 놓은 게다를 보니 젊은 여자라는 걸 알 수 있었습니다……. 나는 정신없이 고요관(紅葉館) 쪽에서 산 나이로 내려가 막다른 곳에 있는 파출소까지 달려가서 그 사실을 알렸습니다……."

"그 여자가 자네가 사랑한 여자였다는 말이군." 곤도는 냉정하게 말했다.

"그렇게 되면 완전히 소설이 되겠지만, 다행히 소설은 되지 않았습니다.

이틀 후의 신문을 보니 나이는 열아홉, 군인과 정을 통하여 임신했으나 군인은 고향으로 돌아가 버려, 몸의 처치가 궁하여 자살한 것 같다고 쓰여 있었습니다. 어쨌든 나는 그날 밤 거의 자지 못했습니다.

그러나 다행히도 다음날, 그녀의 얼굴을 보자 일상은 바뀌지 않았고, 그리고 그 그윽한 눈이 미소를 머금고 맞아 주자 전날 밤부터 계속되던 마음의 고뇌는 안개처럼 사라져 버렸습니다. 그리고 다시 한 달 정도는 아무런 일 없이 단지 기쁘고 즐거운 일뿐이었고……."

"그렇군. 이거 흥미진진한데." 와타누키가 바닥을 차고 말했다.

"잠자코 들어 보게. 그리고?" 마쓰키는 지극히 심각한 표정이 되었다.

"그 다음을 내가 말할까? 이럴 거야. 마지막으로 그녀가 꼴사납게 하품을 한 번 하는 바람에 그것으로 신성한 사랑이 최후를 맞이했다. 그렇지?" 곤도도 웬일인지 진지하게 말했다.

"하하하, 하하하." 두세 명이 웃음을 터뜨렸다.

"아니, 적어도 내 사랑은 그랬거든." 곤도가 덧붙였다.

"자네도 사랑이란 걸 아는가?" 이것은 이야마의 성격에 어울리지 않는 말투.

"오카모토 군의 이야기 도중이지만 내 사랑을 말해 볼까? 일분 안에 다 할 수 있지. 나는 어느 여자와 야릇한 관계가 되었다. 둘은 정신없이 즐거운 나날을 보냈다. 삼 개월째에 여자가 하품을 한 번 했다. 두 사람은 헤어졌다. 이것으로 끝. 요컨대 누구의 사랑이라도 이게 결론인 거야. 여자라는 동물은 삼 개월이 지나면 열이면 열, 다 질려 버리지. 부부라면 할 수 없으니 함께 살지만 그것은 여자가 하품을 억지로 씹으며 하루하루를 보내는 것에 불과해. 어떤가? 자네는 그렇게 생각하지 않나?"

"그럴지도 모릅니다. 그러나 나의 사랑은 다행히도 그 하품까지는 이르지 않았습니다. 다음 이야기를 들어 주시죠."

"나는 그 무렵 가미무라 씨의 경우처럼 홋카이도 열풍에 빠져 있었습니다. 사실 말하자면 지금도 홋카이도 생활은 좋을 것으로 생각합니다. 그래서 나도 여러모로 상상을 했으므로 그것을 애인과 이야기하는 것이 크나큰 즐거움이었습니다. 가미무라 씨의 아메리카식 집처럼 나도 큰 도화지에 연필로 도면까지 그렸습니다. 그러나 조금 다른 것은 겨울밤의 창에서 깜박깜박 불빛이 보일 뿐 아니라 때때로 즐거운 웃음소리, 여자가 부르는 맑은 노랫소리도 들리게 하고 싶었습니다⋯⋯."

"하지만 나는 상대가 없었던걸요." 가미무라가 분하다는 듯이 말했으므로 모두가 와 웃었다.

"그게 자네가 감자당을 변절한 이유 중 하나지?" 와타누키가 말했다.

"아냐, 그건 거짓말이야. 가미무라 군에게 만약 짝이 있었다면 홋카이도 땅을 밟기도 전에 변절했을 거라 생각하네. 여자란 도저히 감자주의를 실행할 수 있는 존재가 아니거든. 선천적인 비프스테이크당이야. 나와 똑같지. 여자가 감자를 좋아한다는 것은 거짓말이야!" 곤도가 호통 치듯 말했다. 그의 마지막 한마디에 모두가 또다시 와 하고 웃었다.

"그래서 두 사람은⋯⋯." 오카모토가 담담히 말하기 시작했으므로 점차 조용해졌다.

"둘은 장래 삶의 터전을 홋카이도로 결정해 놓고, 상의도 충분히 했으므로 나는 먼저 고향에 돌아가 친척에게 맡겨 놓은 산림 전답을 모두 다 팔아치우고 그 자금으로 신개간지를 홋카이도에 만들고자 생각하여, 십일 정도의 일정으로 고향에 돌아갔으나 친척의 반대도 있고 매매 가격도 맞지 않는 등의 문제로 시간이 지연되어 이십일이나 시일이 걸렸습니다.

그런데 어느 날 그녀의 어머니로부터 전보가 왔습니다. 놀라서 황급히 귀경해 보니 그녀는 이미 죽었던 것입니다."

"죽었다고?" 마쓰키는 외쳤다.

"그렇습니다. 그래서 내 모든 희망이 모두 물거품이 되어 버렸습니다." 오카모토의 이 말이 끝나기 무섭게 곤도가 다음과 같이 연설조로 말했다.

"아니, 대단히 재미있는 연애담을 들어 우리 일동은 감사하지 않을 수 없습니다. 그런데 말입니다. 나는 오카모토 군을 위해 그 연인의 죽음을 축복합니다. 축복한다고 하는 말이 적당하지 않다면 기뻐합니다. 은밀히 기쁩니다, 차라리 기쁩니다, 오히려 기쁩니다. 혹시나 그녀가 죽지 않았다면 말입니다, 그 결과는 비참한, 반드시 죽음의 비참보다 더한 것이 있었을 것으로 믿는 바입니다."

여기까지는 매우 진지했으나 자기도 조금 우스워졌는지 갑자기 톤을 바꾸어 목소리를 낮추고 웃음을 머금은 채,

"왜냐하면 여자는 하품을 할 테니……. 일반적으로 하품에는 몇 종류가 있네. 그중에 가장 슬프고 미워해야 할 하품이 두 가지 있네. 하나는 삶을 지겨워하는 하품, 또 하나는 연애를 지겨워하는 하품이네. 삶을 지겨워하는 하품은 남자의 특색이고, 연애를 지겨워하는 하품은 여자의 천성이네. 하나는 가장 슬퍼해야 할 것이고, 또 하나는 가장 미워해야 할 것이네."

하고 조금 진지한 말투로 돌아와서,

"즉, 여자는 삶을 지겨워하는 경우가 거의 없네. 젊은 여자가 때로 그런 모습을 보일 경우가 있어. 그러나 그것은 사랑의 갈증에서 생긴 변태에 불과하네. 다행히 사랑을 얻고 그 후 몇 년간은 지극히 즐거운 듯하네. 진실로 즐겁지. 아마 즐거움(樂)이라는 글자의 모든 의미는 바로 이런 여자를 위해 존재한다고 생각하네. 그러나 곧 질려 버리지. 즉 사랑에 질려 버려. 사랑에 질린 여자만큼

처치 곤란한 것은 결코 세상에 달리 없을 것이야. 나는 이것을 미워해야 한다고 말했으나, 실은 오히려 불쌍하게 생각해야 할 것이야. 그런데 남자는 그렇지 않아. 때때로 삶 그 자체에 질리는 수가 있어. 그런 경우에 사랑을 만나면 비로소 하나의 활로를 얻지. 그래서 모든 마음을 바쳐 사랑의 불꽃 속에 몸을 던지게 되네. 그런 경우에 사랑은 즉 남자의 삶이지."

이렇게 말하고 곤도는 오카모토를 돌아보고,

"그렇지? 내 말이 맞지 않나?"

"전혀 말이 안 돼!" 마쓰키가 외쳤다.

"하하하, 말이 안 된다고? 실은 나도 그리 자신은 없네. 단지 지금처럼 말해 보고 싶어서 그랬네. 어떤가? 오카모토 군. 그러니 나는 생각하네. 자네가 감자당이 아니고 비프스테이크당도 아니며, 단지 하나의 이상한 소원을 갖고 있다고 말하는 것은 죽은 여인을 만나고 싶다는 뜻이겠지?"

"노!"라고 외치며 오카모토는 의자에서 일어났다. 그는 이미 꽤 취해 있었다.

"노라고 우선 한마디만 하겠습니다. 그리고 제군이 만약 나의 이상한 소원이라는 것을 경청해 준다면 말하겠습니다."

"제군은 모르겠지만 나는 꼭 듣지" 하고 곤도는 손을 흔들었다. 모두는 단지 잠자코 오카모토의 얼굴을 보고 있었으나 마쓰키와 다케우치는 진지하게, 와타누키와 이야마, 가미무라는 미소를 짓고,

"그럼, '노' 라는 한마디를 다시 한 번 강조해 둡니다.

과연 나는 곤도 씨가 짐작한 대로 연애에 의해 하나의 활로를 연 남자입니다. 그러므로 여자의 죽음은 나에게 큰 타격으로, 거의 모든 희망이 파괴된 것은 아까 말한 대로입니다. 만약 혼을 부를 수 있는 향이라도 있다면 나는 이삼백 근이라도 사고 싶었습니다. 모쪼록 그녀를 다시 한 번 내게 되돌리고 싶었습니다. 내 일념이 여기에 이르자 미칠 것 같았습니다. 나는 태연히 자백하지만 내가 그녀를 생각하며 얼마나 울었겠습니까. 얼마나 그 이름을 부르고 하늘을 우러러 보았을까요. 실로 그녀가 다시 한 번 이 세상에 살아 돌아오는 것은 나의 소원입니다.

그러나 이것은 아까 말한 나의 이상한 소원은 아닙니다. 나의 진실한 바람은 아닙니다. 나는 아직 큰 바람, 깊은 바람, 열렬한 바람을 갖고 있습니다. 이 바람만 이루어진다면 그녀는 부활하지 않아도 좋습니다. 부활하여 내 눈앞에서 나를 배신해도 좋습니다. 그녀가 내 앞에서 빨간 혀를 내밀고 냉소해도 좋습니다.

아침에 도를 들으면 저녁에 죽어도 좋다는 말과 나의 바람은 크게 의미가 다르지만 그 마음은 같습니다. 나는 이 소원이 성취되지 않는다면 앞으로 백 년을 살아도 아무 소용이 없고, 전혀 기쁘지도 않고, 오히려 괴로울 것이라고 생각합니다.

전 세계의 사람들 모두 이 소원을 가지지 않아도 좋습니다. 나혼자 이 소원을 추구하겠습니다. 내가 이 소원을 추구하기 위해, 그 때문에 강도죄를 저지르게 되어도 나는 후회하지 않겠습니다. 살인, 방화, 뭐라도 상관없습니다. 만약 귀신이 있어 내게 보증하길, '네 처를 달라 내 이를 범하리. 네 아이를 달라 내 이를 먹으리. 그러면 내 너의 소원을 들어주겠노라'고 말한다면, 나는 기뻐 날뛰며 아내가 있으면 아내를, 아이가 있으면 아이를 귀신에게 주겠습니다."

"거 참 재미있군. 빨리 그 소원이라는 것이 듣고 싶어졌어!" 와타누키가 구레나룻 털을 잡아당기며 외쳤다.

"이제 말하겠습니다. 제군은 오늘과 같은 연약한 정부에는 질렸으리라 생각합니다. 그래서 비스마르크와 카불, 글래드스톤, 도요토미와 같은 인간을 뒤섞어서 하나의 강철과 같은 정부를 만들어 과감한 정치를 해 보고 싶다는 희망이 틀림없이 있을 것입니다. 나도 실로 그러한 소원을 가지고 있습니다. 그러나 나의 이상한 소원은 이것도 아닙니다.

성인이 되고 싶다. 군자가 되고 싶다. 자비의 부처가 되고 싶다. 그리스도와 석가, 공자 같은 인간이 되고 싶다. 진실로 그렇게 되고 싶습니다. 그러나 만약 나의 이 이상한 소원이 이루어지지 않음으로써 그렇게 된다면 나는 전혀 성인도, 신의 아들도 되고 싶지 않습니다.

산림 생활! 이 말만 하여도 내 피는 끓습니다. 즉 나로 하여금 홋카이도를 생각하게 한 것도 이것입니다. 나는 때때로 교외를 산책합니다만, 요즘의 겨울 하늘은 맑아 멀리 지평선 위로 빙 둘러싼 산맥이 눈을 머리에 이고 있는 것을 보면 곧 내 피는 파도칩니다. 참을 수 없게 됩니다! 그러나 말입니다. 내 일념 한 번의 그 소원을 떠올리면, 이런 것은 아무것도 아니게 됩니다. 만약 내 소원만 이루어진다면 이 번잡하고 속된 도시의 인력거꾼이 되어도 좋습니다.

우주는 불가사의하다든가, 인생은 불가사의하다든가, 천지탄생의 본원은 무엇이라든가 하는 시끄러운 토론이 있습니다. 과학과 철학과 종교는 이것을 연구하고 규명하여, 평안한 땅을 그 위에 세우려고 발버둥치고 있습니다. 나도 대철학자가 되고 싶고, 다윈을 능가할 정도의 대과학자가 되고 싶으며, 혹은 대종교가가 되고 싶습니다. 그러나 내 소원이라는 것은 이것도 아닙니다. 만약 내 소원이 이루어지지 않는다면, 대철학자가 된다 해도 나는 나를 냉소하고 내 얼굴에 '가짜' 라는 두 글자를 낙인찍겠습니다."

"뭐야? 빨리 말하게. 그 소원이라는 것을!" 마쓰키는 애가 탄다는 듯 말했다.

"말하겠습니다. 놀라지 마십시오."

"빨리빨리!"

오카모토는 조용히,

"깜짝 놀라고 싶다는 것이 내 소원입니다."

"뭐야? 어이가 없군!"

"뭐라는 거야!"

"유머인가?"

사람들은 내뱉듯 말했으나 곤도는 혼자 묵묵히 오카모토의 설명을 기다리고 있는 듯하다.

"이러한 시가 있습니다.

Awake, poor troubled sleeper: shake off
thy torpid night-mare dream.*

즉, 내 소원이라는 것은 몽마(夢魔)를 떨쳐버리고 싶은 것입니다!"

"무슨 말인지 모르겠네!" 와타누키는 중얼거렸다.

"우주의 불가사의를 알고 싶다는 바람이 아닙니다. 불가사의한 우주에 놀라고 싶다는 바람입니다!"

"점점 더 수수께끼 같군!" 이번에는 이야마가 얼굴을 슬쩍 쓰다듬었다.

"죽음의 비밀을 알고 싶다는 바람이 아닙니다. 죽음이라는 사실에 놀라고 싶다는 바람입니다!"

"자네 마음대로 마음껏 놀라면 되지 않나? 아무것도 아니잖아!" 와타누키는 비웃듯이 말했다.

"신앙 그 자체는 나의 바람이 아닙니다. 신앙 없이는 잠시라도 안주할 수 없을 정도로, 이 우주와 인생의 신비를 고민하고자 하는 것이 나의 바람입니다."

"이건 더욱더 이해하기 어렵군." 마쓰키는 중얼거리고 오카모토의 얼굴을 뚫어져라 응시했다.

"오히려 너무 오래 사용한 포도 같은 눈알을 도려내고 싶은 것이 나의 바람입니다!" 하고 오카모토는 갑자기 탁자를 쳤다.

"유쾌, 유쾌." 곤도는 불쑥 목소리를 높였다.

"보름스 제국회의에서 왕후의 위무에 굴하지 않은 마르틴 루터의 간은 먹고 싶다고 생각하지 않습니다. 루터가 열아홉 살 때 학우 아렌키시스가 벼락을 맞고 눈앞에서 죽은 것을 보고 죽음 그 자체의 신비에 놀란 그 마음이야말로 내가 욕망하는 바입니다.

와타누키 군은 마음껏 놀라라고 말했습니다. 마음껏 놀라는 것은 아주 좋은 말입니다. 그러나 결코 마음껏 놀랄 수는 없는 것입니다.

내 애인은 죽었습니다. 이 세상에서 사라졌습니다. 나는 완전한 사랑의 노예였으므로 그녀가 죽어 내 마음의 아픔은 매우 컸습니다. 그러나 나의 비통은 사랑의 상대가 죽었기 때문에 생긴 비통입니다. 죽음이라는 냉엄한 사실을 직시할 수 없었습니다. 즉, 사랑만큼 사람의 마음을 지배하는 것은 없습니다. 그 사랑보다도 더욱 몇 배의 힘을 사람의 마음 위에 가하는 것이 있다고 알려졌습니다. 말하자면 습관의 힘입니다.

Our birth is but asleep and forgetting.*

이 구절과 같습니다. 우리는 태어나서 이 천지에 왔습니다. 아무것도 모르던 소아 때부터 많은 일을 겪고, 매일 태양을 보고 매일 밤 별을 바라봅니다. 이런 까닭으로 이 불가사의한 천지도 전혀 불가사의하지 않게 됩니다. 삶과 죽음도, 우주 전체의 현상도 평범하게 되어 버립니다. 철학에서 무어라 하고 과학에서 무어라 거창한 말을 해도, 나는 천지 밖에 서 있는 것과 같은 태도로 이 우주를 대합니다.

Full soon thy soul shall have her earthly freight,

And custom lie upon thee with a weight,

Heavy as frost, and deep almost as life!*

이와 같습니다. 이대로입니다!

즉 내 소원은 모쪼록 이 서리를 깨서 떨어뜨리는 것입니다. 어떻게 해서든 낡고 오래된 습관의 억압에서 탈피하여 경이의 염(念)을 가지고 우주를 스스로 돌아보고 싶습니다. 그 결과가 비프스테이크주의가 되든 감자주의가 되든 또 염세주의자가 되어 이 생명을 저주하든 결코 개의치 않습니다!

결과는 상관없습니다. 원인을 허위로 만들고 싶지 않습니다. 습관 위에 선 유희적 연구에 전제를 두고 싶지 않습니다.

아, 달빛이 아름답다든가 꽃의 저녁이 뭐라든가 별밤이 어떻다든가, 요컨대 거침없이 흘러나오는 시인의 문자는, 그것은 도락에 불과합니다. 그들은 결코 진짜를 보지 못하고 환영을 보고 있습니다. 습관의 눈이 만드는 환상을 보고 있는 것에 불과합니다. 감정의 유희입니다. 철학도 종교도 그 핵심을 모르니, 그 이하의 것들은 말할 것도 없습니다.

내 지인 중에 이렇게 말한 사람이 있습니다. 나는 누구인가(What am I?)라는 바보 같은 질문을 하여 사서 고생하는 사람이 있지만, 도저히 알 수 없는 것은 아무래도 알 수 없는 것이라며 비웃는 사람이 있습니다. 세상 사람들 말 그대로입니다. 그러나 이 질문은 반드시 답을 구하기 위해 낸 질문이 아닙니다. 실은 이 천지에서 나라는 존재가 얼마나 불가사의한 것임을 통감하여 자연히 나온 심령의 외침입니다. 이 질문 자체가 심령의 진정한 소리입니다. 이것을 비웃는 것은 심령의 마비를 자백하는 것입니다. 내 소원은 오히려 어떻게 해서든 마음에서 이 질문이 나오도록 하고 싶은 것입니다. 그렇지만 이 질문은 입으로는 나와도 마음으로는 여간해서 나오지 않습니다.

나는 어디에서 와서 어디로 가는가? 흔히 하는 말이지만, 역시 이 질문을 발하고자 욕망하는 사람의 마음에서 종교의 원천이 흘러나옵니다. 시도 그렇습니다. 그러니 그 이외는 모두 유희입니다. 허위입니다.

이제 그만합시다! 무익합니다. 무익합니다. 아무리 말해도 무익합니다……. 아아, 지쳤습니다! 그러나 마지막으로 한마디 합니다만, 나는 인간을 두 종류로 구별하고 싶습니다. 말하자면 놀라는 사람과 태연한 사람……."

"나는 어디에 속하지?" 마쓰키는 웃으면서 물었다.

"물론 태연한 사람에 속합니다. 여기에 있는 일곱 명은 모두 태연, 태평의 종류에 속합니다. 아니 세계 십 수억만 명 중, 태연한 사람이 아닌 자가 몇 명이나 되겠습니까. 시인, 철학자, 과학자, 종교가, 학자, 정치가라도 대개는 모두 태연하게 이론을 말하거나 깨달은 얼굴을 하거나 울거나 하는 것입니다. 나는 어젯밤 꿈을 하나 꾸었습니다.

죽는 꿈을 꾸었습니다. 죽어서 어두운 길을 혼자 터벅터벅 더듬어 가면서 불쑥 '설마 죽을지는 몰랐어!'라고 외쳤습니다. 정말입니다. 참으로 나는 외쳤습니다.

그래서 나는 생각합니다. 백이면 백, 현재 남의 장례식에 참석하거나 부모가 죽고 자식이 죽어도 또 자기가 죽은 후, 지옥의 문 앞에서 설마 내가 죽을지는 몰랐다고 외쳐 저승사자의 웃음을 사는 무리들이겠죠. 하하하, 히히히, 히히하."

"누가 놀래 주면 딸꾹질이 멎는다고 하는데, 그냥 태연히 쇠고기를 먹을 수 있는데도 일부러 나서서 놀라고 싶어 하는 것도 기이하군. 하하하." 와타누키는 그 큰 배를 감싸 쥐었다.

"아니, 나도 놀라고 싶다고 말은 하고 있지만, 역시 단지 그렇게 말할 뿐입니다. 하하하."

"단지 말뿐인가? 하하하."

"단지 말뿐이라고? 히히히."

"그런가! 그저 바라 마지않는다는 것이네? 하하하."

"결국 도락에 불과합니다. 하하하." 오카모토는 같이 웃었으나, 곤도는 오카모토의 얼굴에서 뭐라 표현하기 어려운 고통의 빛을 엿보았다.

소년의 비애

소년의 기쁨을 시라고 한다면 소년의 슬픔 또한 시다. 자연의 마음에 깃든 환희를 노래해야 한다면 자연의 마음에 속삭이는 비애 또한 노래해야 할 것이다.

　어쨌든 나는 소년 시절의 슬픈 이야기 하나를 말하고자 한다(라고 한 남자가 말을 시작했다).

　나는 여덟 살부터 열다섯 살까지 도쿄의 부모를 떠나 숙부 댁에서 자랐다.

　숙부의 집은 그 지방의 명문가로 산림 전답을 많이 가지고 있어 집에는 부리는 하인도 늘 일고여덟 명 정도가 있었다.

　나는 소년 시절을 시골에서 보내게 해 준 부모의 호의를 감사하지 않을 수 없다. 만약 내가 여덟 살 때 부모와 함께 도쿄에 가서 지냈다면 나의 오늘은 꽤 달라졌으리라 생각한다. 적어도 내 지혜는 지금보다 더 발달했을지 모르지만 내 마음은 워즈워스 시집의 고원하며 청신한 시상(詩想)을 수용하지 못했으리라 믿는다.

나는 야산을 뛰어다니며 행복하게 칠 년을 보냈다. 숙부 집은 고개 기슭에 있어 근처에는 울창한 숲이 있고 강이 있고 샘과 연못도 있으며, 그리고 멀지 않은 곳에 세토 내해로 흘러가는 강이 있었다. 산과 들, 숲과 계곡, 바다와 강으로 나는 자유롭게 쏘다녔다.

열두 살 때라고 기억한다. 도쿠지로(德二郎)라는 하인이 어느 날 내게 오늘밤 재미있는 곳으로 데려가 줄까 하고 권했다.

"어디로?" 하고 나는 물었다.

"어디라고 물을 것 없이 어디라도 좋지 않나요? 내가 데리고 가는 곳은 다 재미있지요" 도쿠지로는 미소를 띠고 말했다.

노쿠지로라는 남자는 그때 스물다섯 가량의 건장한 젊은이로 숙부 집에는 열하나, 열두 살 때부터 와 있던 고아였다. 거무스름한 얼굴에 윤곽이 반듯한 미남자로, 술만 마시면 꼭 노래하고 마시지 않아도 노래하면서 일하는 매우 활달한 남자였다. 항상 즐거운 표정이고, 마음 씀씀이도 지극히 바르기에 고아치고는 보기 드물다고 숙부를 비롯하여 동네 사람 모두가 칭찬했다.

"하지만 숙부님이나 숙모님에게는 비밀입니다"라고 말하고 도쿠지로는 노래하면서 뒷산으로 나를 데리고 올라갔다.

때는 한여름, 달빛이 밝은 밤이었다. 나는 도쿠지로의 뒤를 따라서 논으로 나가 벼 내음 가득한 논둑길을 달려 강둑으로 나왔다. 한 단 높은 둑에 오르면 너른 들판이 다 보였다. 아직 초저녁이지만 환하게 맑은 달빛이 산과 들을 비추고, 들판 끝에는 꿈과 같이 몽롱한 안개가 끼어 있고, 숲은 가득한 연기 속에 떠 있는 듯하며, 키 작은 강버들의 잎사귀에 맺힌 이슬은 구슬처럼 빛났다. 바다로 흘러가는 작은 강은 밀물에 가득 불어났다. 수면이 높아져 강에 걸친 나무다리가 갑자기 낮게 보이고, 강버들은 반쯤 물에 잠겼다.

둑 위로는 바람이 살랑 불어오지만, 잔물결도 일지 않는 거울 같은 수면은 한없이 맑은 하늘의 모습을 비추었다. 도쿠지로는 둑을 내려와 다리 밑에 묶여 있던 작은 배의 밧줄을 풀고 훌쩍 올라타니 그때까지 잔잔하던 수면이 갑자기 파문을 일으켰다.

"도련님, 빨리빨리!" 하고 도쿠지로는 나를 재촉하면서 노를 잡았다.

내가 뛰어오르자마자 작은 배는 바다 쪽으로 떠내려가기 시작했다.

바다에 가까이 갈수록 강 너비는 점차 넓어지고 달은 수면에 맑은 빛을 비추었다. 좌우의 둑은 점차 멀어지고, 뒤돌아보면 강 상류가 이미 안개에 숨어 버려 보이지 않게 되니, 배는 어느새 바다로 나왔다.

너른 호수와 같은 물굽이(灣)를 가로지르는 배는 우리의 작은 배뿐. 도쿠지로는 평소의 낭랑한 목소리 대신에 오늘 밤은 나지막한 소리로 노래하면서 조용히 노를 젓는다. 썰물 때는 늪처럼도 보이던 물굽이가 높은 파도와 달빛으로 모습을 싹 바꾸어, 평소 익숙한 흙냄새 나는 물굽이 같은 느낌이 들지 않았다. 남쪽 바다에는 검은 산 그림자가 거꾸로 비치고, 북쪽과 동쪽의 평야는 달빛이 가득하여 어디가 뭍이고 어디가 물인지 구분이 되지 않는 가운데, 작은 배는 서쪽을 향해 나아갔다.

서쪽은 물굽이의 입구여서, 바다가 깊고 좁아지며 높은 육지가 다가선다. 이 항구에 닻을 내린 배들은 많지 않지만 몸집이 큰 것들로, 대개 이 해변에서 나는 소금을 화물로 실은 서양식 돛단배다. 그밖에 이 지방 사람으로 조선과의 무역에 종사하는 자의 배도 적지 않고, 내해(內海)를 오가는 재래식 목선도 있다. 항구의 양쪽에는 산을 등지고 바다를 향한 높고 낮은 집들이 수백 호 보였다.

항구 쪽에서 바라보면 뱃전에 높이 걸린 등불이 별처럼 반짝이고, 수면에 비친 그 빛은 마치 금색 뱀처럼 보인다. 수면에 비친 적막한 산 그림자가 달빛 속에 떠오르니 마치 그림과도 같다.

배가 나아감에 따라 이 삭은 항구의 소리가 점차 늘기 시작했다. 나는 지금 항구의 광경을 자세히 설명할 수는 없으나 오늘도 또렷하게 떠올릴 수 있는 그날 밤의 모습을 최대한 자세히 말하자면, 여름밤의 달 밝은 저녁이므로 뱃사람은 갑판에 나와 있고 집사람은 문밖에 나와 있으며, 바다로 향한 창은 모두 활짝 열려 있고, 횃불은 바람에 흔들려 수면은 기름처럼 반짝였다. 그리고 피리를 부는 사람이 있고, 노래하는 사람이 있으며, 바다를 향한 청루(靑樓)에서 샤미센 연주에 따라 웃음소리가 터지는 광경은 자못 즐겁고 화려한 모습이었고, 동시에 이 화려한 한 폭의 그림을 에워싼 적요한 달빛과 산 그림자, 물빛은 잊을 수가 없다.

돛단배의 검은 그림자 밑을 지나 도쿠지로는 어둑한 돌계단 아래에 배를 댔다.

"올라오세요" 하고 도쿠지로는 내게 말했다. 둑 아래에서 "타세요"라는 말 외에 그는 배 안에서 내게 한마디도 하지 않았으므로 나는 무엇 때문에 도쿠지로가 여기로 나를 데리고 왔는지 전혀 몰랐다. 그러나 하라는 대로 배에서 나왔다.

밧줄을 고리에 묶자마자 도쿠지로는 앞장서서 돌계단을 척척 올라갔다. 나도 말없이 뒤를 따라 올라갔다. 돌계단은 폭이 아주 좁고 양쪽은 높은 벽이다. 돌계단을 다 오르자, 어느 집의 뜰 같은 곳이 나타났다. 사방이 판자 울타리로 두르고 있고 구석에 물통이 놓여 있다. 판자 울타리 한쪽은 귤나무로 보이는 나무가 울창하였으나 나무들 위로 얼굴을 내밀고 있는 달은 환하게 땅을 비추고 있을 뿐, 사람의 기척은 없어 적막하다. 도쿠지로는 잠시 멈춰 서서 귀를 기울이는 듯하다가 성큼성큼 오른쪽 울타리로 다가가 몸을 숙이고 손으로 밀자 검은 문이 소리도 없이 열렸다. 그러자 문에서 곧바로 이어진 계단이 보였다. 문이 열림과 동시에 발소리 조용하게 사다리가 내려와서,

"도쿠 씨?" 하고 얼굴을 들이민 자는 젊은 여자였다.

"기다렸어?" 하고 도쿠지로는 여자에게 말하고 다시 내 쪽을 돌아보고,

"도련님을 데리고 왔지" 하고 덧붙였다.

"도련님, 올라오세요. 어서 당신도 올라와요. 여기서 우물쭈물하고 있으면 안 되니" 하고 여자는 도쿠지로를 재촉했으므로 도쿠지로는 서둘러 사다리를 오르기 시작하며,

"도련님, 어둡습니다" 하며 여자와 함께 올라가 버려, 나도 그 뒤를 따라 어둡고 좁고 경사가 급한 사다리를 올랐다.

뭔지 몰랐지만 이 집은 술과 여자를 파는 청루의 하나로, 지금 여자에게 이끌려 간 곳은 바다를 향한 방인데 난간으로 나가면 항구는 물론, 물굽이, 들판, 그리고 서쪽 바다 끝까지도 다 보였다. 그러나 방은 세 평 크기로 다다미도 오래되고 보기에도 별로 좋은 방은 아니었다.

"도련님, 이곳으로 오세요"라고 말하고 여자는 방석을 난간 아래로 가져오고 다과를 내게 권했다. 그리고 옆방 문을 열자 안주가 준비되어 있었다. 그것을 가져와 여자와 도쿠지로는 마주 앉았다.

도쿠지로는 평소와 달리 심각한 얼굴을 하고 있었으나 여자가 내미는 잔을 받아 한숨에 다 마시고,

"결국 언제로 정해졌지?" 하고 여자 얼굴을 가만히 보면서 물었다. 여자는 열아홉이나 스물 정도로, 창백한 얼굴에 기운 없어 보이는 모습이 병자가 아닐까 의심스러울 정도였다.

"내일, 모레, 글피" 하고 여자는 손가락을 꼽고, "글피로 정해졌어요. 그런데 나는 지금 와서 또 마음이 왔다 갔다 해요"라고 말하면서 고개를 숙이고 있다가 슬쩍 소매로 눈을 훔치는 모습. 그 사이에 도쿠지로는 혼자 술을 따라 벌컥벌컥 마시고 있다.

"지금 와서 뭐라고 해도 할 수 없잖아."

"그건 그렇지만……. 차라리 죽는 게 나을지도 모른다는 생각이 들어서요."

"하하하, 도련님. 이 누나가 죽는다고 말하는데 어떻게 할까요? 어이, 약속한 도련님을 데리고 왔잖아. 잘 봐야지."

"아까부터 보고 있어요. 똑 닮아서 너무 놀랐어요" 하고 여자는

웃음을 머금고 가만히 내 얼굴을 보았다.

"누구를 닮았지?" 하고 나는 놀라서 물었다.

"제 남동생이에요. 도련님이 제 남동생을 닮았다고 말하는 게 죄송하지만, 자, 이걸 보세요" 하고 허리띠 사이에서 한 장의 사진을 꺼내 내게 보여 주었다.

"도련님, 이 누나가 저 사진을 내게 보여 주었을 때 우리 도련님과 똑 닮았다고 말하니 부디 데리고 와 달라고 부탁해서 오늘 밤 도련님을 데리고 왔어요. 맛있는 거 많이 얻어먹어야 합니다" 하고 도쿠지로는 말하면서도 계속 술을 마셨다. 여자는 내게 다가와서,

"뭐든지 다 드리고말고요. 도련님, 뭘 좋아해요?" 여자는 부드럽게 말하고 빙긋이 웃었다.

"아무것도 필요 없어"라고 나는 말하고 고개를 옆으로 돌렸다.

"그럼, 배를 탈까요? 저랑 배를 타죠. 예? 그렇게 해요" 하고 말하고 앞장서서 나가므로 나도 그 말대로 뒤를 따라 사다리를 내려갔다. 도쿠지로는 단지 웃으며 보고 있을 뿐.

아까의 돌계단을 내려가자 여자는 먼저 나를 배에 태운 후, 밧줄을 풀고 훌쩍 뛰어올라 자못 가볍게 노를 젓기 시작했다. 소년이지만 나는 이 여자의 행동에 놀랐다.

해안을 떠나 육지를 올려다보니 도쿠지로가 난간에 기대어 내려다보고 있다. 그리고 안에서 비치는 등불과 밖의 달빛을 받아 그의 모습이 또렷이 보였다.

"조심하지 않으면 위험해!" 하고 도쿠지로는 위에서 말했다.

"괜찮아요! 금세 돌아올 테니 기다려요." 여자는 밑에서 대답했다.

배는 한동안 크고 작은 배 대여섯 척 사이를 누비고 나아가 곧 망망한 바다로 나왔다. 달은 더욱 밝아서 가을밤인가 생각될 정도였다. 여자는 노 젓는 손을 멈추고 내 옆에 앉았다. 그리고 달을 쳐다보고 또 주위를 돌아보면서,

"도련님, 몇 살?" 하고 물었다.

"열둘."

"제 남동생 사진도 열두 살 때 것이에요. 지금은 열여섯……, 그렇지. 열여섯이지만 열두 살 때 헤어져 못 만났으니 지금 도련님과 같을 거라는 기분이 들어요"라고 말하고 내 얼굴을 가만히 보더니 곧 눈물을 글썽거렸다. 달빛을 받아 얼굴은 더욱 창백하게 보였다.

"죽었어?"

"아뇨, 죽었으면 오히려 단념할 수 있지만, 헤어진 후로 어떻게 되었는지 행방을 몰라요. 부모님도 일찍 돌아가셔서 남매 단둘이 남아 서로 의지하고 살았는데, 지금은 뿔뿔이 헤어져서 생사조차 모르게 되었어요. 게다가 나도 조만간에 조선으로 따라가게 되어 이제 이 세상에서 만날 수 있을지나 모르겠어요" 하며 뺨을 타고 흘러내리는 눈물도 닦지 않고 내 얼굴을 바라본 채 훌쩍이며 울었다.

나는 육지 쪽을 보면서 잠자코 이야기를 들었다. 물에 비친 집들의 등불이 반짝거리며 흔들거렸다. 노 젓는 소리 느긋하게 삐걱

거리며 큰 거룻배를 저어 가는 남자는 맑은 소리로 뱃노래를 불렀다. 나는 이때, 어린 마음에도 알 수 없는 슬픔을 느꼈다.

그때 작은 배를 빠르게 저어 오는 사람이 보였다. 도쿠지로였다.

"술 가져 왔다!" 도쿠지로는 큰 소리로 외쳤다.

"어머, 기뻐라. 지금 도련님에게 동생 이야기를 하고 울고 있었어요" 하고 여자가 말하는 동안, 도쿠지로의 작은 배는 옆으로 다가왔다.

"하하하하. 아마 그럴 것 같아서 술을 가져 왔지. 마셔, 마셔라. 내가 노래를 불러 줄게!" 도쿠지로는 이미 취한 듯했다. 여자는 도쿠지로가 건네준 큰 잔에 술을 가득 따라 숨도 쉬지 않고 마셨다.

"한 잔 더!" 하고 도쿠지로가 따라 준 것을 여자는 또다시 숨도 쉬지 않고 다 마시고는 달을 향하여 술기운을 훅 내뱉었다.

"자, 됐어. 이제 내가 노래를 불러 주지."

"아니에요, 나는 마음껏 울고 싶어요. 여기는 아무도 보지 않고 듣지도 않을 테니 울게 해 줘요. 마음껏 울게 해 줘요."

"하하하하. 그럼 울어라. 도련님과 둘이서 들을 테니" 하고 도쿠지로는 나를 보고 웃었다.

여자는 고개를 숙이고 한껏 울었다. 아무래도 큰 소리는 내지 못하는 듯 등을 들썩이며 괴로워하는 듯했다. 도쿠지로는 갑자기 심각한 얼굴을 하고 이 모습을 보고 있다가 곧 얼굴을 돌려 산 쪽을 보고 잠자코 있다. 나는 잠시 후,

"도쿠, 이제 돌아가지" 하고 말하니 여자는 머리를 들고,

"미안해요, 정말로. 도련님, 내가 우는 걸 보아 봤자 재미없죠.

……저, 도련님이 와 수셔서 마치 동생을 만난 것 같았어요. 도련님도 건강하게 어서 커서 훌륭한 사람이 되세요" 하고 울음 섞인 목소리로 말하고, "도쿠 씨, 정말 너무 늦어지면 댁에서 걱정하실 테니 어서 도련님을 데리고 돌아가요. 나는 지금 울어서 어제부터 꽉 막힌 가슴이 시원해진 듯해요."

여자는 우리 배를 따라서 삼사백 미터 왔으나 도쿠지로에게 꾸지람을 듣고 노 젓는 손을 멈추었다. 그러는 사이에 두 척의 작은 배는 점점 멀어졌다. 배가 멀어질 때, 여자는 나를 향해 언제까지나 "저를 잊지 말아 주세요" 하고 거듭 말했다.

그 후 십칠 년이 지난 오늘까지 나는 그날 밤의 광경이 또렷이 떠올라 잊으려 해도 잊을 수가 없다. 지금도 가련한 여자의 얼굴이 눈앞에 어른거린다. 그리고 그날 밤, 엷은 안개처럼 내 마음을 감싼 한 조각 슬픔은 세월과 함께 짙어져 지금도 그때의 내 마음을 떠올리기만 하면 적막하고 달랠 길 없이 안타깝고도 깊은 비애를 느낀다.

그 후 도쿠지로는 내 숙부의 도움으로 어엿한 농민이 되어 지금은 두 아이의 아버지가 되었다.

청루의 여자는 조선으로 건너간 후 다시 어느 곳을 떠돌며 그 덧없는 생애를 보내고 있는지 혹은 이미 이 세상을 하직하고 아예 조용한 죽음의 나라로 갔는지, 나는 당연히 모르며 도쿠지로도 모르는 듯하다.

그림의 슬픔

그림을 좋아하지 않는 아이는 적겠지만 어렸을 때의 나는 특히 무엇보다도 그림이 좋았다(하고 오카모토 아무개가 이야기를 시작했다).

좋아하면 잘하게도 되는 것인지, 과목 중에서 그림으로는 동급생 중에 나보다 나은 아이가 없었다. 그림과 수학에 관해서라면 외람되지만 누구라도 붙어 보라며 나는 매우 우쭐대었다. 그러나 잘하는 것에는 늘 다소의 경쟁이 존재한다. 내가 그림을 좋아하는 것은 오로지 천성이라고 해도 좋을 것이다. 나는 혼자 있으면 그림만 그렸던 것이다.

혼자 그림을 그린다고 하면 내가 지극히 온순한 아이처럼 들리겠지만, 나는 동급생 중에서도 가장 심한 장난꾸러기여서 교장 선생님이 도저히 감당 못하겠으니 퇴학시킨다고 때때로 엄포를 놓은 것만 보아도 전교 제일의 장난꾸러기인 것을 알 수 있으리라.

그렇게 장난과 수학에서는 전교 제일이었지만, 천성적으로 좋아하는 그림은 전교 제일의 명예를 시무라(志村)라는 소년에게 늘 빼앗겼다. 이 소년은 수학은 물론 기타 과목도 전교에서 이류급 이하이나 그림의 천재성에 관해서는 어깨를 견줄 자가 없었고, 그나마 거의 같은 수준이라고 할 수 있는 이는 나 하나뿐이라 다른 학생들은 모두 시무라의 천재성을 숭상하고 있었다. 그러나 나는 시무라를 숭배하지 않았으며 두고 보자는 투지로 계속 분투했다.

원래 시무라는 나보다 나이도 위고 학년도 한 학년 위였으나, 나는 우등생이라 하여 내가 있는 학년과 시무라가 있는 학년을 동시에 공부하도록 교장 선생님이 특별 조치를 취해 주었으므로 자연히 시무라는 나의 경쟁자가 되었다.

그런데 전교의 인기, 즉 교장과 교사를 비롯한 몇 백 명 학생의 인기는 얌전한 시무라에게 더 쏠렸다. 시무라는 온화하고 하얀 얼굴에 여자처럼 보이는 소년이었다. 나도 미소년이기는 했으나 난폭하고 오만하며 싸움을 잘하는 소년인 데다가 항상 전교 일등을 차지하여 시험 때는 반드시 최우등 성적을 얻으므로, 교사는 내 오만이 거슬리고 학생들은 내 압제가 불만이니 나는 아무래도 인기가 없었다. 그래서 모두의 마음은 적어도 그림만이라도 시무라를 제일로 올려, 나 오카모토의 코를 납작하게 해 주자는 속셈이었다. 나는 이런 속셈을 잘 알고 있었다. 그리고 마음속으로 은근히 불만스러운 것은 시무라의 그림이 그리 잘되지 않았을 때도 교장을 비롯하여 모두가 이를 격찬하고, 내 그림은 분명히 잘 그려졌는데도 그렇게까지 칭찬해 주는 사람이 없었던 것이다. 소년이지만 나는 인기라는 것을 증오했다.

어느 날 학교에서 학생 미술 전람회가 열렸다. 출품작은 주로 서예, 도화, 여자는 바느질 작품 등으로, 학생의 학부모와 형제자매는 아침부터 줄지어 찾아 왔다. 제각각의 평판이 난무하고 작품을 낸 학생은 정신이 없었다. 모두 들떠서 전람회장을 들락날락했다. 나도 전람회에 출품하려고 도화지 가득히 말 머리를 그렸다. 말 머리를 비스듬히 옆에서 본 것으로, 당연히 소년의 실력으로는 힘든 화제(畵題)였지만, 나는 이 작품으로 반드시 시무라를 이기겠다는 투지로 학교에서 돌아오면 방 안에 틀어박혀 열심히 그리고 그림본도 참고했다. 또 건방지게도 실물의 사생까지 시도했는데, 다행히 집에서 백 미터 정도 떨어진 뽕밭에 마구간이 있어 몇 번이나 그곳에 다녔다. 윤곽, 음영, 붓놀림 등 나는 분명히 지금까지 내가 그렸던 것은 물론, 시무라가 그린 것 중에서도 이것에 비할 것은 없다고 자신하여 '이것이라면 반드시 시무라를 이긴다. 아무리 불공평한 교사와 학생들도 이번에야말로 내 실력에 압도되리라' 생각하며 대승리의 기대를 품고 출품했다.

작품 제작은 모두 자기 집에서 했으므로 아무도 누가 무엇을 그렸는지 몰랐다. 또 서로 비밀로 했다. 특히 시무라와 나는 서로의 화제를 극비로 하여 정보가 새지 않도록 했다. 그러므로 나는 말을 그리면서도 시무라는 무엇을 그리고 있을까,라는 의문을 항상 품었다.

그리하여 전람회 당일, 아마도 전교 수백 명의 학생 중에서 가장 가슴을 두근거리며 전람회장에 들어간 자는 바로 나였을 것이다. 도화실은 이미 학생 및 가족으로 가득 찼다. 그리고 두 장의 큰 그림(요즘 말하는 대작)이 나란히 걸린 곳 앞에는 관람객이 가장 많이 모였다. 두 장의 대작은 말할 것도 없이 시무라의 작품과 나의 작품이었다.

첫눈에 나는 우선 간담이 서늘해졌다. 시무라의 화제가 콜럼부스의 초상화라니! 게다가 분필로 그려졌다. 원래 학교에서는 연필화만 하고 분필화는 가르치지 않았다. 나도 분필로 그린다는 것은 생각하지도 못했으므로, 그림의 수준은 제쳐 두고 우선 이 하나의 사실에 나는 놀랐다. 게다가 나의 말 머리와 수염투성이의 당당한 콜럼부스의 초상은 한눈에도 전혀 비교의 대상이 되지 못했다. 또 연필 색은 아무리 잘 그려도 도저히 분필 색에 미치지 못한다. 화제나 색채에서 내 것은 요컨대 소년이 그린 그림이고, 시무라의 것은 예술이었다. 기술의 우열은 문제가 아니었다. 관람객 앞에 보일 작품으로는 아무리 자존심이 강한 나도 내 것이 낫다고 말할 수 없었다. 그렇지 않아도 시무라를 숭배하는 무리는 이것을 보고 환호했다. "말도 좋지만 콜럼부스는 대단하군!" 하는 소리가 여기저기서 들려 왔다.

나는 학교 문을 뛰쳐나갔다. 그리고 집에는 돌아가지 않고 곧바로 들판으로 나갔다. 울지 않으려 해도 눈물이 그치지 않았다. 분하기도 하고 부끄럽기도 한 마음에 정신없이 강가까지 달려가 강변의 풀숲에 쓰러져 버렸다.

다리를 버둥거리며 엉엉 울었지만 그래도 분이 풀리지 않아 일어나서 근처의 돌멩이를 주워 사방팔방으로 내던졌다.

이렇게 날뛰는 중에도 나는, 그놈이 언제 분필화를 배웠을까, 누가 그놈에게 가르쳐 주었을까,라고 계속 생각했다.

한참을 울고불고 하니 다소 가슴이 시원해짐과 동시에 피로가 몰려와 어느새 바닥에 누워서 창창한 하늘을 올려다보고 있는데 강여울의 물소리가 졸졸졸 들려왔다. 어린 풀을 쓰러뜨리며 불어오는 바람에 봄 향기가 실려와 얼굴을 스쳤다. 기분이 좋아져서 잠시 가만히 있었으나 돌연, '그렇다. 나도 분필로 그려 보자, 그래'라는 일념에 휩싸여 곧바로 일어나, 서둘러 집에 돌아와 아버지의 허락을 얻어 바로 분필을 사서 화판을 들고 다시 밖으로 뛰쳐나왔다.

그때까지 나는 분필을 가진 적이 없었다. 어떤 식으로 그리는지 전혀 알 수 없었으나 분필로 그린 그림을 본 적은 때때로 있고, 단지 지금까지 내가 그리지 않은 것은 도저히 내 힘이 미치지 못하리라 체념했기 때문이므로, 시무라가 그 정도 그릴 수 있다면 나도 어느 정도 가능하리라 생각했던 것이다.

다시 아까의 강가로 나왔다. 그리고 먼저 내가 착상한 화제는 물레방아였다. 물레방아는 예전에 연필로 그린 적이 있으므로 분필화의 첫 작품으로 다시 이것을 그리고자 생각해, 둑을 거슬러 올라 상류 쪽으로 발을 향했다.

물레방아는 강 건너편에 있어 주위의 분위기도 고풍스럽고 나무들이 울창하게 뒤덮고 덩굴풀이 뒤엉켜 있는 풍경이라 소년의 마음에도 좋은 화제라고 느꼈다. 이것을 강 건너에서 그리기 위해 둑을 내려와 강가의 풀밭으로 나갔는데, 그때까지 버드나무 그늘에 가려져 보이지 않았으나 한 소년이 풀 속에 앉아 계속 물레방아를 사생하고 있는 것을 발견했다. 나와 소년은 백여 미터 떨어져 있었으나 나는 한눈에 시무라인 것을 알았다. 그는 몰두하고 있었으므로 내가 다가가는 것을 눈치채지 못한 듯했다.

어어, 저놈이 와 있네. 어째서 저놈은 나보다 항상 앞서가는 거지. 지겨운 놈이야 하며 크게 기분이 상했으나 그렇다고 되돌아가는 것은 더욱 싫어, 어떻게 할까 생각하며 그대로 우뚝 서서 시무라 쪽을 보았다.

그는 열심히 그리고 있었다. 풀 위로 상반신이 보이고 무릎에는 화판이 펼쳐져 있었다. 강버들 그림자가 뒤에서 그의 온몸을 덮고 있고, 버드나무를 통과한 엷은 빛은 그의 흰 얼굴에서 어깨까지 조용히 내리쬐고 있었다. 이것 참 재미있군, 저 녀석을 그려 주자 하고 나는 그대로 그곳에 앉아서 시무라를 그리기 시작했다. 그런데 희한하게도, 화판을 마주 하니 지겨운 시무라 녀석이라는 생각은 사라지고 오로지 그리는 것에 온 정신을 빼앗겨 버렸다.

그는 머리를 들고 물레방아를 보고는 다시 화판을 보고, 그리고 때로 유쾌한 듯 미소를 지었다. 그가 미소를 지을 때마다 나 또한 나도 모르게 미소를 지었다.

얼마 후 시무라는 돌연 일어나더니 내 쪽으로 몸을 돌렸다. 그리고 아주 온화한 얼굴로 빙긋 웃었다. 나도 덩달아 웃었다.

"너 뭘 그리고 있나?" 하고 시무라가 물었다.

"너를 사생하고 있었지."

"나는 물레방아를 다 그렸는데."

"그래? 나는 아직 미완성이야."

"그래?" 하고 말하고 시무라는 그대로 다시 앉아 원래 자세를 취하고,

"그려. 나는 그동안에 이걸 손볼 테니."

나는 그리기 시작했으나 그리는 동안에 그가 밉다는 생각은 완전히 사라지고 오히려 그가 친근해졌다. 그러는 동안에 다 그려서,

"다 그렸다. 완성이다!" 하고 외치자, 시무라는 내 옆에 와서,

"어, 너는 분필로 그렸네."

"처음이니까 전혀 그림이 안 돼. 너는 분필화를 누구한테 배웠니?"

"저번에 도쿄에서 돌아온 오쿠노 씨에게 배웠어. 그러나 이제 막 배워서 잘 못해."

"콜럼부스는 잘 그렸어. 나는 놀랐다."

그 후부터 둘은 함께 학교에 다녔다. 그 일이 있고 나서 나와 시무라는 아주 사이가 좋아져 나는 진심으로 시무라의 천재성에 감복하고, 시무라도 원래 착한 소년인지라 나를 다시없는 친구로 대해 주었다. 둘은 자주 화판을 들고 산과 들을 쏘다니며 사생을 즐겼다.

얼마 후 나와 시무라는 중학교에 입학하여 고향 마을을 떠나 현청 소재지의 도시로 유학하게 되었다. 중학교에 들어가서도 둘은 그림을 가장 큰 즐거움으로 삼아 예전처럼 함께 사생하러 나갔다.

그 도시에서 우리 마을까지 칠 리, 만약 차도로 가면 십삼 리의 돌아가는 길이 되므로, 우리는 중학교 기숙사에서 마을로 돌아올

때 결코 차를 타지 않고, 여름과 겨울의 방학 때마다 반드시 짚신을 신고 칠 리의 길을 걸어갔다.

칠 리의 길은 오로지 산길이었다. 그 길에는 고개, 계곡, 시냇물, 연못, 폭포, 마을, 아이들, 수풀, 숲의 풍경이 있었다. 기숙사를 아침 일찍 떠나 해질 무렵 집에 도착할 때까지 나는 이것들의 형태, 색, 빛, 정취를 어떻게 그려야 내 마음을 몽롱하게 만드는 수수께끼를 풀 수 있을까 하는 생각뿐이었다. 시무라도 같은 생각이었다. 둘이서 앞서거니 뒤서거니 하며 걷다가 때때로 길가에 앉아 연필 사생을 하고, 그가 일어나지 않으면 나도 일어나지 않고 내가 연필을 떼지 않으면 그도 떼지 않는 식이라, 어느덧 시간이 훌쩍 지나가 버려 둘은 놀라서 남은 일 리 길을 달려간 적도 있다.

그로부터 몇 년 후, 시무라는 사정이 있어 중학교를 중퇴하여 고향에 돌아가고 나는 고향을 떠나 도쿄로 유학하게 되어 언제부턴가 둘 사이에는 연락도 끊어지고 다시 사오 년이 훌쩍 지나 버렸다. 도쿄에 온 후 나는 그림을 생각했지만 그릴 형편이 되지 않아 단지 대가의 명작을 보러 다니며 그나마 나의 화심(畵心)을 달랬다.

내 나이 스무 살 때였다. 오랜만에 고향 마을로 돌아갔다. 집의 창고에서 과거 내가 갖고 다니던 화판을 발견해 시무라가 생각나서 곧바로 마을 사람에게 물어보니, 놀랍게도 그는 열일곱 때 병사했다는 것이다.

나는 오랜만에 화판과 연필을 들고 집을 나섰다. 고향의 풍경은 옛날 그대로였다. 그러나 나는 이미 예전의 소년이 아니었다. 나는 단지 몇 살인가 나이를 너 먹은 것에 그치지 않고, 행인지 불행인지 인생 문제로 고민하고 생사의 문제에 깊이 빠져 있으니, 자연에 대하여 가졌던 옛날의 마음은 완전히 변했던 것이다. 무어라 말할 수 없는 암울한 슬픔(暗愁)은 잠시도 나를 편안하게 해 주지 않았다.

때는 한여름. 나는 단지 화판을 들었을 뿐, 무엇을 그려 볼 마음도 생기지 않았다. 혼자 터벅터벅 들판으로 나갔다. 옛날에 시무라와 함께 자주 사생하러 나갔던 들판으로.

어둠에도 기쁨이 있다. 빛에도 슬픔이 있다. 밀짚모자의 챙을 기울여 저쪽의 언덕, 이쪽의 숲을 바라보면 환하게 비치는 해에 눈부시게 반짝이는 풍경……, 나는 그만 울고 말았다.

가마쿠라 부인

상

　요즘 요양차 가마쿠라에 머물고 있는 친구 가야다 쓰토무(柏田勉)로부터 다음과 같은 편지가 왔다. 나는 이 편지를 읽고 가슴 아프게 느낀 바가 있다. 그러나 지금 그것을 여기서는 말하지 않는다. 단지 가야다가 문학자도 아니고 소설가도 아닌 순수한 수학자인 만큼, 쓴 내용이 윤색이나 꾸밈이 없는 너무도 노골적인 것이라 혹시나 독자들의 빈축을 사지 않을까 저어할 뿐이다. 그렇지만 나는 미문가의 손이 닿지 않은 이 난잡한 편지야말로 오히려 많은 진실을 담고 있다고 생각하므로 감히 이것을 공개한다.

* 　* 　*

　나는 어제 나메리천(滑川)에 망둥이 낚시를 갔다. 낚시하러 간다고 하면 아주 거창스럽게 들리겠지만, 고기가 잡혀도 잡히지 않아도 그저 멍하니 낚싯줄을 드리우고 시간만 보낼 수 있다면 그것으로 나의 목적은 달성되는 것이므로 작은 나메리천이라 해도 나의 낚시에는 충분하다.

자네도 잘 아는 다리, 하세에서 해빈원(海浜院) 요양소 앞을 지나 자이모쿠자(材木座) 쪽으로 가는 길에 있는 다리, 그 다리 밑 여기저기에 박힌 말뚝 위에 쪼그리고 앉아 낚시를 하고 있는데 다리 위로는 때때로 사람이 지나갔다. 그러나 이미 가을의 중턱이므로 지나는 사람은 대개 이 지역 사람들이라, 신기하다는 듯이 타인의 낚시질을 다리 위에서 구경하는 한가로운 도시 사람은 거의 없었다.

그런데 오후 세 시경이었다. 하세 쪽에서 자이모쿠자 쪽으로 다리 한가운데까지 또각또각 게다를 끌면서 온 두 사람, 한 사람은 남자, 한 사람은 여자라는 것은 그 목소리로 알 수 있었다. 그들은 멈춰 서서,

"당신, 오랫동안 가마쿠라에 산 적이 있다던가 했지?" 하고 남자가 물었다.

"예, 반년 정도 살았어요. 벌써 옛날 얘기네요"라는 여자의 목소리를 듣고 나는 깜짝 놀랐다.

나는 이 여자의 목소리를 듣지 못한 지 벌써 육 년이 지났지만, 여태껏 그 목소리를 완전히 잊지 않았던 것이다.

다리의 높이는 이 미터 이상이나 되고 나는 다리 바로 밑에 있으므로, 위에서 아래를 내려다보아도 아래에서 위를 올려다보지

않으면 서로의 얼굴은 마주볼 수가 없었다.

스기 아이코(杉愛子)라는 이름을 말하면 자네도 끄덕임과 동시에 놀랄 것이다. 육 년 전 나의 아내였던 여자, 게다가 불타오르는 청춘의 사랑에 서로가 죽음을 마다하지 않고 모든 장애를 물리치고 긴신히 맺은 부부의 연. 그렇지만 불과 반년도 되지 않아 스스로 연을 끊어 버린 여자, 그녀가 육 년 후 과거에 사랑한 남편과 함께 살았던 가마쿠라에 와서, 다른 남자와 함께 과거를 회상한다. 그 이야기를 다리 밑에서 옛 남편이 듣고 있다. 이것이 소설이라면 독자의 비웃음을 두려워하여 자네도 쓸 수는 없을 것이라 생각한다.

그렇지만 내가 놀란 것은 다리 위에 서 있는 여자가 스기 아이코라는 사실 때문이 아니었다. 실은 얼마 전 잠시 상경했을 때 아이코의 신상에 관해 좋지 않은 소문을 전해 들었다. 그 이전부터 내 귀에는 아이코에 관한 매우 좋지 않은 소문이 들려왔다. 나는 이미 그녀에 대하여 아무런 생각도 하지 않고 있으므로 굳이 나서서 그녀의 그 후의 삶에 대해 들으려고도 하지 않았지만, 이상하게도 소문이 때때로 내 귀로 들어왔다. 한마디로 말하자면 스기 아이코는 도처에 정부(情夫)를 만든다는 추한 소문이다. 작년의 일로 기억하는데, 어느 날 나는 일이 있어 수학신보사를 방문하여 도야마 사키조를 만났다. 용무가 끝나자 도야마는 갑자기 표정을 바꾸더니 책상 위를 손가락으로 두드리며, "희한한 소문 하나 들려줄까?" 하고 말했다. "자네에 관한 일이지. 자네는 가마쿠라 부인의 그 후의 일을 알고 있나?" 하고 물으므로, "몰라" 하고 내가 대답했다. "말하기 뭐하지만, 가마쿠라 부인은 요즘 음악 학교에 다니고 있다고 하네. 뭐, 그것쯤이야 아무래도 좋지. 그런데 그게 말이야, 착실히 다닌다면 축하할 일이지만, 실은 음악은 구실에 불과하다는 거야. 정부가 세 명이나 된다고 하네. 어때, 놀랐지?" "설마?" "그렇다니까. 자네는 물론 설마라고 생각하겠지. 나도 너무 황당한 말이라 여겼지만 찬찬히 들어보니 사실인 듯하네. 형편 없는 여자야. 나는 그런 여자라고는 생각하지도 못했네."

그런 일이 있고 나서 올해 봄의 일이었다. 사촌 여동생이 아카사카의 어느 교회에 갔다 와서 말하길, 오늘 오빠의 가마쿠라 부인을 만났다고 했다. "어떻게 그 여자인지 알았니?" 하고 물으니, "내가 아는 부인이 어느 젊은 여자를 슬쩍 가리키며 저 여자가 네 오빠의 전 부인이라고 가르쳐 주어 알았어요. 그런데 말이에요, 오빠. 그 부인이 말하길, 그 여자는 오빠를 곤경에 빠뜨렸을 뿐 아니라 그 후에도 많은 남자를 속이며 돌아다녀 그녀 때문에 몇 명이나 당했는지 모른다. 애당초 교회 같은 곳에는 발도 들여 놓지 말아야 할 사람인데 얼마나 뻔뻔한지 모르겠다며 어이없어하더라고요."

이 소문 하나로 나는 아이코의 신상을 충분히 상상할 수가 있었던 것이다. 그런데 마지막으로 전일 상경한 때 다시 심한 이야기를 들었다. 자네도 잘 알 것인데, 내 동향 친구 중에 오키라는 화가가 있다. 한동안 만나지 못하여 상경한 김에 방문해 보니 누워 있으므로, 어쩐 일이냐고 물으니 류머티즘에 걸렸지만 기분은 괜찮다고 해 두 사람은 잡담을 나누다가 오키가 갑자기 생각난 듯이,

그렇지. 자넬 만나면 말해 주려고 생각하고 있었는데, 나는 생각하지도 못한 곳에서 흥미로운 이야기를 들었네. 흥미롭다고 하면 자네에게 실례가 될지 모르지만."

"뭔데? 내게 실례가 되지만 흥미로운 이야기라는 것이?"

"가마쿠라 부인 이야기야. 자네는 그녀의 양행(洋行) 사건을 알고 있나?"

"소문으로 들었을 뿐 실제 일은 전혀 몰라."

"그런가? 그럼 내가 좀 더 자세히 아는 듯하군. 실은 그녀는 미국에 도착하자마자 즉시 도로 쫓겨났다고 하네. 그 이유는 배 안에서 선장과 은밀한 관계를 맺은 게 들켰기 때문이라고 해. 놀랍지 않나? 그녀의 도미 목적은 보스턴인가에 결혼을 약속한 남자가 있어, 그 사람에게 가려고 마침 양행하는 모 부인에게 부탁하여 따라가게 되었다고 하네. 그런데 도중에 벌써 문란한 사건이 일어나 모 부인은 놀라서 배가 샌프란시스코 항에 닿자마자 바로 귀국시켰다고 하는데 그건 당연한 처사지. 그렇지만 자네, 아직 놀랄 일이 더 있네. 그것은 귀국 도중의 감독 역할로 기선 회사의 가케이(筧) 모 씨라는 이름의 남자를 그녀에게 붙였는데, 그러자 그녀는 또 가케이와 수상한 관계가 되어 버려 지금은 아자부 히지리 언덕 밑에서 부부처럼 살고 있다고 하네. 그 가케이에게는 아내가 있고 아이도 둘이나 있다네. 어떤가, 놀랐지?"

"아니, 그거 쉽지 않은 일인데 자네는 어떻게 그걸 알았나?"

"그러니 이상한 이야기지. 내가 다니는 병원의 의사가 이전부터 그녀를 알고 있어, 무슨 이야기를 하다가 내게 이 이야기를 해 주었지. 하이칼라 독부(毒婦)라는 것은 바로 그녀를 말한다고 분격했다네. 가케이의 처남은 엄청 화가 나서 재판을 걸겠다고 말하고 다닌다 하네! 가케이는 이미 회사에서도 잘렸고."

"그래서 가케이는 아이코와 함께 되어서 만족하던가?"

"그렇게 보이긴 하네. 어쨌든 처자를 버리기까지 했다니, 아이코 씨 수단도 정말 좋네."

이런 이야기를 듣고 나는 당시에는 그렇게까지도 생각하지 않았으나, 다음날 가마쿠라로 돌아가는 기차 안에서 그 옛날을 떠올리니 이루 말할 수 없는 고통스러운 생각에 무척이나 힘들었다. 그러므로 다리 위의 여자가 스기 아이코라는 것을 알게 되자 곧 농반한 남자는 가케이라고 추측했다.

그래서 두 사람의 이야기를 아래에서 듣고 있었다. 설마 육 년 전, 가마쿠라에서 함께 살았던 옛 남편이 낚싯줄을 드리우고 듣고 있다고는 아이코도 차마 생각하지 못했을 것이다.

중

"혼자서 말이요?" 남자가 물었다.

"아뇨, 어머니와 함께요" 하고 여자는 태연하게 대답하고, "어머니는 그즈음부터 몸이 아프셔서 때때로 가마쿠라에 요양하러 오셨죠."

"어떻소? 도쿄는 시끄러우니 우리도 두세 달 이곳에 와서 느긋하게 지내는 게?"

"좋지요. 가능하다면 그렇게 하고 싶어요."

"그렇게 하지. 그리고 낚시라도 하러 나가고. 이러쿵저러쿵 도쿄는 시끄러워서 살 수가 없어."

"정말이에요. 오늘은 저도 마음이 편하네요."

"아, 경치 좋군. 이 강이던가? 아오토 후지쓰나(靑砥藤綱)가 돈을 떨어뜨렸다*는 곳이."

"그렇다고 하네요." 아이코는 늘 그렇듯 말이 적다.

"뭐가 잡히지?" 하고 남자는 나를 내려다보는 모습, 아이코는 나를 보고 있는 게 틀림없다. 나는 해수욕용의 챙이 넓은 밀짚모자를 쓰고 있으므로 옆얼굴조차 위에서는 보이지 않는다.

나는 '망둥이입니다' 하고 말하고 모자를 벗고 올려다볼까 생각했으나 그만두었다.

"뭐가 잡힐까?" 하고 남자는 다시 말했으나 아이코는 잠자코 있다. 아이코는 옛날에 나와 둘이서 이 강에서 망둥이를 잡은 적이 있으므로 잘 알고 있을 터이다.

"당신, 낚시를 아주 좋아하시나요?" 하고 이번에는 아이코가 물었다.

"별로 좋아한다고 할 수 없지만 이런 곳에서 한가롭게 낚시질을 하고 있으면 좋겠다고 생각하지. 당신은 어때? 낚시는."

"저는 낚시를 한 적이 없어요."

"그렇겠지. 여자가 하는 놀이가 아니니까."

"그래도 미국 같은 곳에서는 귀부인들이 낚시를 한다고 하지 않던가요?"

"그럴지도 모르지. 총을 들고 사냥도 한다니까. 하지만 일본에서도 아이코 같은 기상을 가진 여자라면 뭐든지 할 수 있겠지."

"다음에 이 강에 낚시하러 와 볼까요?" 아이코는 자기도 처음 가 본다는 듯한 어조로 말했다.

"내일이라도 좋지."

"그러네요."

두 사람은 곧 자이모쿠자 쪽으로 가 버렸다. 나는 모자의 차양을 조금 올려 잠시 두 사람의 뒷모습을 지켜보았다. 아이코는 열아홉이던 옛날이나 스물다섯인 지금이나 모습이 전혀 달라지지 않았다. 남자는 키가 크고 어깨가 벌어진 다부진 체격, 지팡이를 끌고 몸을 흔들며 걷는 모습은 그 마음속에 아내도 없고 자식도 없이 오로지 지금의 쾌락에 빠져 있는 듯하다.

나는 낚싯줄을 감은 뒤 낚싯대를 메고 해변으로 나왔다. 가을 하늘은 높게 맑고, 먼 바다는 끝없는 하늘에 연결되어 큰 섬의 그림자가 선명하게 수면에 떠 있고, 배의 돛들은 서쪽으로 기우는 해를 받아 하얗게 보이니 과연 좋은 경치다. 모래산 밑에 앉아서 나는 이런저런 생각을 했다. 말할 것도 없이 아이코에 대한 것으로, 차분한 이성으로 생각했다. 마치 가을 하늘처럼 투명하게.

나는 왜 그 옛날, 그녀에게 그렇게까지 빠졌을까?

그녀의 마음은 그때나 지금이나 같은 것일까? 지금도 사랑하고 있을까?

가케이라는 남자의 마음은 옛날 내 마음과 같을까? 사랑으로 불타고 있을까?

사랑이라는 것은 몇 번 상대가 바뀌어도 똑같이 뜨겁고 또 즐거운 것일까?

나는 여러 질문을 꺼내 그 답을 얻으려고 했으나 아무래도 수학처럼 식이 세워지지 않았다. 그래서 나는 우선 스기 아이코가 열여덟 살 때 나와 서로 알게 되고 두 사람이 사랑에 빠진 때의 일을 떠올렸다.

이런 저런 생각이 떠오름에 따라 당시 우리 둘의 사랑이 깨끗하고 깊고 높으며 슬픈 것을 생각하고, 두 사람 모두 아직 세상의 악에 오염되지 않고 오로지 이상의 세계를 우러러보며, 어느 때는 노래하고, 어느 때는 밤하늘 달빛 밑에서 서로 껴안고 울었던 일 등을 떠올렸다.

당시의 아이코를 생각하면 아무리 냉정하게 생각해도 순진한 처녀라는 것 외에는 달리 판단을 내릴 수가 없다. 어차피 인간이므로 그녀도 당시 이미 여러 사악한 점도 가지고 있었을 것이다. 그러나 그 때문에 그때의 사랑이 순결하고 열정적이었다는 것을 의심할 수는 없다. 남들은 가능하여도 나는 불가능하다. 나는 그 당시를 생각하면 지금도 즐거운 꿈길을 거닐며 어디선가 불어오는 바람과 함께 슬프고 애틋하고 부드러운 피리 소리를 듣는 듯하다.

그래서 나는 하나의 단안을 내릴 수 있었다. 즉 나와 스기 아이코의 사랑은 진실로 신성한 것이었다고. 그래서 내가 아이코에 빠진 것도 결코 이상한 것이 아닐 뿐더러 아이코 또한 내게 빠진 것이 당연했다.

그렇다면 아이코는 왜 결혼 후 반년도 지나지 않아 그 연인을 버렸던가? 그것은 사랑이 식었기 때문이다. 외부적인 여러 사정이 분명히 있기는 했지만, 그 사정을 움직인 것은 마음의 힘, 즉 사랑이 사라졌기 때문이다. 왜 사라졌던 것일까?

그것까지는 알 수 없다. 마치 왜 사랑했는지 모르는 것처럼 이것은 알 수 있는 것이 아니지만, 아이코의 그 후의 거동으로 추측하자면 나는 감히 말할 수 있다. 즉, 내가 싫어진 것이다.

그러면 다소나마 아이코의 마음을 이해할 법하다. 목숨을 바쳐? 적어도 처녀 마음에 앞뒤 생각하지 않고 무아무중(無我無中)으로 돌진하여 이윽고 성취한 사랑소차도, 시간이 지나면 그 남자가 싫어져서 참을 수 없게 되는 여자. 그녀가 그 후, 남자를 만들고 다시 싫어지고, 금세 얻고 금세 버리는 것은 이상할 것도 없다.

그리고 남자라는 존재는 원래 색을 좋아하는 동물인지라 아이코처럼 외관상 극히 유화, 온순, 정숙하게 보이지만 속은 실로 대담한 여자가 살며시 다가오면 곧바로 홀려 포로가 되어 버린다.

나의 그것은 사랑이었다. 그러나 아이코는 그것을 세상이 흔히 말하는 색정처럼 만들어 버렸다. 그리고 그 후 아이코는 색정을 사랑으로 가장하여 많은 순진한 청년과 바람기 있는 남자를 달콤하게 꾀어서 그때그때의 정욕을 충족시켜 온 것이다.

따라서 나는 이윽고 이러한 최후의 단안을 내렸다. 사랑과 부부애와 색정이라는 이 세 가지는 다른 것이라고. 아이코는 깊고 슬픈 사랑보다는 짙고 즐거운 색정을 좋아하고, 그리고 담백하게 깨꿋하고 애력을 겸비히며 진리와 정의의 떫은맛을 가하여 시산이 지나도 쉽게 썩지 않는 부부애의 참맛을 끝내 알지 못했다.

가케이는 아이코의 짙은 색정에 휘둘려 이윽고 부부애를 무시하기에 이른 것이리라. 나이 먹은 보람도 없이.

그러나 가케이는 아이코에 대한 색정을 사랑이라고 여기고 있을지도 모른다. 또 사랑일지도 모른다. 맹렬한 사랑일지도 모른다. 속으로는 불륜의 주인공 가미지(紙治)*를 자처하고 울고 있는지도 모른다. 그러나 적어도 아이코는 불륜의 상대, 고하루(小春)가 아닌 것이다.

지금의 나는 잘 알다시피 아내와 자식이 있어 옛날의 사랑이라는 꿈에서 깨어 평온한 세계에 살고 있다. 그러므로 가케이를 생각하면 불쌍하기 그지없다. 가미지의 비극은 연극으로 볼 때는 울기도 하지만 실제로 연기하기에는 너무도 한심하고, 아내 역할을 맡은 자는 너무도 불쌍하다.

그리고 아이코의 거동은 매우 가증스럽다. 그러나 그녀가 그 이전, 사랑의 강가에서 울던 모습을 생각하면 나는 또 달랠 길 없이 비통하다.

무언가 해 주려고 이런저런 생각을 한 끝에 그 두 사람을 이곳 가마쿠라에서 만나 보자고 결심했다.

히

지금 와서 두 사람을 만나 본들 어찌 할 셈인가 하고 자네는 의아해할지도 모르지만 나의 결심에는 두 가지 이유가 있다. 그 하나는 이유라기보다는 유혹일 것이다.

어찌 되었든 만나 보자고 하는 것이 바로 유혹이다. 내가 돌연 이름을 밝히며 그들 앞으로 나선다면 두 사람은 어떤 표정을 지을 것인가?

가케이는 나를 모를 것이다. 그렇지만 아이코는 가케이 앞에서 나를 어떻게 대할 것인가? 이렇게 생각하니 한번 이런 식을 세워 보자는 마음도 드는 것이다.

다음에는 내 힘으로 가능하다면 가케이를 설득하여 가정으로 돌려보내고 싶다. 또, 아이코에게 말하여 하루빨리 일생의 계획을 세우게 하고 싶다. 지금 이대로 밀고 나간다면 아이코는 머지않아 가케이를 버릴 것이다. 그리고 또 머지않아 다른 애인을 만들 것이다. 결국 그 장래는 어찌 될 것인가?

내 사랑을 짓밟고 떠난 여자이므로 어떻게 되든 내 알 바가 아니겠지만, 옛날 청순한 소녀였던 아이코를 생각하면 그리 놔둘 수는 없다.

그래서 자이모쿠자라면 아마 고메이관에 머물고 있을 것이라고 생각해 아침 일찍 하세의 집을 나섰다. 만약 해변에서 우연히 만나기라도 한다면 더욱 묘하리라 생각하여 매일 아침 산책하는 것처럼 해변을 걸어 나메리천의 하구까지 오자, 마침 두 사람이 이

쪽을 향해 오고 있었다.

나는 강 이쪽에 서고 두 사람은 저쪽에 서서 강폭 육칠 미터를 사이에 두고 나와 아이코는 얼굴을 마주했다.

나는 잠자코 있었다. 아이코도 잠자코 있었다. 희로애락을 쉽사리 얼굴에 드러내지 않는 그녀는 차분한 얼굴로 나를 바라보다가 가만히 몸을 돌리려고 했다.

"아이코 씨!" 하고 나는 큰 소리로 부르고 곧 무릎 밑까지 차는 강의 여울을 건넜다.

가케이로 보이는 남자는 놀라서 나를 보고 있다.

나는 삼 년 전, 신바시의 정거장에서 한 번 아이코를 만난 적이 있다. 그때 아이코는 미소를 지으며 내게 다가와, "오랜만이네요" 하며 손을 내밀어 악수를 청했다. 그리고 나와 아이코는 두세 마디 인사말을 나누고 태연하게 헤어졌다. 나는 그때의 아이코의 담력을 알고 있으므로 강을 건너자마자,

"이이코 씨, 여기 웬일입니까? 오랜만이네요" 하고 말하면서 그쪽으로 척척 다가갔다.

"어머, 참 이런 곳에서 다 만나네요. 그 후 별고 없으신지요" 하고 애교 있는 말투, 예전처럼 손을 내밀기에 나도 악수를 했다.

"고맙습니다. 변함없이 그럭저럭 잘 지내고 있습니다" 하고 말을 끝내자마자 곧 옆의 남자를 보고,

"아, 처음 뵙겠습니다. 저는 아오키라고 하는데 아이코 씨와는 어릴 때부터 잘 아는 사이입니다" 하고 대충 둘러댔다.

"저는 가케이라고 합니다. 잘 부탁합니다" 하고 말수 적고 세련

된 내노, 그리고 매우 태연한 체 한다. 보아하니 가미지 씨는 서른 서넛 정도.

"어떻습니까, 매우 실례합니다만 아이코 씨와 오 분만 시간을 내어 주셨으면 합니다. 뭐 대단한 것은 아니지만 둘만이 하고 싶은 이야기도 있으니" 하고 과감히 무례를 말하자, 아이코는 좀 당황한 듯, "아오키 씨, 무슨 이야기인데요? 둘이서 이야기하다니요. 상관없잖아요. 가케이 씨가 계셔도!" 하고 미소를 띠며 말하니 연기도 참 좋다.

"그런데 그게 좀 그런데요" 하고 나도 웃으며 말하자,

"아이코, 그럼 나는 산책하고 있을 테니 아오키 씨와 천천히 말을 나누지. 우리는 그다지 바쁜 일이 있는 것도 아니니까" 하고 말하며 가케이는 두세 걸음 내딛기 시작했다. 아이코도 그 뒤를 따라가려 하므로 내가 눈으로 저지했다. 가케이는 큰 걸음으로 걸어 자이모쿠자 쪽으로 돌아가, 곧 수십 보의 거리가 떨어졌다. 파도 소리 때문에 이제 무슨 말을 해도 들리지 않는다. 나와 아이코는 천천히 걸으면서,

"아이코, 정말 오랜만이네." 나는 부드럽게 말을 걸었다.

"정말이네요. 언젠가 신바시에서 뵌 게 마지막이었죠" 하고 대답하면서 모래만 보고 있다.

"당신과 여기서 살았던 때로부터 벌써 육 년이 지났네."

"벌써 그렇게 되었던가요. 어제 일 같은데 세월 참 빠르네요."
라고 말하며 아이코는 한숨을 쉬었다.

"이전의 일을 생각하면 꿈만 같아."

"그렇지만 그 꿈은 즐거웠지요."

아이코는 잠시 내 얼굴을 보았으나 다시 곧 고개를 숙여 버렸다.

"그러나 이미 깨어 버렸으니 할 수 없지. 그 후 당신은 때때로 즐거운 꿈을 꾸었겠지. 재미있는 꿈을?"

"당신은 그렇게 생각하나요?"

"단지 물어보고 싶을 뿐이야."

"그렇다면 말씀드리지만 저는 그 후로 당신과 둘이서 꾼 꿈만큼 즐거운 꿈을 꾼 적이 없어요."

"그건 당연하지. 그때는 진정한 사랑이었는걸. 바람이 아니었는걸. 그러니 즐거움 속에 깊은 슬픔이 있어 당신도 자주 울지 않았던가. 그 사랑을 진흙 속으로 가라앉힌 것은 당신이 아니었나."

"그래서 저는 지금도 때때로 생각하고 후회하고 있어요."

"바람을 피우는 사이사이에 말인가?"

"당신, 말이 참 심하시네요."

"그럼 저 가케이라는 사람은 당신에게 무엇이지?" 하고 매섭게 추궁했다. 아이코는 잠시 묵묵히 있었으나,

"그런 질문을 해서 저를 괴롭히지 않아도 되잖아요. 저는 이미 평생 독신으로 살려고 결심했어요."

"그게 좋겠지. 자유롭고."

"그래요. 죽고 싶을 때 죽을 수 있으니까요"라고 말하는 소리는 거의 울 듯하다. 나도 어느새 감정이 전이되어,

"그렇지만 아이코! 독신이라도 뭐라도 좋으니 어서 인생의 목적을 정하고 성실하게 살지 않으면 결국에는 정말로 죽어도 당연

할 성노로 비참한 꼴이 되어 버려."

"고마워요. 당신은 어때요? 앞으로 제게 힘이 되어 주시지 않겠어요, 네?"라고 말하며 내게 다가왔다. 힘이 된다는 것은 애인이 된다는 것이다. 내가 제삼의 가미지가 되는 것이다. 그렇지만 나는 불행하게도 아이코의 뜻을 따르기 어려웠다.

"그렇지만 가케이 씨가 힘이 되어 주고 있지 않나?"

"저런 사람, 힘이 되긴 뭐가 돼요."

"벌써 싫어진 건가?" 하고 묻자마자 나는 큰 소리로,

"가케이 씨, 가케이 씨" 하고 불렀다. 가케이는 모래밭 위의 배 옆에 앉아 우리 둘을 기다리고 있었다. 나는 아이코에게 괘념치 않고 그쪽으로 서둘러 가서,

"아이고, 많이 기다리게 하였습니다."

"천만에요."

두 사람 모두 말없이 있는 곳으로 아이코가 왔으므로 나는 웃으면서 가케이를 향해,

"아이코 씨가 지금 힘이 되어 줄 사람이 없다고 하니 당신이 모쪼록 힘이 되어 주시길 잘 부탁하겠습니다. 그럼 안녕히"라고 말하고 바로 몸을 돌렸다.

나메리천을 건널 때 뒤돌아보니 두 사람은 나란히 걸어가고 있었다.

자네, 자네는 소설가다. 인간 연구자다. 그러니 이상 자세한 이야기는 마치고, 이제 묻고자 한다. 가마쿠라 부인은 독부인가? 하이칼라 독부인가?

나는 자네들이 말하는 본능만족주의의 챔피언(勇者)이라고 생각한다. 이 단어로 충분할 것이다.

비범한 범인(凡人)

상

대여섯 명의 젊은이가 모여 서로 자신의 친구 이야기를 나눈 적이 있다. 그때 한 사람이 이런 이야기를 했다.

내 어릴 적부터의 친구로 가쓰라 쇼사쿠(桂正作)라는 이가 있다. 올해 스물넷으로 지금은 요코하마의 어느 회사에 기수(技手)*로 취직하여 오로지 전기업에 종사하고 있는데, 이 남자만큼 유별난 인물은 없으리라 생각한다.

비범한 사람은 아니다. 하지만 범인(凡人)도 아니다. 그렇다고 괴짜도 아니며 기인도 아니다. 비범한 범인이라고 하는 것이 가장 적당한 평가가 아닐까 나는 생각한다.

나는 알면 알수록 이 남자에게 감명하지 않을 수 없다. 감명한다고 해서 도요토미 히데요시라든가 나폴레옹 등의 천재에게 감

멍하는 짓과는 다르다. 그런 위인은 백 년 천 년에 한 사람 나올까 말까 하지만, 가쓰라 쇼사쿠 같은 사람은 평범한 사회가 항상 낳을 수 있는 인물이다. 또 평범한 사회가 늘 요구하는 인물이다. 그러므로 가쓰라 같은 인물이 한 사람 늘어나면 그만큼 사회가 행복해진다. 내가 가쓰라에게 감명한 것은 이런 의미에서다. 또 내가 가쓰라를 비범한 범인이라고 평하는 것도 이 때문이다.

우리가 아직 초등학교에 다닐 때였다. 어느 일요일, 나는 네다섯 명의 학교 친구들과 고마쓰 산(小松山)에 올라가 전쟁놀이를 했다. 내가 히데요시다, 요시쓰네*다 하며 열셋, 열네 살이 되어서도 아이 같은 장난을 치며 한참 날뛰며 놀다가 목이 말라 산기슭에 있는 가쓰라의 집 뜰로 우르르 뛰어 내려가 허락도 받지 않고 우물가로 모여 앞다투어 물을 퍼 마셨다.

그러자 이층의 창에서 쇼사쿠가 얼굴을 내밀고 이쪽을 보았다. 나는 쇼사쿠를 보고,

"같이 안 놀아?" 하고 불렀다. 그런데 평소와는 달리 쇼사쿠는 심각한 얼굴을 하고 고개를 저었다. 놀이에도 남들에 뒤지지 않을 정도의 가쓰라 쇼사쿠가 이상하게도 놀러 나오지 않으므로 우리도 굳이 권하지 않고 그대로 다시 산으로 뛰어 올라갔다.

놀다 지쳐서 모두 뿔뿔이 자기 집으로 돌아가고 나는 혼자 가쓰라의 집에 들렀다. 잠자코 이층으로 올라가 보니 쇼사쿠는 '테이블' 앞의 의자에 앉아 열심히 무언가 읽고 있었다.

나는 우선 '테이블'과 의자부터 설명하고자 한다. '테이블'이라는 것은 조잡한 일본 책상의 양다리 밑에 받침대를 댄 물건이고,

의자라는 것은 발판 밑에 상자를 놓았을 뿐이다. 그래도 이것은 쇼사쿠가 열심히 연구하여 만든 것이다. 학교 선생님이 일본식 책상은 위생에 좋지 않다고 한 말을 쇼사쿠는 과연 그렇다고 감동하여 곧 이런 식으로 실행한 것이다. 그리고 그 후 그는 늘 이 의자와 테이블에서 공부했다. 테이블의 위에는 교과서와 기타 서적을 차곡차곡 쌓고 문방구도 결코 난잡하게 두지 않았다. 그는 일요일의 좋은 날씨에도 아랑곳없이 무슨 책인지 곁눈질도 하지 않고 열심히 읽고 있으므로 나는 그의 옆에 가서,

"뭘 읽고 있는 거야?" 하며 쳐다보니 서양식 제본의 두꺼운 책이었다.

"『서국입지편(西國立志編)』*이야"라고 대답하고 얼굴을 들어 나를 보는 그 눈길은 아직 꿈에서 깨지 않은 사람처럼 마음은 아직 책 속에 있는 듯했다.

"재미있니?"

"응, 재밌어."

"일본외사(日本外史)랑 어느 게 더 재미있어?" 하고 내가 묻자, 가쓰라는 미소를 띠고 이윽고 제정신으로 돌아와 평소의 활기찬 목소리로,

"그야, 이게 더 재밌지. 일본외사와는 질이 틀려. 어젯밤 우메다 선생님한테 빌려 와서 읽기 시작했는데 재미있어서 책을 덮을 수가 없어. 아무래도 새 책을 한 권 살까 봐"라고 말하고 기뻐서 어찌할지 모르겠다는 표정이었다.

그 후 가쓰라는 결국 『서국입지편』을 한 권 샀는데, 그 책은 아

주 조잡한 세본으로 된 것이라 읽는 도중에 다 떨어져 버릴 듯하여 그는 이것을 튼튼한 삼실로 다시 철했다.

그때 나와 가쓰라는 우리 나이로 열넷. 가쓰라는 한 번 『서국입지편』의 재미를 맛보자 몇 번이나 그 책을 숙독했는지 거의 암송할 정도였으며, 오늘날까지도 항상 이 책을 곁에 두고 있다.

실로 가쓰라 쇼사쿠는 살아 있는 『서국입지편』이라 할 수 있다. 가쓰라 자신도 이렇게 말했다.

"만약 내가 『서국입지편』을 읽지 않았다면 어찌 되었을까? 나의 오늘이 있는 것은 오로지 이 책 덕분이야."

『서국입지편』(스마일스의 『자조론』)을 읽은 사람은 동서양을 합쳐 수백만 명이 될지 모르겠으나, 가쓰라 쇼사쿠처럼 "나를 만든 것은 이 책이다"라고 명언할 수 있는 사람은 과연 몇이나 될 것인가.

그러나 천부적인 재능으로 말하자면 가쓰라는 중간 정도의 사람에 불과했다. 학교 성적도 중간으로, 동급생 중에 그보다 뛰어난 소년은 얼마든지 있었다. 또 그는 상당한 개구쟁이라 우리와 함께 잘 놀았기에 학교에서나 마을에서 특별히 주목받는 소년은 아니었다.

그래도 하늘이 준 성질을 보자면, 그는 솔직하고 단순하며 또 어딘가 범할 수 없는 용맹심도 있었다. 용맹심이라기보다는 역경을 무릅쓰고 나가는 기상이라고 표현하는 게 좋을 것이다. 즉 그것이 때로는 모험심이 되고 또 때로는 투기심이 되는 것이다. 실제로 그의 아버지는 투기심 때문에 실패했고 그의 형은 모험심 때문에 죽었다. 그렇지만 쇼사쿠는『서국입지편』덕분에 이 기상을 거듭 연마하여 견실하고 유익한 정신으로 만들었던 것이다.

어쨌든 그의 아버지는 보통 사람이 아니었다. 원래 무사였던 아버지는 메이지 유신 때에는 전쟁에도 나가 큰 공을 세웠다. 골격이 큰 체격에 눈이 길게 찢어지고 코가 우뚝 선 얼굴로, 일견 당당한 용모이며 쉽사리 굴하지 않는 무사의 기상도 있었다. 그러므로 만약 아버지가 무사로서 계속 활약했다면 적어도 고향 인맥으로 오늘날 유명한 장군이 되었을지도 모른다. 그러나 그는 유신 전쟁에서 돌아오자마자 '농(農)'이라는 한 글자로 은신해 버렸다. 은신이라기보다는 새 출발을 했던 것이다. 그리고 '식산(殖産)'이라는 유행어에 심취하더니 결국 파산했다.

가쓰라의 집은 원래 읍내에 있는 대저택이었으나 가운이 기울어짐과 동시에 고마쓰 산 밑으로 그대로 옮겨 다시 지어진 것으로, 그때 내 아버지는 이렇게 말했다. 저렇게 훌륭한 저택을 부수지 말고 그냥 남에게 팔아 그 돈으로 집을 새로 지으면 좋았을 것을. 가쓰라 아버지의 기상은 이 일화로도 알 수 있었다. 고마쓰 산의 기슭으로 이사한 그는 순수한 농민으로 변신하여, 나는 그가 밭에서 일하는 것을 종종 보았다.

그러므로 쇼사쿠가『서국입지편』을 읽기 시작한 때에는 집안이 매우 어려웠음이 틀림없다. 그래도 그 집안에 늘 다소의 투기심이 떠돌고 있었다는 증거로, 어느 날 쇼사쿠는 내게 자기 집에 다나카 쓰루키치*의 편지가 있다고 자랑스럽게 말한 적이 있다. 그 이유는 가쓰라의 아버지가 당시 유명했던 다나카 쓰루키치의 오가

사와라(小笹原) 척식 사업에 매우 감농하여 손수 편지를 보내 다나카에게 경의를 표한 바, 다나카가 곧 답장을 보내 주었다는 것이 한 건이고, 또 어느 날에는 쇼사쿠가 앞으로 몇 개월 후에 대합을 많이 먹여준다고 하기에 왜냐고 물으니, 아버지가 대합 번식 사업을 시작했는데 종자를 구매하여 바다에 뿌렸으니 머지않아 이 부근에 대합이 매우 많이 잡힐 것이라고 대답했다. 우선 이러한 예만 보아도 그 집안의 모습을 상상할 수 있을 것이다.

아버지의 모험심을 그대로 이어받아, 쇼사쿠의 형은 열여섯 살 때 가출하여 연락불통, 행방불명이 되어 버렸다. 하와이에 갔다고도 하고 남미에 갔다고도 하는 소문도 있었으나 실제의 일은 아무도 몰랐다.

초등학교를 졸업하자 나는 시내의 중학교에 입학하여 한동안 고향을 떠났으나 쇼사쿠는 가정 형편으로 그렇게 하지 못하고 어떤 사람의 주선으로 모 은행에 입사하여 월급 사 엔인가 오 엔으로 모 읍까지 이 리의 길을 아침저녁으로 왕복하게 되었다.

얼마 후 겨울 방학이 되어 나는 귀갓길에 올라 인력거를 타고 고향 가까이 오는 도중에 나지막한 고개가 나타났다. 그 고개 밑에서 인력거를 멈추고 짐을 인력거꾼에게 맡긴 채 지팡이 하나만 들고 고개를 오르는데, 몇 십 미터 앞에서 걸어가는 소년이 보였다. 허름한 외투에 낡은 가방을 들고 조용히 고개를 오르는 뒷모습이 아무래도 가쓰라 쇼사쿠를 닮아서,

"가쓰라 아니니?" 하고 말을 걸었다. 뒤를 돌아보고 파안대소한 얼굴은 바로 쇼사쿠였다. 멈춰 서서 나를 기다리며,

"겨울 방학이냐?"

"그래. 넌 아직 은행에 다니니?"

"응, 다니긴 하는데 아주 재미없어."

"왜?" 하고 나는 놀라서 물었다.

"왠지 말하기 어렵지만 너라면 사흘도 못 견딜 거야. 일단 나는 은행 쪽이 내 목표가 아닌걸."

두 사람은 이야기하면서 걸었다. 인력거꾼은 먼저 우리 집으로 보냈다.

"무엇이 자네 목표지?"

"공업으로 출세할 생각이야" 하고 쇼사쿠는 미소를 지으며, "매일 이 길을 왕복하면서 곰곰이 생각했는데, 발명보다 좋은 대사업은 없다고 생각해."

와트나 스티븐슨, 에디슨은 그의 이상적 영웅이었다. 그리고 『서국입지편』은 그의 성서였다.

내가 잠자코 끄덕이는 것을 보고 쇼사쿠는 다시 말을 이어,

"그래서 나는 내년 봄에는 도쿄에 나가보려고 해."

"도쿄로?" 하고 놀라 다시 물었다.

"그래, 도쿄로. 여비도 이제 마련되었으니 그곳에 가서 삼 개월 정도 먹고살 돈을 갖고 있으면 되겠지. 그래서 나는 아버지에게 부탁하여 내년 삼월까지의 월급은 전부 내가 모으기로 했어. 그러니 사월 초에는 상경하려고 생각해."

가쓰라 쇼사쿠의 계획은 모두 이런 식이었다. 그도 소년에게 흔히 있을 법한 공상을 하지만 계획을 세워서 이것을 실행하는

것에 관해서는 소년 시절부터 오늘에 이르기까지 조금도 다름없어, 일정한 순서를 세워서 한 걸음 한 걸음 차근차근 실행하여 결국 목적대로 성취하는 것이다. 물론 이것은 『서국입지편』의 영향도 있겠지만 또 하나의 이유는 그의 성정이 조부를 닮았기 때문이라고 생각한다. 그의 조부가 어떤 비범한 사람이었다는 것을 지금 여기서 상세히 말하는 것은 불가능하나, 하나 예를 들자면 『진서태합기(眞書太閤記)』* 삼백 권 필사를 십 년 계획을 세워 결국 훌륭히 끝낸 적이 있다. 나도 가쓰라 집에서 이것을 실제로 보았으나 지금도 그 대단한 끈기에 놀라지 않을 수 없다. 쇼사쿠는 확실히 조부의 피를 이어받은 것이 틀림없다. 혹은 조부의 감화를 받았을 것으로 생각한다.

길을 가며 이런저런 이야기로 둘은 저물 무렵에 귀가했다. 그후 나는 거의 매일 가쓰라를 만나 서로 미래의 야망을 이야기했다. 겨울 방학이 끝나서 중학교 기숙사로 돌아가기 위해 고향을 떠나기 전날 밤, 쇼사쿠가 찾아왔다. 그리고 말하길, 다음 만남은 도쿄가 되겠지? 삼사 년은 귀향하지 않을 생각이니까. 나도 그 생각을 하며 쇼사쿠에게 이별을 고했다.

1894년 봄, 가쓰라는 계획대로 상경하여 도쿄에서 두세 번 편지를 보내 주었지만 언제나 무사하다는 말뿐으로 상경 후의 근황을 따로 알려주지 않았다. 또 고향의 누구도 쇼사쿠가 어떻게 살고 있는지 몰랐다. 부모도 몰랐다. 단지 아무도 의심하지 않는 점이 하나 있었다. 말하자면 쇼사쿠는 어떤 계획을 세워 그 목적을 향해 착실히 걷고 있으리라는 사실이었다.

나는 1897년 봄에 상경했다. 그리고 숙소가 정해지자마자 곧바로 쓰키지(築地) 몇 번지 아무개 댁이라는 가쓰라의 주소를 찾아갔다. 그때 우리는 벌써 열아홉.

하

오후 세 시경이었다. 나는 쓰키지 동네를 구석구석 돌아다녀 이윽고 가쓰라가 사는 집을 찾아냈다. 쉽사리 찾기 어려운 것도 당연한 것이 아무개 댁이라는 곳은 바로 인력거꾼 집이었다. 어느 뒷골목에 늘어선 초라한 집들 가운데에 끼어 있는 아홉 자 넓이의 이층집. 그곳의 이층이 '살아 있는『서국입지편』'의 둥지였다.

"가쓰라라는 사람이 여기 삽니까?"

"예, 계시죠. 학생 말하시는 거죠"라는 아줌마의 대답. 부르는 소리를 듣고 삐걱삐걱 이층에서 내려와, "야아" 하고 나타난 이는 헤어진 후 삼 년 동안 만나지 못한 가쓰라 쇼사쿠였다.

발을 딛기도 뭐한 더러운 다다미 두세 장을 걸어가 경사가 심하고 좁은 나무 계단을 올라가 들어간 방은 세 평 정도. 그을린 낮은 천정이 머리를 압박하고 다다미와 벽은 모두 시커멓다.

그래도 시커멓지 않은 것이 있으니 그것은 서적.

가쓰라만큼 책을 소중히 다루는 사람은 적을 것이다. 그는 어떤 책이라도 결코 책상 위나 방 한가운데에 그냥 놔두지 않았다. 이렇게 말하면 그는 책만 소중히 여길 듯하지만 결코 그렇지는 않다. 그는 자기 주위의 모든 것을 소중히 했다.

책상도 꽤 훌륭했다. 책 상자도 그리 시커멓지 않았다. 보통 그런 것을 소홀히 하는 동양 호걸풍의 미덕이나 악벽을 그는 이어받지 않았다. 지금 유행어로 말하면, 그는 『서국입지편』의 감화를 받은 만큼 대단히 '하이칼라' 적인 사람이었다. 지금 생각건대, 나는 하이칼라 정신이 내 친구 가쓰라 쇼사쿠를 지배하게 된 것을 하느님께 감사드린다.

책상 위를 보면 교과서와 기타 서적이 정연하게 쌓여 있었다. 기타 주위의 물건 모두가 자기 위치에 반듯하게 자리 잡고 있었다.

방이 허름하고 시커멓게 더러운 것을 한탄하지 말지어다. 가쓰라 쇼사쿠는 그의 이성과 감성으로 이러한 모든 검고 더러운 것을 순결하게 승화시켜 고귀하고 감동적이고 존경스러운 것으로 탈바꿈시켰다.

그는 여느 때처럼 아주 쾌활하게 흉금을 터놓고 말했다. 내가 묻는 대로 상경 후의 그의 삶을 부끄러워하지도 않고 자랑도 하지 않으며 평이하고 솔직하게 상세히 들려주었다.

그처럼 허영심이 적은 남자는 드물 것이다. 어떤 처지에 있더라도 자신이 믿는 바를 행하여 그것으로 만족하고 안심하고 그리고 열심히 노력한다. 그는 결코 자기와 타인을 비교하지 않는다. 그만이 할 수 있는 것을 하며 운명에 만족하고 그리고 운명을 개척하며 나아간다.

이별 이후, 쇼사쿠가 이룬 성과를 들으면 실로 이와 같다. 나는 듣는 동안 그를 더욱 존경하지 않을 수 없었다.

그는 계획대로 삼 개월의 양식을 가지고 상경했으나 앉아서 이 것을 다 먹어 치울 사람은 아니었다.

무언가 괜찮은 일을 얻고자 하여 우선 온 도쿄를 발 닿는 대로 걸어 돌아다녔다. 그래서 머리에 떠오른 것은 신문팔이와 모래화가. 규단 공원에서 손에 쥔 모래를 뿌리며 그림을 그리는 노인을 보고 그는 바로 이것이라고 생각하여 자신의 사정을 밝히고 제자로 받아 주기를 청했다. 그 후 이삼 일간 배워서 곧 대로변에 앉아 일 전(錢) 오 리, 때로는 이 전을 받고 엉터리 그림을 그려 얼마씩 돈을 벌었다.

어느 날, 그는 손님이 없어 혼자 이것저것 그렸다가 지우고, 와트, 스티븐슨 등의 이름을 쓰고 있자, 고급스런 옷을 입은 부인이 여덟 살 정도의 사내아이와 함께 앞에 섰다. "와트"라고 아이가 읽고, "엄마, 와트가 뭐야?" 하고 물었다. 가쓰라는 얼굴을 들고 아이에게 알기 쉽게 이 대발명가에 대해 들려주고, "너도 크면 이런 훌륭한 사람이 되어라" 하고 말했다. 그러자 부인이 "실례합니다만"이라는 말과 함께 이십 전짜리 은화를 건네주고 떠나갔다.

"나는 그 은화를 쓰지 않고 아직도 갖고 있어." 쇼사쿠는 순수한 미소를 지었다.

그는 이렇게 일하는 가운데, 저녁에는 간다의 야간 학교에서 열심히 수학을 공부하고 밤에는 싸구려 합숙소에서 잤다.

청일전쟁이 다가오자 그는 곧 신문팔이가 되어 호외로 적지 않은 돈을 벌었다.

이렇게 그해도 지나가고 1895년의 봄이 되어 그는 순조롭게 공업 학교 야간부에 입학할 수 있었다.

이렇게 또 묻고 듣는 사이에 저녁때가 되었다.

"밥 먹으러 가자!" 가쓰라는 돌연 말하고 책상 서랍에서 재빠르게 지갑을 꺼내서 품에 넣었다.

"어디로?" 나는 놀라서 물었다.

"밥집이지"라고 말하며 쇼사쿠는 일어났으므로,

"아냐, 밥은 집에 돌아가서 먹을 테니 신경 쓰지 마."

"야, 그런 말 하지 말고 같이 먹어. 그리고 오늘 밤은 여기서 자고 가. 아직 이야기가 많이 남았어."

나도 그 뜻에 따라 둘이서 인력거꾼 집을 나왔다. 길을 걸어가는 동안에도 가쓰라는 유쾌하게 이야기하면서 고향 소식을 묻고 올해 안에 고향에 한번 돌아가고 싶다고 했다. 그렇지만 가쓰라의 형편을 보건대, 삼백 리나 떨어진 고향을 왕복하는 것은 말하기는 쉬워도 실행은 어렵다고 생각해 별로 마음에 두지 않고 가게 되면 부모님이나 한번 찾아뵈라며 가볍게 인사하였다.

"여기야!" 하고 가쓰라가 앞장서서 포렴을 제치고 들어갔다. 나는 깜짝 놀라서 잠시 머뭇거리자 안에서 "어서 들어와" 하고 불렀다. 주저하며 들어가자, 가쓰라는 적당한 자리에 진을 치고 웃음을 머금고 나를 보고 있었다. 둘러보니 가쓰라 외에 네다섯 명 노동자풍의 남자들이 긴 식탁에 앉아 밥을 먹고 술을 마시고 하는데, 뜻밖에 조용하였다. 둘이 식탁에 마주 앉자,

"나는 여기서 자주 밥을 먹어." 가쓰라는 태연하게 말하고 "넌 뭘 먹을래? 뭐든 다 돼."

"아무거나 좋아, 나는."

"그래? 그럼" 하고 가쓰라는 하녀에게 두세 가지 요리를 말했으나 이름이 암호 같아서 나는 알 수 없었다. 잠시 후에 생선회, 생선구이, 야채 조림, 국 같은 것이 나오고 밥을 담은 공기에 채소 절임도 나왔다.

가쓰라는 맛있게 먹기 시작했으나 나는 왠지 지저분한 생각에 먹을 마음이 나지 않아 억지로 먹기 시작하는데 갑자기 울컥 눈물이 치솟았다. 가쓰라 쇼사쿠는 무사 집안의 자식이다. 지금 가문은 비운의 바닥에 있지만 요컨대 그는 명가의 자손인 것이다. 그가 하류층과 함께 한 공기의 밥에 입맛을 다신다고 생각하여 눈물이 난 것은 아니었다. 결코 그런 것은 아니었다. 그렇지 않다. 억지로 젓가락을 들어 두세 젓가락 먹다가 문득 나는 생각했다. '아아, 이 밥은 재능 있고 근면하며 독립 자활해 스스로 공부하는 소년이 노동하여 번 돈으로, 진심으로 베푸는 호의의 성찬이다. 그것을 어찌 맛없게 먹을 수 있겠는가! 가쓰라는 여기서 자주 식사를 하지 않는가. 이것을 억지로 먹는 나는 과연 죽마고우라고 할 수 있는가'라고 생각하자 갑자기 눈물을 났던 것이다. 그리고 나는 갑자기 마음이 상쾌해져서 가쓰라와 함께 맛있게 식사를 하고 식당을 나왔다.

그날 밤 둘이서 얇은 이불에 같이 누워 밤이 깊어가는 줄도 모르고 작은 등불 희미한 불빛 아래에서 고향 소식과 친구들 소식, 장래 희망을 이야기했던 것은 지금도 생각하면 즐겁고, 그리운 그날 밤의 모습이 눈앞에 생생하게 떠오른다.

그 후, 나와 가쓰라는 서로 왕래했으나 어느덧 그해의 여름방학이 왔다. 하루는 가쓰라가 내 하숙집에 찾아와서,

"고향에 가 보려고. 실은 옛날에 결심했지" 하는 의외의 말을 꺼냈다.

"그거야 좋지만 너는……" 하고 나는 곧 여비 문제를 걱정하여 입을 열자,

"실은 돈도 마련되었어. 삼십 엔 정도 저축해 놓았으니까 왕복 여비와 선물로 이십 엔이면 충분하겠지. 삼십 엔 전부 써 버리면 나중에 곤란하니까"라는 대답을 듣고 나는 새삼스럽게 그의 준비성에 감동했다. 그의 말에 의하면 이 년 전부터 이미 귀성 계획을 세워 꾸준히 저금했다고 한다.

어떤가, 제군! 이런 일은 하기 쉬울 듯하지만 좀처럼 할 수 없는 일이다. 가쓰라는 범인이겠지. 그렇지만 그가 하는 일은 비범하지 않은가.

그래서 나도 크게 기뻐하며 그의 귀향을 배웅했다. 그는 이 년 간의 저금 삼 분의 이를 기꺼이 써서 판화를 사고 옷감을 사고, 어머니와 남동생, 친척 여동생들을 만나기 위해 매우 기쁜 얼굴로 신바시 정거장을 출발했다.

다음 해인 1898년, 그는 경사롭게도 학교를 졸업하고 전기 기수로 요코하마의 회사에 월급 십이 엔으로 취직했다.

그 후 오늘까지 오 년이 지났다. 그동안 그는 무엇을 하였는가? 단지 자기의 직분에 충실히 근무했을 뿐인가? 그렇지 않았다!

그는 큰일을 하였다. 그에게 남동생이 둘 있는데, 둘 다 그의 행

방불명된 형을 닮아 별난 인간들이었다. 하나는 고로(五郎)라고 하고, 또 하나는 아라오(荒雄)라고 한다. 고로는 쇼사쿠가 요코하마의 회사에 나간다는 소식을 듣자마자 고향을 뛰쳐나와 도쿄로 왔다. 쇼사쿠는 고로를 위해 여기저기 뛰어다니기도 하고 상점에도 취직시키고 공부도 시켰으나 고로는 가는 곳마다 실패하여 매번 도망치고 말았다.

그래도 쇼사쿠는 끈기 있게 보살피면서 결국 고로를 자기 옆에 두고 이런저런 훈계를 하고『서국입지편』을 반복하여 읽혀, 나중에는 공업 학교에 집어넣었다. 약간의 월급으로 생활하며 동생을 공부시키는 삼 년간, 고생에 고생을 거듭한 결과는 1901년에 이르러 이윽고 나타났으니, 고로는 기수가 되어 지금은 도쿄 시바구의 모 회사에 취직하여 성실하게 근무하고 있다.

아라오 역시 고향을 뛰쳐나왔다. 지금은 쇼사쿠와 고로 둘이 이 동생의 처치에 고심하고 있다.

금년 봄이었다. 저녁에 나는 요코하마 노게마치에 사는 가쓰라를 찾아가니, 집주인이 "가쓰라 씨는 아직 회사에서 안 돌아왔습니다"라고 하므로 회사에서의 모습도 보고 싶어 그 길로 회사를 찾아갔다.

가쓰라가 일하는 장소에 가 보니, 나는 전기 일은 잘 모르므로 충분한 설명은 못 하지만 하나의 굵은 쇠기둥을 둘러싸고 몇 사람이 서 있는데, 쇼사쿠는 쇠기둥 주위를 계속 돌아다니면서 열심히 무슨 일인가 하고 있었다. 이미 전등이 켜져서 대낮처럼 일하는 사람들을 비추고 있었다. 사람들은 묵묵히 쇼사쿠가 일하는 모습을 바라보았다. 고장 난 기계를 쇼사쿠가 검사하고 수리하는 듯했다.

가쓰라의 그 얼굴, 그 모습! 그는 무아지경으로 자기를 잊고 세상도 잊은 채, 몸과 혼을 지금의 일에 몰두하고 있었다. 나는 가쓰라의 모습이 그렇게 진지한 것을 본 적이 없었다. 보는 동안 나는 일종의 장엄함에 감동했다.

제군! 모쪼록 내 친구를 위해 술잔을 들어 주게. 그의 장래를 축복하며!

운명론자

1

가을도 중턱을 지나 겨울이 가까워지면 해변은 물론이고 어디를 가나 쓸쓸한 분위기다. 가마쿠라(鎌倉)도 그와 같아 해변에 나와 봐도 나처럼 이곳에 사는 사람 외에는 마을의 아이, 포구의 아이, 그물을 든 어부, 혹은 해안 마을을 오가는 행상이 보일 뿐, 도회지 사람 같은 이는 보기 힘들다.

어느 날 나는 여느 때처럼 나메리천 근처까지 산책하여 모래 언덕에 오르니 뜻밖에도 북풍이 차갑게 몸에 스며들어, 곧바로 아래로 내려가 근방의 양지바른 곳, 몸을 뻗고 편하게 책을 읽을 수 있는 곳을 찾고자 사방을 둘러보았으나 적당한 곳이 보이지 않아 여기저기 찾아다녔다. 그러다가 한군데 좋은 장소를 발견했다.

모래 언덕의 한 면이 깎인 것처럼 무너져 내린 곳이 보였다. 위쪽은 풀뿌리들이 간신히 지탱하고 있고 아래가 절벽처럼 깎인 곳외 바닥에 앉았다. 두 다리를 뻗고 등은 뒤의 보래 언덕에 기대고 오른쪽 팔꿈치는 옆의 나지막한 곳에 걸치니 마치 소파에 앉은 듯 정말로 쾌적한 장소였다.

가져온 소설책을 품에서 꺼내 한가롭게 읽고 있으니, 해는 따스하게 비치고 하늘은 높이 쾌청하고 여기서는 바다도 보이지 않고 사람 소리도 들리지 않으며 여울에 흐르는 물소리가 온화하고 묵직하게 들리는 것 외에 사방은 숙연했으므로 나는 어느새 정신을 온통 책에 빼앗겨 버렸다.

그런데 문득 무슨 소리가 난 듯하여 무심코 머리를 드니 내게서 십여 미터 떨어진 곳에 사람이 서 있었다. 언제 그곳에 왔으며 어디에서 나타났는지 전혀 눈치채지 못했으니 마치 땅속에서 솟아난 듯하다고 생각하며 놀라서 잘 살펴보니, 나이는 서른 가량, 긴 얼굴에 오뚝한 코, 훤칠한 키에 마른 몸, 옷차림이나 분위기가 좋아, 일견 별장에 와 있는 사람이나 여관에 투숙하고 있는 신사로 보였다.

그가 그곳에 우뚝 서서 내 쪽을 가만히 바라보는 눈매를 보니, 나는 다시 놀람과 동시에 이상한 사람이라는 생각이 들었다. 적을 보는 분노의 눈인가? 그러기에는 힘이 없었다. 남을 의심하는 시기(猜忌)의 눈인가? 그러기에는 빛이 흐렸다. 단지 무심하게 남을 보는 눈 치고는 아주 오싹한 느낌이 들었다.

이상한 사람이라고 생각하며 나도 잠시 마주 보고 있자, 그는 곧 눈을 모래사장으로 옮기고 한 걸음씩 차분하게 걷기 시작했다. 그렇지만 내 근처를 벗어나려고 하지 않고 그저 근방을 왔다 갔다

했다. 그리고 때때로 날카로운 눈으로 나를 보았다. 나는 일체의 모습이 심상치 않아 불쾌해져서 장소를 바꿀 셈으로 그곳에서 일어나 모래 언덕 위까지 와서 뒤를 돌아다보니, 이상한 남자는 글쎄 내가 앉았던 곳을 벌써 차지하고 있지 않은가! 그리고 나를 쳐다보고 있을 터라고 생각했지만 그렇지 않고, 세운 무릎 위에 팔짱을 끼고 그 사이로 얼굴을 묻고 있었다.

너무 이상해서 나는 모습을 엿보고 싶다는 생각에 작은 숲의 마른풀 위에 엎드려 책을 보면서 때때로 머리를 들어 그 남자를 엿보았다.

그는 한동안 얼굴을 들지 않았다. 그러나 십 분도 지나지 않아 그는 마치 병자처럼 비틀거리며 일어나더니, 어쩐지 힘이 없는 듯 보였으나 곧 몸을 뒤로 빙글 돌리더니 모래 언덕의 절벽 아래를 오른손으로 파기 시작했다.

꺼낸 것은 커다란 병. 그는 품에서 손수건을 꺼내 병의 모래를 털고, 다시 작은 컵 모양의 것을 꺼내 병의 마개를 따고, 한 잔, 두 잔, 서너 잔을 연이어 마시고, 병을 가만히 바닥에 내려놓고 손에 컵을 든 채 머리를 들고 멍하니 하늘을 바라보았다.

그리고 다시 한 잔을 마셨다. 그리고 우연히 눈을 내 쪽으로 돌리자마자 컵을 손에 든 채 내 쪽을 향해 큰 걸음으로 걸어왔다. 그 기력 넘치는 발걸음은 아까의 모습과 전혀 달랐다.

나는 놀라서 도망갈까 생각했다. 그러나 곧 생각을 바꿔 그대로 누워 있자, 그는 곧 내 옆까지 와서 수상한 미소를 띠면서,

"당신은 내가 지금 무엇을 하는지 보고 있었죠?"

그 목소리는 조금 기칠게 쉬어 있었다.

"보고 있었죠." 나는 똑똑히 대답했다.

"당신은 남의 비밀을 엿봐도 괜찮다고 생각합니까?" 그는 더욱 수상한 미소를 지었다.

"괜찮다고는 생각하지 않습니다."

"그럼 왜 남의 비밀을 엿보았습니까?"

"나는 여기서 책을 읽을 자유가 있습니다."

"그것은 별문제입니다." 그는 잠시 시선을 내 책으로 옮겼다.

"별문제가 아닙니다. 당신이 무엇을 하든 내가 무엇을 하든, 그게 남에게 해를 끼치지 않는다면 서로의 자유입니다. 만약 당신에게 비밀이 있다면 본인이 먼저 비밀리에 하시는 게 좋겠지요."

그는 갑자기 불안해진 듯 왼손으로 머리털을 잡아 뜯듯이 긁으면서,

"그렇습니다, 그렇죠. 하지만 이것은 나의 비밀입니다." 그는 잠시 말을 그치고 숨을 죽이고 있었으나,

"내가 당신을 두고 뭐라 한 것은 실례였습니다. 그렇지만 제발 지금 보신 것은 비밀로 해 주시지 않겠습니까? 부탁합니다."

"부탁이라면 비밀로 하죠. 별로 나와 관련된 일은 아니니까요."

"고맙습니다. 그럼 나도 마음이 놓입니다. 아니, 정말로 실례했습니다. 느닷없이 당신을 질책하여……." 그는 남을 공격하던 처음의 기세와는 딴판으로 자못 힘없이 사과하는 것을 보고 나도 안쓰러운 마음이 되어,

"뭐, 그리 사과할 것까지 없습니다. 나도 실은 당신이 아까 내

앞에 우뚝 서서 나만 바라보는 모습이 왠지 이상하다 생각해 여기와서 당신의 행동을 보고 있었습니다. 역시 당신을 엿보았던 게죠. 그렇지만 그게 당신의 비밀이라면 나는 비밀을 철저히 지킬 테니 걱정 마세요."

그는 잠자코 내 얼굴을 바라보았으나,

"당신은 꼭 지켜 주실 분입니다" 하고 떨리는 목소리로 말하고,

"어떻습니까? 내 술 한 잔 받지 않겠습니까?"

"술 말입니까? 술이라면 저는 마시지 않는 편이 낫겠습니다."

"마시지 않는 편이! 마시지 않는 편이 낫다고요! 물론 그렇습니다. 만약 마시지 않아도 된다면 나도 마시지 않는 편이 좋겠지요. 그렇지만 나는 마십니다. 그게 나의 비밀입니다. 어떻게 생각합니까? 나와 당신이 이렇게 말을 나누는 것도 어떤 운명 때문입니다. 수상한 운명이고 이상한 인연이니, 한 번만 내 비밀의 잔을 받아 주지 않겠습니까? 네? 받아 주지 않겠습니까?" 말 한 마디 한 마디, 그 절절한 목소리, 그 눈매, 그 안색은 실로 커다란 비밀, 고통스러운 비밀을 안고 있는 것처럼 느껴졌다.

"좋습니다. 그럼 한 잔 받지요." 내가 대답하자마자 곧 그는 앞장서서 원래 장소로 돌아가기에 나도 그 뒤를 따라갔다.

2

"이것은 고급 브랜디입니다. 저는 고급이 아니지만 저번에 도쿄

에 갔을 때, 긴지의 기메야(龜屋)에 가서 최상품을 달라고 하여 은 밀히 세 병을 사 와 여기에 숨겨 놓았습니다. 한 병은 벌써 다 비워 서 빈 병은 나메리천에 던져 버렸죠. 이것이 두 병째입니다. 아직 한 병이 모래 속에 묻혀 있습니다. 없어지면 다시 사 올 겁니다."

나는 그가 내민 잔을 받아 조금씩 홀짝이면서 그의 말을 듣고 있었지만 들을수록 그가 더욱 수상하다는 생각이 깊어지는 것을 금할 수 없었다. 그렇지만 결코 그의 비밀에 끼어들고 싶지는 않 았다.

"그래서 아까 내가 여기에 와 보니, 뜻밖에 당신이 벌써 이 자리 를 차지하고 있었습니다. 놀랐습니다. 참 괘씸한 자도 있군, 내 술 창고를 범하고 내 주연 자리를 빼앗고 태연하게 책을 읽고 있다니 하고 말입니다. 그래서 나는 당신을 노려보면서 이곳을 떠나지 않 았던 것입니다" 하고 그는 미소를 지으며 말했다. 그 눈에는 마음 속에 잠재한 그의 부드럽고 정직한 인품이 비치는 듯하여 내게는 다시 그것이 애처롭게 보였다. 그래서 나도 웃음을 머금으며,

"그렇죠. 그렇지 않으면 그런 눈으로 나를 볼 이유가 없었겠죠. 원망했겠군요."

"아뇨, 원망하지는 않았습니다. 제가 한심하다고 생각했죠. 아 니, 내가 숨겨 놓은 술조차 어느새 타인의 엉덩이 밑에 깔려 버렸 는가 하고 나의 운명을 저주했습니다. 저주라고 하면 무섭게 들리 겠지만, 실은 나에게는 그런 무서운 생각도, 또 기력도 없습니다. 운명이 나를 저주하고 있는 것입니다……. 당신은 운명이라는 것 을 믿습니까? 운명이라는 것을요. 자, 한 잔 더" 하고 그는 병을

들었으므로,

"아뇨, 나는 이제 됐습니다" 하고 잔을 그에게 돌려주며 말했다. "나는 운명론자가 아닙니다."

그는 혼자 술을 따라 마시고 술 냄새를 풍기며,

"그럼, 우연론자입니까?"

"원인과 결과의 법칙을 믿을 뿐입니다."

"원인이 인간의 힘에서 발하여 그 결과가 매번 인간의 머리 위로 떨어지기만 하는 게 아니라, 때로는 인간의 힘 이상의 어떤 원인이 작용한 결과를 얻는 경우도 많이 있습니다. 그때 당신은 운명이라는, 인간의 힘 이상의 것을 느끼지 않습니까?"

"느낍니다. 그렇지만 그것은 자연의 힘입니다. 그리고 자연계는 인과의 이치에 의해서만 움직인다고 나는 믿어 의심치 않습니다. 그 힘에 운명이라는 신비스러운 이름을 붙일 수는 없습니다."

"그렇습니까? 그럴까요? 알겠습니다. 그럼 당신은 우주에 신비가 존재하지 않는다는 생각이시군요. 즉, 당신에게는 이 우주에 속한 우리 인생의 의미가 극히 평이 명료하여, 당신 머리는 '이이는 사' 처럼 일체가 공식으로 통합니다. 당신의 우주는 입체가 아니라 평면입니다. 무궁무한이라는 사실도 당신에게는 그 어떤 감흥과 외경과 공포와 심사(深思)를 환기시키는 당면한 대사실이 아니군요. 당신은 수의 연속으로써 인피니티(무한)를 식으로 나타내려는 수학자 부류에 속하는군요" 하고 고통스러운 탄식을 내뱉더니 다시 냉정하게 비웃는 어투로, "그렇지만 실은 당신이 행복한 겁니다. 내 식대로 말하자면 당신은 운명의 축복을 받은 사람이고, 당신의 말로 바꾸어 말하자면 나는 불행한 결과를 온몸으로 받은 사람입니다."

"그럼 이만 실례합니다" 하고 나는 일어났다. 그러자 그는 황급히 나를 붙잡고,

"아아, 화나셨는가요? 혹시 내 말에 기분이 상했다면 용서 바랍니다. 얼떨결에 내가 멋대로 괴로워하고, 멋대로 이것저것 전혀 도움도 되지 않는 생각에 분별없이 떠들었습니다. 아니, 누구에게도 이런 말을 한 적이 없었습니다. 그렇지만 왠지 당신에게 말하고 싶다는 생각이 들어 거리낌 없이 제멋대로 열을 내었으니, 당신이 비웃을지 모르겠지만 나는 역시 이상한 운명이 나와 당신을 만나게 하였다고 느꼈기 때문입니다. 불행한 남자라고 생각하고 좀 더 말을 나누지 않겠습니까? 조금만 더……."

"하지만 제게는 별로 할 말도 없습니다만……."

"그러지 마시고 모쪼록 조금만 더 계셔 주시죠. 조금만……. 아! 왜 이렇게 나는 무리한 부탁만 하는 것일까요! 취했는가요? 운명입니다, 운명이에요. 좋습니다. 당신이 할 말이 없다면 내가 말하죠. 내가 말할 테니 들어주세요. 듣기만이라도 해 주세요. 내 불행한 운명을!"

이런 고통의 외침을 듣고 누가 마음이 움직이지 않으리. 나는 그대로 멈춰 서서,

"듣고말고요. 내가 들어도 지장이 없다면 무슨 말이라도 듣지요."

"들어주시겠습니까? 그럼 이야기하죠. 그렇지만 나는 운명의 이상한 힘에 휘둘린 사람이므로 그런 생각으로 들어주세요. 만약

당신이 인과의 법칙이라고 말한다면 그래도 좋습니다. 단지 그 인과의 전개가 너무나도 사람의 의지 바깥에 존재하여 그 때문에 한 젊은 남자가 무한한 고뇌에 빠진 사실을 당신이 아시게 된다면, 그것을 내가 이상한 운명의 힘이라고 여기는 것도 무리가 아니라는 것만은 이해해 주시리라 믿습니다. 그래서 당신에게 묻겠습니다만, 여기 한 남자가 있고, 그 남자가 아무런 생각 없이 길을 걷다가 어디선가 돌 하나가 날아와 머리에 명중해 즉사했다고 칩시다. 그 때문에 그자의 처자는 기아에 허덕이고, 그 때문에 어미와 자식은 싸우고, 그 때문에 부모자식은 피비린내 나는 참극을 저지른다는 사실이 이 세상에 있을 수 있다고 당신은 믿습니까?"

"실제 생긴 일인지 아닌지 모르겠지만 있을 수 있는 일이라고 생각합니다. 그것은."

"그렇겠죠. 그렇다면 당신은 사람의 의사를 벗어난 원인 때문에, 우연한 어떤 원인 때문에 극도의 참극이 때로는 사람의 머리 위로 떨어진다는 사실을 인정하시는 겁니다. 내 경우가 완벽히 그렇습니다. 차마 믿을 수 없는 이상한 운명이 나를 희롱하고 있습니다. 나는 운명이라고 말합니다. 그밖에는 달리 설명할 수 없으니까요" 하고 말하며 그는 한숨을 쉬고,

"그렇지만 당신은 들어주시겠습니까?"

"듣고말고요! 자, 말씀하시죠."

"그럼 우선 바로 이 술 이야기부터 하죠. 당신은 필시 이상하다고 생각하실 것이나, 실은 세상에 흔히 있는 까닭으로, 고뇌를 잊고 싶어 마취제로 사용하고 있습니다. 모래 속에 숨겨 놓은 것은

숨겨 놓고 마셔야 하는 제 사정이 있기 때문이고, 게다가 이 장소는 아주 조용하고 쾌적하여 아무리 독한 운명의 악마도 몸을 숨기고 사람을 엿보는 어두운 그늘이 없는 게 내 마음에 들었습니다. 여기에 몸을 뉘이고 알코올의 힘에 몸을 맡긴 채 저 높은 하늘을 바라보는 순간만큼은 내 마음이 다소나마 자유를 얻습니다. 그러는 가운데 이 강한 알코올이 그렇지 않아도 약해 빠진 나의 심장을 서서히 망쳐서 결국에는 완전히 나도 자멸하리라 생각합니다."

"그렇다면 당신은 자살을 원하고 있습니까?" 나는 놀라서 물었다.

"자살이 아닙니다. 자멸입니다. 운명은 나의 자살조차 허락하지 않습니다. 운명의 귀신이 가장 잘 쓰는 도구의 하나는 '미혹(迷惑)'입니다. '미혹'은 슬픔을 고통으로 바꿉니다. 고뇌를 다시 배가시킵니다. 자살은 결심입니다. 시종 미혹 때문에 괴로워하는 사람에게 어찌 자살할 결심이 생기겠습니까. 그러므로 '미혹'이라는 둔하고 무거운 고뇌에서 벗어나기 위해서는 역시 자멸이라는 어리석은 방법밖에 없습니다."

이렇게 절실히 말하는 그의 얼굴에는 분명히 절망의 그림자가 움직이고 있었다.

"어떤 사연이 있는지 모르겠지만, 나는 남의 자살을 알고 이를 방관할 수는 없습니다. 자멸이라고 하지만 자살이 틀림없으니까요" 하고 내가 말하자,

"그렇지만 자살은 사람들의 자유겠지요." 그는 웃음기를 띠고 말했다.

"그럴지도 모릅니다. 그러나 자살을 말릴 수 있다면, 말리는 것 또한 사람의 자유이자 의무입니다."

"좋습니다. 나도 결코 자멸하고 싶지는 않습니다. 만약 당신이 내 이야기를 모두 다 듣고, 그 후에 나를 구할 방책을 세워 주신다면 내게 그 이상의 행복은 없겠습니다."

이런 말을 듣고 나는 잠자코 있을 수 없었다.

"좋습니다! 모쪼록 전부 다 들려주시죠. 이번에는 내가 부탁합니다."

3

나는 다카하시 신조(高橋信造)라고 합니다만, 다카하시라는 성은 양자로 들어가 바뀐 것으로 원래 성은 오쓰카(大塚)라고 합니다.

오쓰카 신조 때부터 이야기하겠습니다만, 아버지는 오쓰카 고조(剛藏)라고, 아실지 모르겠지만 도쿄 고등 법원의 판사로 다소 세상에 이름이 알려진 분으로, 고조라는 이름처럼 강직한 인물이었습니다. 내 교육에는 꽤 신경을 많이 쓰신 듯했습니다. 그렇지만 어째서인지 나는 아이 때부터 학문을 싫어하여, 단지 음울하게 혼자 틀어박혀 무엇을 생각하는 것도 없이 멍하니 있는 것을 무엇보다 좋아했습니다. 열두 살 때로 기억하는데, 아마 늦봄이었을 것입니다. 왜냐하면 정원의 벚꽃이 거의 다 져서, 아직 나뭇가지에 남아 있던 색 바랜 꽃잎들이 파랗게 돋는 나뭇잎 사이로 파르르 하나둘 떨어지는 모습을 지금도 확실히 떠올릴 수 있기 때문입니다. 나는 곳간의 돌계단에 앉아서 여느 때처럼 멍하니 정원을 바라보고 있는데, 저녁 햇빛이 비스듬히 정원의 나무 사이로 비쳐 그렇지 않아도 조용한 정원이 한층 더 숙연하게 가라앉은 풍경을 바라보고 있자니 어린 마음에도 슬프기도 즐겁기도 한, 말하자면 봄날의 우수(憂愁) 같은 그런 기분이었습니다.

사람의 묘한 마음을 이해하는 자는 아이의 가슴으로 봄날의 조용한 저녁을 느끼는 것이 실제 있을 수 있다는 것을 부정하지 못하리라 생각합니다.

어쨌든 나는 그런 소년이었습니다. 아버지는 이런 내 모습을 보고 아주 걱정을 하여 나를 스님 같은 아이라고 때때로 불만스런 말을 하시며 그렇게 스님처럼 행동하면 절에 보내 버린다며 화를 내신 적도 있었습니다. 그에 비하여 남동생 히데스케는 장난꾸러기로, 나보다 두 살 아래였으나 골격도 아버지를 닮아 건장하고 성격도 나와는 전혀 달랐습니다.

아버지가 나를 꾸짖을 때, 어머니와 남동생은 늘 웃으며 옆에서 지켜보았습니다. 어머니 오토요(お豊)는 말수가 적으며 온화하게 보이는 현모양처로, 나를 꾸짖은 적도 없지만 그렇다고 해서 내 응석을 받아 줄 정도로 귀여워하지도 않아 말하자면 방관적으로 대하는 듯했습니다.

그래서 내 성격이 원래 그랬는지 아니면 일찍이 아이 때부터 부자연스러운 환경에 처해서 나도 모르게 고독한 생활을 보낸 때문인지는 모릅니다.

과연 아버지는 나 때문에 걱정을 많이 하셨습니다. 그렇지만 그 걱정은 그저 보통 부모가 자식을 염려하는 것과 달랐습니다. 그래서 아버지가, "사내로 태어났으면 사내답게 커야지. 여자 같은 사내는 키워도 보람이 없다"라고 말할 때 그 불만의 말 속에도 내 이상한 운명의 씨앗이 보였습니다만, 소년인 나는 당시에 알아차릴 수가 없었습니다.

말하는 걸 잊었습니다만, 그때는 아버지가 오카야마 지방 법원장으로 계셔서 가족은 오카야마 시내에 살고 있었으므로 가족이 도쿄로 이사 간 것은 훨씬 후의 일입니다.

어느 날이었습니다. 내가 평소처럼 정원에 나가 소나무 밑동에 멍하게 앉아 있자, 어느새 아버지가 옆에 와서,

"무슨 생각을 하고 있느냐? 타고난 성격이라면 할 수 없지만, 나는 너 같은 성격이 아주 싫다. 좀 더 사내답게 행동해라" 하고 정색을 하고 말했으므로 나는 얼굴을 들 수 없어 잠자코 있었습니다. 그러자 아버지는 내 옆에 앉아서,

"신조야"라고 말하고 갑자기 소리를 낮추어, "너 누군가에게 무슨 말 들은 게 아니냐?"

나는 무슨 말인지 전혀 몰랐으므로 놀라서 아버지 얼굴을 쳐다보았으나 이상하게도 나도 모르게 눈물을 글썽였습니다. 그 모습을 보자 아버지는 갑자기 표정이 바뀌더니 더욱 목소리를 낮추어,

"숨길 필요가 없다. 들었다면 들었다고 말해라. 그러면 나도 생각이 있으니까. 자, 숨기지 말고 말해 보거라. 무슨 말을 들었지?"

이때 아버지의 모습은 매우 당황한 듯했습니다. 그래서 목소리도 평소와 달랐으므로 나는 무서워져서 훌쩍거리며 울기 시작하자, 아버지는 더욱 당황스러운 듯,

"말해라. 들었으면 들었다고 해! 숨길 테냐!" 하고 나를 노려보았으므로 나는 더욱 무서워져서,

"잘못했어요, 잘못했어요" 하고 빌 뿐이었습니다.

"사죄하라고 하지 않았다. 만약 뭔가 네가 이상한 말을 듣고서 이렇게 멍하니 생각에 빠진 게 아닌가 해서 묻는 거야. 아무 말도 듣지 않았다면 그것으로 좋아. 자, 솔직하게 말해 보거라!" 하고 이번에는 정말로 화를 내며 말하므로, 나는 뭐가 뭔지 모른 채 딘지 아주 나쁜 짓이라도 한 것 같아서 떨리는 목소리로,

"용서하세요, 용서하세요."

"바보야! 바보천치로구나! 누가 빌라고 했느냐! 열두 살이나 먹은 사내자식이 툭하면 울고" 하고 소리쳤기 때문에 나는 깜짝 놀라 울면서 아버지 얼굴을 보고 있자 아버지도 잠시 잠자코 나를 보다가 갑자기 눈물을 글썽이면서,

"울어도 괜찮다. 이제 아버지도 묻지 않을 테니 그만 안에 들어가거라" 하며 부드럽게 건네는 말은 길지는 않으나 자애가 가득했습니다.

그 후였습니다. 아버지가 내게 별로 말을 하지 않게 된 것은. 또 그 후였습니다. 내 마음 깊은 곳에 그림자 하나가 드리워진 것은. 운명이라는 괴이한 귀신이 내 심장에 발톱을 박아 넣은 것이 바로 그때였습니다.

나는 아버지의 말이 마음에 걸려서 견딜 수 없었습니다. 이것도 보통의 소년이라면 곧 잊어버렸겠지만 나는 잊기는커녕 시간만 나면 왜 아버지는 그런 것을 물었지? 어린 마음에도 아버지가 그렇게까지 당황한 것을 보면 매우 중요한 일이라고 이런저런 생각을 한 결과, 아마 그 말은 내 신상에 관한 것이라고 믿게 되었습니다.

왜일까요? 나는 지금까지도 이상하게 생각합니다. 왜 아버지가 물은 것이 내 신상에 관한 것이라고 스스로 믿게 되었을까요?

어둠에 익숙한 사람이 어둠 속에서도 사물을 잘 보는 것처럼, 부자연스런 처지에 놓인 소년이 어느새 어두운 부자연의 심연에 숨어 있는 흑점을 찾아낸 것이라고 생각합니다.

그렇지만 내가 그 흑점의 진상을 파악하게 된 것은 훨씬 후의 일입니다. 나는 궁금하지만 이것을 아버지에게 되물을 수가 없었고 또 어머니에게는 더욱 물을 수 없어서 내 작은 마음을 아프게 하면서 세월을 보냈습니다. 그리고 열다섯 때 중학교 기숙사에 들어갔는데, 그 전에 하나 말해 둘 것이 있습니다.

오쓰카의 저택 옆에는 넓은 뽕밭이 있고 그곳에 작은 판잣집이 있었는데, 그 집에 노인 부부와 열일고여덟 살 가량의 딸이 살았습니다. 예전에는 높은 직급의 무사였으므로 뽕밭은 즉 옛 저택의 흔적이라고 합니다. 그 노인이 나와 친하게 지냈습니다만 어느 날 나에게 바둑을 가르쳐 주었습니다. 이삼 일이 지난 어느 날 저녁 식사 때, 이 사실을 아버지에게 말하자 평소 자식의 놀이에 별로 관여치 않던 아버지가 눈을 엄하게 하며 꾸짖고, 어머니조차 놀라 눈을 크게 뜨고 내 얼굴을 바라보았습니다. 그리고 부모가 서로 얼굴을 마주 보았을 때의 모습이 심상치 않아, 나는 매우 의아하게 생각했습니다.

왜 내가 바둑을 적으로 삼아야 하는지도 나중에 알았습니다만, 그것을 알았을 때는 내가 완전히 운명의 귀신에 억눌려 지금의 고뇌를 맛보기 시작한 때였습니다.

4

내 나이 열여섯 때, 아버지는 도쿄로 발령이 나서 가족은 아버지와 함께 이사했습니다만, 나만 오카야마 중학교 기숙사에 남았습니다.

나는 그 후 삼 년간의 생활을 생각하면 내가 이 세상에서 보낸 보람찬 생활은 단지 그 학교 시절뿐이었습니다.

동료들은 모두 내게 친절했습니다. 나는 마음의 자유를 회복하고 악운의 손아귀에서 벗어나 신상의 의혹을 품는 일도 점차 없어지고 침울한 성격까지 어느새 눈 녹듯이 사라진 쾌활한 청년으로 변했습니다.

그런데 열여덟 살의 가을, 돌연 도쿄의 아버지가 편지로 내게 상경을 명했습니다. 온화한 내 마음은 갑자기 흐트러지고 아버지의 진의도 알기 어려워, 답장을 보내 적어도 일 년만 더, 졸업 때까지 이대로 다니게 해 달라고 부탁하려 했으나 그냥 마음을 고쳐먹고 곧 상경했습니다. 고지마치의 집에 도착하자마자 아버지는

방으로 나를 불러,

"갑작스럽지만 네게 상담할 것이 있어 불렀다. 앞으로 법학을 공부할 생각은 없느냐?"

생각하지도 못한 말이었습니다. 나는 놀라서 아버지 얼굴을 바라본 채 쉽사리 입을 열 수가 없었습니다.

"실은 편지로 자세하게 쓰려고 생각했지만 말이 길어질 듯하여 올라오라고 했다. 너도 졸업 때까지 다닐 것으로 생각했을 것이고 또 대학까지도 뜻을 두고 있겠지만 사람은 하루라도 빨리 독립된 생활을 하는 게 좋다는 건 너도 잘 알고 있을 것이다. 그래서 말인데, 너는 곧바로 사립 법률 학교에 들어가는 게 어떠냐? 삼 년이면 졸업하니 변호사 시험을 쳐라. 그 후에 나와 친한 변호사 사무실에 취직시켜 줄 테니 그곳에서 사오 년 실전 경험을 쌓아라. 그러다가 독립하여 사무실을 열면 그것이야말로 출세가 아니겠느냐. 너도 서른이 되기 전에 당당한 신사가 될 수 있다. 어떠냐? 그게 지름길이다"라는 아버지의 말을 들었으니 내가 놀란 것도 무리는 아니겠지요.

이것은 실로 타인의 말입니다. 타인의 친절입니다. 기숙하는 서생에게 주인아저씨가 베푸는 은혜입니다.

아버지 오쓰카 고조는 어느새 당신의 자연스러운 모습으로 돌아가 있었던 것입니다. 모르는 사이에 그 자연을 드러내기에 이르렀던 것입니다. 나를 밖에 두기를 삼 년, 친자식인 히데스케만을 옆에서 애지중지하기를 삼 년, 인간이 천진(天眞)으로 돌아가는 문인 무덤에 가까이 가기를 삼 년, 삼 년의 세월은 그를 자연으로 돌려놓았던 깃입니다. 그렇지만 그는 아직 그 자연을 알아차리지 못하고, 어디까지나 자신을 이전의 아버지처럼, 나를 이전의 자식처럼 대하려고 했습니다.

그래서 나는 이미 스스로 나의 희망을 말할 처지가 못 되었습니다. 단지 아버지 분부에 따르겠다는 말만 간단히 대답하고 아버지의 방을 나왔습니다.

아버지뿐 아니라 어머니 모습도 일변했습니다. 세월이 흐름에 따라 나는 내 신상에 큰 비밀이 있다는 사실을 더욱 믿게 되니, 부모의 거동을 계속 주시하면 할수록 의혹이 커질 뿐이었습니다.

한 번은 나도 나의 오해가 아닌가 생각했으나, 열두 살 때 정원에서 아버지에게 받은 질문을 떠올리며 곰곰이 생각해 보면 나는 더 이상 내 신상의 비밀을 의심할 수가 없었습니다.

번민하는 가운데 간다(神田)의 법률 학교에 다니기 시작해 석 달이나 지난 때였던가요. 나는 오늘이야말로 아버지에게 과감하게 비밀의 유무를 묻고자 결심하여, 저녁에 학교에서 돌아와 식사를 마치자마자 아버지 방으로 갔습니다. 아버지는 램프 아래에서 편지를 쓰고 있다가 나를 보고, "무슨 일이냐?" 하고 물었지만 여전히 붓은 놓지 않았습니다. 나는 아버지 옆의 화롯가에 앉아 잠시 묵묵히 있었으나, 그때 하늘에서 내리는 진눈깨비가 지붕을 때리는 소리가 후드득 들렸습니다. 아버지는 붓을 놓고 천천히 나에게 몸을 돌리고,

"무슨 용무가 있느냐?" 하고 부드럽게 물었습니다.

"좀 묻고 싶은 것이 있어서요" 하고 말을 꺼내자마자 아버지는

벌써 눈치를 채셨는지,

"뭐지?" 하고 심각한 얼굴로 내게 다가앉았습니다.

"아버님, 저는 정말로 아버님 자식입니까?" 하고 예전부터 가진 생각을 단도직입적으로 물었습니다.

"뭐라고?" 하고 되묻는 아버지의 한마디, 그 날카로운 눈빛! 그렇지만 아버지는 곧 온화한 얼굴로,

"왜 너는 그런 것을 내게 묻느냐? 우리가 뭔가 네게 부모답지 않은 행동이라도 해서 그렇게 말하는 것이냐?"

"그렇지 않습니다만 저는 옛날부터 나는 누구인가 하는 의혹 때문에 계속 고통을 겪어 왔습니다. 알려서 도움이 되지 않을 비밀이니까 아버님도 입을 다물고 계실 터지만, 저는 꼭 그것을 알고 싶습니다." 나는 조용하지만 결연하게 말했습니다.

아버지는 잠시 팔짱을 끼고 생각하다가 천천히 얼굴을 들고,

"네가 의심한다는 것은 나도 알고 있다. 요즘에는 내가 말하는 편이 좋으리라 생각한 적도 있다. 그런데 마침 너에게서 말이 나왔으니 나도 이 기회에 말하는 것이 좋겠지" 하고 아버지는 긴 이야기를 시작하였습니다.

그렇지만 아버지가 알려 준 사실은 다음의 사실뿐입니다. 야마구치 현의 지방법원에 아버지가 봉직하던 때, 아버지는 바바 긴노스케(馬場金之助)라는 바둑 고수와 형제처럼 왕래하며 친하게 지냈다고 합니다. 바둑 말고도 바바는 비범한 면이 있어 아버지는 그를 존경했다고 합니다. 그의 외아들이 바로 나였던 것입니다.

그때 아버지는 서른여덟에 어머니는 서른넷, 이제 자식은 생기

지 않으리라 체념하고 있있는데, 바바가 병으로 죽고, 그 아내도 곧 남편 뒤를 따라 이 세상을 떠났으니 남은 것은 두 살짜리 사내아이였습니다. 이를 다행히도 아버지가 데리고 와서 자식으로 삼았으므로 아버지로서는 고아를 구한다는 의협심도 반 정도는 있었겠지요.

나를 낳은 부모는 더 나이가 젊어 아버지는 서른둘, 어머니는 스물다섯이었다고 합니다. 그렇지만 어머니가 아직 바바의 호적에 올라가지 않았을 때 내가 태어났기 때문이라고 생각하는데, 나의 출생 신고가 아직 되어 있지 않았으므로 오쓰카 아버지는 나를 데려와서 곧 자기 자식으로 호적에 올렸다고 합니다.

이상의 내용을 이야기해 주고 오쓰카 아버지가 말하길,

"그 후 나는 곧 야마구치를 떠났으므로 네가 나의 친자식이 아니라는 것을 아는 자는 많지 않다. 우리 부부는 어디까지나 친자식이라고 생각하고 지금까지 너를 키워 왔다. 앞으로도 다름없을 터이니 너도 결코 못난 생각은 하지 말고 언제까지나 우리를 부모라고 생각하고 여생을 함께해 주기 바란다. 히데스케는 친자식이지만 네 일은 결코 모르니까, 너도 친형이 되어 평생 동생의 힘이 되어 주도록 해라." 늙은 아버지는 눈에 눈물을 보였습니다만, 그 이전에 나는 벌써 울고 있었습니다.

그래서 양부와 나는 이 비밀을 끝까지 남에게 발설하지 않겠다는 약속을 하고, 또 내가 앞으로 무슨 일로 야마구치에 가더라도 몰래 부모 묘에 단지 참배만 하고 결코 남들이 모르게 하겠다고 양부에게 약속했습니다.

그 후의 세월은 이전보다 오히려 평온했습니다. 양부도 비밀을 밝히고 오히려 안심한 모습이었고, 나도 양부모의 높은 은혜를 생각할 때마다 마음 깊이 경애하게 되어 면학에 노력하게 되었습니다.

그리고 하루라도 빨리 독립된 생활을 하게 되어, 집을 떠나 동생 히데스케에게 가문을 잇게 해 주겠다고 마음속 깊이 결심했습니다.

삼 년의 세월은 금세 지나가 나는 무난히 학교를 졸업했습니다. 또 양부의 말에 따라 일 년간 더욱 공부하여 변호사 시험에도 의외로 무난히 합격하니, 양부도 크게 기뻐하며 곧바로 친구인 이노우에 박사의 법률 사무소에 취직시켜 주었습니다.

어쨌든 한 사람의 어엿한 변호사가 되어 매일 교바시 구에 있는 사무소에 다니게 되었으나, 만약 그대로 오늘에 이르렀다면 양부도 자신의 목적대로 나를 출세시키고 나도 평온한 나날을 보내며 더욱 큰 앞날의 행복을 꿈꾸고 있었을 것입니다.

그렇지만 나는 아무래도 악운의 자식이었던 것입니다. 아무도 상상할 수 없는 함정이 내 앞에 나타나, 악운의 귀신은 참혹하게도 나를 그곳으로 밀어 떨어뜨렸습니다.

5

이노우에 박사는 요코하마에도 사무소를 하나 가지고 있었는데, 나는 스물다섯의 봄부터 이 사무소에서 근무하게 되어 명목은 이노우에의 부하이지만 실은 내가 독립한 것이나 다를 바 없었습니다. 나이에 비해 빠른 출세라 할 수 있겠지요.

그런데 요코하마에는 다카하시(高橋)라는 잡화상이 꽤 장사를 크게 하고 있었습니다만, 그 주인은 우메(梅)라는 여인으로, 남편은 이삼 년 전에 죽고 사토코(里子)라는 딸과 함께 유복하게 살고 있었습니다.

소송 건으로 나는 이 집에 출입하게 되어, 나와 사토코는 연인이 되었습니다. 간단히 말해 반년도 지나지 않는 사이에 두 사람은 떨어질 수 없을 정도로 사랑에 빠졌던 것입니다.

그리고 그 결과, 이노우에 박사가 중매인이 되어 이윽고 나는 오쓰카 가(家)를 떠나 다카하시 가(家)의 데릴사위가 되었습니다.

내 입으로 말하는 것이 좀 부끄럽지만, 사토코는 미인이라고 할 정도는 아니지만 꽤 사람의 눈길을 끄는 용모로, 둥근 얼굴에 애교스런 여자입니다. 그리고 기꺼이 말하지만, 나를 무척이나 사랑했습니다. 그렇지만 이 사랑은 오히려 지금 나를 괴롭히는 큰 원인이 되었으므로, 만약 사토코가 그렇게까지 나를 사랑하지 않고, 내가 또 그렇게까지 사토코를 사랑하지 않았다면 나는 이렇게 괴롭지는 않을 겁니다.

장모 우메는 나이가 쉰 살이나 보기에는 마흔 정도로 보이는 작은 키의 미인으로 꽤 훌륭한 부인입니다. 그리고 정이 깊고 정직한 인품이기는 하지만 지혜 쪽은 좀 부족하다는 것은, 보면 곧 알 수 있으리라 생각합니다. 쾌활하고 잘 웃으며 말도 잘했으나, 어떤 때는 두려울 정도로 침울한 얼굴을 하고 반나절 동안 아무와도 말을 하지 않기도 합니다. 나는 사위가 되기 전부터 이 성격을 알고 있었으나, 사토코와 결혼하여 다카하시 가에 기거하게 되자마자 이상한 점을 하나 발견했습니다.

그것은 밤 아홉 시쯤이 되면 장모는 자신의 방에 틀어박혀 부동명왕(不動明王)*에게 열심히 기도하는 것으로, 입으로 무언가 염불을 외며 벽에 걸어 놓은 화염상(火炎像) 앞에서 열 시가 되고 열한 시가 되어도 때로는 한밤중까지 절을 했습니다. 낮 동안 방에서 침울하게 있던 날의 밤에는 특히 그 행동이 심했던 것 같습니다.

나도 처음에는 잠자코 지켜보기만 했습니다만, 너무 이상하여 어느 날 이 일을 사토코에게 묻자, 사토코는 손사래를 치며 낮은 목소리로, "잠자코 계세요. 저건 이 년 전부터 시작되었는데 그걸 어머니에게 물으면 어머니는 아주 기분 나빠 하시니까 가급적 모르는 척하는 게 좋아요. 보세요. 마치 미친 것 같죠?" 하고 별로 신경 쓰지 않는 듯하여 나도 굳이 묻지는 않았습니다.

그렇지만 그 후 한 달이 지난 어느 날, 나는 사무실에서 돌아와 식사를 마치고 잡담을 하고 있는데 장모가 돌연,

"귀신이라는 것은 몇 년이 지나도 사라지지 않는 것인가?" 하고 물었습니다. 그러자 사토코는 태연하게,

"귀신이라는 게 어디 있어요?" 하고 한마디로 부정하려고 하자, 어머니는 화를 내며,

"건방진 말 하지 마라. 너는 본 적이 없지. 그러니 그런 말 하는 게다."

"그럼, 엄마는 봤어요?"

"봤고말고."

"어머, 그래요? 어떤 얼굴을 하고 있어요? 나도 보고 싶다." 사토코는 계속 놀렸습니다. 그러자 어머니는 무서울 정도로 안색을 바꾸고,

"너, 귀신을 보고 싶니? 귀신을 보고 싶어? 정말로 건방진 말을 하는구나. 이 아이가!" 하고 쏘아붙이며 벌떡 일어나 자신의 방으로 들어가 버렸습니다. 나는 불현듯,

"어머니, 어디 아프신 건가? 주의하지 않으면⋯⋯."

사토코는 불안한 얼굴을 하고,

"난 어쩐지 불길한 느낌이 들어요. 어머니는 필시 무언가 이상한 것에 씐 듯해요."

"좀 신경이 아프신 듯하군" 하고 나도 말했습니다만, 다음날이 되자 별로 이상한 점도 없었습니다. 이상한 점은 단지 언제나 밤이 되면 부동명왕에게 예배하는 것뿐으로 우리도 이것은 이미 익숙히 본 것이라 굳이 신경 쓰지 않았습니다.

그런데 올해 오월이었습니다. 나는 평소보다 두 시간이나 일찍 사무실을 나와 집에 돌아오자, 그날은 흐린 날씨라 집안은 어두컴컴한 가운데 어머니 방은 더욱 어두웠습니다. 어머니에게 잠깐 용무가 있어서 밖에서 어머니를 부르지도 않고 그냥 방문을 열고 불쑥 안으로 들어가니 어머니는 화롯가에 쓸쓸히 앉아 있다가 내 얼굴을 보자마자,

"아, 아아, 앗!" 하고 외치며 일어나려다 다시 주저앉아 말없이

나를 봤을 때의 그 얼굴이란! 나는 어머니가 기절한 것이 아닐까 놀라서 옆으로 다가갔습니다.

"왜 그러시죠? 왜 그러시는데요?" 하고 외친 내 목소리를 듣고 어머니는 자세를 고쳐 잡고 앉아,

"자네였나? 나는, 나는……" 하고 가슴을 쓸어내리고 있었으나 그 사이에도 이상한 듯이 내 얼굴을 보았습니다. 나는 놀라서,

"어머니, 왜 그러시지요?" 하고 묻자,

"자네가 갑자기 방에 들어와서 나는 누군가 생각했네. 깜짝 놀랐네" 하고 곧 자리를 펴고 누웠습니다.

이 일이 생긴 후 어머니의 신경에 더욱 이상이 생겨, 부동명왕에게 예배드리는 것뿐 아니라 어디에선가 이름도 모르는 부적을 몇 장이나 얻어 와서 자신의 방 곳곳에 붙여 놓았습니다. 그리고 또 이상한 점은 지금까지 자기 혼자 부동명왕을 믿었으나, 나를 보고 놀란 후에는 나에게 부동님을 믿으라고 하므로 내가 왜 믿어야 하는지 묻자,

"그저 잠자코 믿어 주게. 그렇지 않으면 내가 불안해."

"그래야 어머니 마음이 편안해지신다면 믿기는 하겠습니다만, 그렇다면 나보다도 사토코 쪽이 낫겠지요."

"사토코는 안 돼. 그 아이는 관계없는 일이니까."

"그럼 저는 관계있나요?"

"아무것도 묻지 말고 믿어 주게. 부탁이니까"라는 어머니의 말을 사토코도 옆에서 듣고 있다가 어이가 없다는 듯,

"이상하네, 엄마. 부동님이 어째서 어머니와 신조 씨하고만 관

계가 있고 나와는 없는 거죠?"

"그러니 내가 그저 부탁한다고 하지 않는가. 이유를 말할 수 있다면 부탁하지도 않아."

"그래도 억지죠. 신조 씨에게 부동님을 믿으라고 하다니, 요즘 세상에 남에게 그런 걸 권하고……."

"그렇다면 부탁하지 않겠네!" 하고 어머니는 화를 내므로 나는 부드러운 말로,

"아니, 저도 부동님을 못 믿을 것은 없습니다. 그러니 어머니, 이유를 말해 주세요. 무슨 일인지 모르지만, 부모 자식 사이에 밝히지 못할 게 어디 있나요?" 하고 부탁했습니다. 이것은 어머니의 말을 따르면 미신도 없애고 신경을 안정시키는 방법이 있지 않을까 생각했기 때문입니다. 그러자 어머니는 잠시 생각했으나 한숨을 쉬고 낮은 목소리로,

"우리끼리 이야기네. 누구에게도 알려서는 아니 되네. 내가 아직 젊었을 때, 사토코 아버지에게 시집가기 전에 어떤 남자가 나를 좋아해 집요하게 따라다녔어. 그렇지만 나는 아무래도 그 남자가 싫었지. 그러자 그자는 병에 걸려서 죽으며 나를 무척이나 원망했다고 하네. 그래서 나도 좋은 기분이 아니었으나 이곳에 시집오고 난 후로는 까마득히 잊고 살아왔네. 그런데 남편이 죽고 나서는 그 남자 귀신이 걸핏하면 나타나서 무서운 얼굴을 하고 나를 노려보며 당장에라도 나를 죽이려고 해. 그래서 내가 부동님에게 열심히 빌자 그 귀신이 점점 사라져 없어졌네. 그런데 그것이……" 하고 어머니는 더욱 목소리를 낮추어, "요즘은 자네에게

붙은 것 같아."

"어머, 세상에!" 사토코는 얼굴을 찡그렸습니다.

"그렇지만 어떤 때는 신조 얼굴이 귀신과 똑같이 보이는 거야."

그래서 내게 부동님을 믿으라고 권한 것입니다. 그렇지만 나는
그런 것을 따르는 것은 불가능하니, 사토코와 함께 여러모로 귀신
이라는 것이 있을 리 없다고 설명했지만 무익했습니다. 어머니는
굳게 믿어 의심치 않았으므로, 우리도 도리가 없어 여기 가마쿠라
에라도 와서 정신을 요양하면 좋겠다고 생각해 무리하게 권해서
결국 이곳의 별장에 모신 것이 올해 오월의 일입니다.

6

다카하시 신조는 여기까지 말하고 잠시 머리를 들어 서쪽으로
기우는 해를 수심에 잠긴 눈으로 바라보며 고뇌를 견디지 못하는
모습이었으나, 곧바로 잔을 들어 한 잔 마신 후 말을 이어 갔다.

그다음을 자세히 말할 용기가 없습니다. 사실을 노골적으로 간
단히 말하겠으니 그 이상은 당신의 추측에 맡기겠습니다.

다카하시 우메, 즉 장모는 내 생모, 나를 낳아준 친어머니였던
것입니다. 아내인 사토코는 아버지가 다른 나의 여동생이었습니
다. 어떤가요? 이게 기이한 운명이 아니고 무엇이겠습니까. 이런
일도 인과의 법칙이라고 한다면 그럴 수도 있겠죠. 그렇지만 자신

도 모르는 사이에 이런 상황에 놓인 나로서는 천지간에 이런 참혹한 사태가 벌어진 것을 원망하지 않을 수 없습니다.

우선 어째서 이러한 사실이 나에게 알려졌는지 그 과정을 간단히 말하면, 어머니가 가마쿠라에 오시고 나서 한 달 후, 나는 소송 건으로 나가사키에 가게 되어 도중에 야마구치와 히로시마에 가 볼 생각이었는데, 병문안 차 가마쿠라에 와서 어머니에게 이 말을 하자 어머니는 안색을 바꾸며 야마구치에는 가지 말라고 했습니다. 그렇지만 나는 속으로 친부모의 묘를 참배할 계획이 있었으므로 어머니에게는 적당히 둘러대고 결국 야마구치를 들렀습니다.

예전에 오쓰카 아버지한테서 들었으므로 묘가 있는 절은 금방 알 수 있었습니다. 나는 바바 긴노스케의 묘는 찾았지만, 죽었다고 들은 어머니 묘는 보이지 않아서 이상하다는 생각에 노스님을 만나 물어보았습니다. 당연히 그저 관계가 있는 사람이라고만 말하고 내 신상은 밝히지 않았습니다.

그러자 노스님은, 바바 긴노스케의 아내인 오노부(ぉ信)의 묘가 있을 리가 없네. 그녀는 긴노스케 병중에 그의 바둑 제자이며 시내의 거상 모 씨의 남동생과 은밀한 관계를 맺어 긴노스케의 병이 그 때문에 더욱 중해진 것을 불쌍하게 여기지도 않고, 결국에는 젖먹이까지 내팽개치고 도망갔다고 말해 주었습니다.

노스님은 또 아버지가 병석에서 어머니를 저주한 것, 죽을 때 젖먹이를 오쓰카 고조에게 맡긴 것까지 말해 주었습니다.

그 오노부가 다카하시 우메라는 것은 아무도 몰랐습니다. 나도 증거는 갖고 있지 않습니다. 그렇지만 노스님이 오노부에 대해 말하는 동안, 일찌감치 나는 지금의 장모가 그녀라는 것을 확신했습니다.

나는 야마구치에서 당장 죽어 버릴까 생각했습니다. 그때, 실로 그때, 내가 과감히 자실했더라면 오히려 니는 행복했을 것입니다.

그렇지만 나는 돌아왔습니다. 하나는 어떻게 하든 정확한 증거를 얻기 위해서이고, 또 하나는 사토코 때문이었습니다. 사토코는 어쨌든 내 여동생이므로 우리의 결혼이 불륜이라는 것은 말할 것도 없지만, 여동생으로서 사토코를 생각하는 것은 아무래도 불가능했습니다.

사람의 마음은 참으로 알 수가 없습니다. 불륜이라는 말은 사랑이라는 사실을 이길 수 없습니다. 나와 사토코의 사랑이 오히려 나를 괴롭힌다고 아까 말한 것은 바로 이 때문입니다.

나는 사토코를 껴안고 울었습니다. 수도 없이 울었습니다. 나 역시 어머니처럼 미친 사람이 되었습니다. 가련한 것은 사토코입니다. 모든 일이 사토코에게는 이상한 수수께끼로 비쳐 그녀는 단지 어쩔 줄 몰라 할 뿐, 결국 어머니와 같이 귀신을 믿게 되어 지금도 요코하마의 집에서 어머니와 함께 부동명왕에게 기도하고 있습니다. 사토코는 귀신의 정체를 모른 채, 단지 어머니와 내가 이 귀신 때문에 괴로워하고 있다고 믿고, 정성을 다해 어머니와 남편을 구하려 하고 있습니다.

나는 가급적 어머니를 보지 않도록 했습니다. 어머니도 나를 만나는 것을 좋아하지 않았습니다. 어머니 눈에는 과연 내가 귀신의 얼굴로 보이겠지요. 나는 귀신의 자식이니까요!

나는 어머니를 어머니로서 사랑해야 할 것입니다. 그러나 어머니가 내 아버지가 죽어갈 때 아버지를 버리고, 또 나를 아버지 병상 옆에 버리고 정부와 도망간 것을 생각하면, 나는 이루 말할 수 없는 원한이 솟구칩니다. 내 귀에는 죽은 아버지의 원성이 들려옵니다. 내 눈에는 아버지가 병든 몸을 일으키고 아무것도 모르는 천진난만한 아이를 안고 복받쳐 우시는 모습이 보입니다. 그리고 그 소리를 듣고 그 모습을 보는 나에게 실로 귀신이 옮겨온 듯합니다.

저녁 하늘이 어스름 어두워진 무렵, 기둥에 기대어 앉은 내가 갑자기 눈을 크게 뜨고 호흡을 멈추고 저편 하늘을 노려보는 모습을 본 자는 어머니가 아니었어도 도망갔을 것입니다. 어머니라면 기절했겠지요.

그렇지만 나는 사토코를 생각하면 원한도 분노도 사라져 단지 한없는 슬픔에 빠지고, 이 슬픔 속에서는 사랑과 절망이 싸우고 있습니다.

그런데 구월의 일입니다. 평소 거의 술잔을 손에 들지 않던 내가 너무 큰 고뇌 때문에 사토코가 말리는 것도 듣지 않고 술을 한껏 마시고 방 한가운데 대자로 누워 있자, 웬일로 어머니가 그때 돌연 가마쿠라에서 돌아와서 사토코를 방으로 불렀습니다. 나는 취해 있으면서도 뭔가 심상치 않다는 것을 깨달았습니다.

한 시간 정도 지나자 사토코는 울어서 퉁퉁 부은 눈으로 내 방에 돌아왔으므로,

"왜 그래?" 하고 묻자, 시토코는 내 옆에 엎어져서 울기 시작했습니다.

"어머니가 나와 이혼하라고 하셨지?" 하고 나는 불쑥 소리쳤습니다. 그러자 사토코는 당황하여,

"그러니까 어머니가 뭐라고 해도 당신은 결코 마음에 두지 마세요. 미쳤다고 생각하고 그냥 내버려 두세요. 부탁이에요. 귀신 이야기니까요" 하고 우는 소리로 떨면서 말했으므로, "그렇게 말한다고 그냥 놔둘 수는 없어" 하고 나는 갑자기 어머니 방에 쳐들어갔습니다. 사토코는 말릴 틈도 없었으므로 나를 따라 방으로 들어왔습니다. 나는 어머니 앞에 앉자마자,

"어머니께서 나와 이혼하라고 사토코에게 말씀하셨다고 하는데, 그 이유를 어디 한번 들어 봅시다. 이혼하라면 해도 좋습니다. 어쩌면 오히려 내가 원하는 바입니다. 그렇지만 이유를 말씀하시죠. 꼭 그 이유를 들어야겠습니다" 하고 술기운에 어머니를 몰아붙였습니다. 그러자 어머니는 내가 너무 무서운 기세로 나오는 것에 놀라 내 얼굴을 바라볼 뿐 한마디도 하지 않았습니다.

"자, 이유를 말해 보시죠. 귀신이 나에게 옮았으니까 기분이 나쁘다는 거겠죠? 당연히 기분이 나쁘겠죠! 나는 귀신의 아들이니까요!" 하고 내뱉어 버렸습니다. 순식간에 어머니는 안색이 변하며 아무 말도 하지 않고 밖으로 뛰쳐나가 버렸습니다.

나는 그대로 어머니 방에서 잠들어 버렸습니다. 눈을 뜨자 술도 깨었습니다. 머리 위에는 사토코가 걱정스럽게 내 얼굴을 보며 앉아 있었습니다. 어머니는 곧바로 가마쿠라로 놀아갔던 것입니다.

그 후 나와 어머니는 만나지 않았습니다. 나는 어머니와 교대하여 이곳을 찾고, 어머니는 지금 요코하마의 집에 있으니, 사토코는 양쪽을 교대로 다니며 간호를 하고 두 사람의 불행을 혼자서 순진하게 해석하여, 단지 귀신의 소행이라고만 믿고 두 사람의 가슴속 진정한 고뇌에 대해서는 전혀 모릅니다.

사토코와 의사는 내가 술을 마시는 것을 금하라고 합니다. 그렇지만 어찌합니까? 이런 상황에 부닥친 내가 브랜디를 몰래 마시는 것은 과연 무모한 짓일까요?

지금 악운의 귀신은 나의 힘을 완전히 빼앗아 버렸습니다. 자살할 힘도 없고 자멸을 기다릴 정도의 의지도 없는 사람으로 전락했습니다.

어떤가요? 이상으로 죽 이야기한 나의 오늘까지의 생애의 과정을 생각하고, 내 심정을 헤아려 주었으면 합니다. 이것이 단지 인과의 법칙에 지나지 않는다고, 수학 공식을 대하는 냉정한 마음으로 대할 수 있겠습니까? 친어머니는 아버지의 원수입니다. 가장 사랑하는 아내는 여동생입니다. 이것은 엄연한 사실입니다. 그리고 내 운명입니다.

만약 이 운명으로부터 나를 구할 수 있는 사람이 있다면 나는 삼가 그에게 가르침을 받겠습니다. 그 사람은 나의 구세주입니다.

7

나는 한마디도 하지 않고 이상의 이야기를 들었다. 다 듣고 한동안 아무 말도 할 수 없었다. 과연 비참한 처지에 빠진 사람이라고 절실히 불쌍하게 생각했다. 그렇지만 할 수 없이,

"과감히 이혼하시는 게 어떨까요?"

"그것은 새로운 사실을 만들 뿐입니다. 이미 있는 사실은 그 때문에 사라지지 않습니다."

"그렇지만 그건 할 수 없지 않나요?"

"그러니 운명입니다. 이혼한다고 해서 친어머니가 아버지의 원수라는 사실은 지워지지 않습니다. 이혼한다고 해서 여동생을 아내로 사랑한 내 사랑은 변하지 않습니다. 사람의 힘으로 과거의 사실을 지울 수 없는 한, 사람은 도저히 운명의 힘에서 탈피할 수가 없겠지요."

나는 악수와 묵례를 하고 이 불행한 청년 신사와 헤어졌다. 해는 이미 졌지만 여광이 눈부시게 저녁 구름을 물들이고 있는데, 뒤돌아보니 우리의 운명론자는 쓸쓸한 모래 언덕 위에서 먼 바다를 하염없이 바라보고 있었다.

그 후 나는 이 남자를 만나지 못했다.

정직자

남들 눈에는 내가 정직한 사람처럼 보일 것입니다. 그저 정직하기만 한 것이 아니라 보통 이상으로 고지식한 사람처럼도 보일 것입니다.

그렇지만 나는 결코 정직한 사람이 아닙니다. 그저 남들이 나를 순진한 정직자라고 생각할 뿐이지, 사실 나는 큰 죄를 저지르며 오늘까지 반평생을 보냈습니다.

거울에 얼굴을 비춰보면 나도 자신의 용모를 잘 알 수 있습니다. 내 얼굴에는 모난 구석이 없습니다. 차가운 느낌도 없습니다. 진한 눈썹에 짙은 구레나룻, 둥근 코에 도톰한 입술, 그리고 어딘가 멍한 구석이 있습니다. 웃으면 눈초리에 깊은 주름이 생깁니다. 부끄럽지만 그런 것들이 아주 큰 애교로 보입니다. 게다가 나는 체격이 아주 큰 편이라 늘 짧은 소매 밖으로 굵고 거친 팔이 드러나 있으므로 일견 소박하게도 보입니다. 남들은 몸집이 작은 사람이 졸랑졸랑 약삭빠르고 몸에 무게감이 없을 뿐 아니라 마음의 무게도 없다고 추측하지만, 몸집이 큰 남자는 바보나 악당 혹은 건방진 놈이라도 일단은 남들이 신중한 사람으로 생각하기 마련이라 나도 이 경우에 속합니다.

말을 잘하면 좋겠지만 나는 말이 없습니다. 그렇지만 말을 못하는가 하면 그렇지도 않습니다. 때에 따라서는 남들만큼 말을 잘합니다. 단지(이것은 천품이겠지만) 대부분은 남의 말을 가만히 들으며 눈가에 주름을 지을 뿐입니다. 그래도 남의 말은 뭐든 잘 이해하고 추측도 잘 하고 속뜻도 잘 이해합니다.

나 같은 남자는 이 세상에 꽤 많겠지만, 모두 자신이 처한 환경, 예를 들면 옛날 사농공상의 어느 계급에 속한 이들은 각기 나름대로 그럴듯한 연극을 합니다. 단지 이런 사람은(나도 그 한 사람이지만), 자신의 환경 밖으로는 거의 탈출할 수 없습니다. 그 탈출할 수 없다는 것에 무게가 붙어서 그 연극을 더욱 잘 해내는 것입니다.

그런데 나의 비천한 환경과 어떤 특별한 천성 때문에 내가 연기해 온 연극이 실로 천박하고 추한 것이 되었습니다. 어떤 특별한 천성이라는 것은 지금 여기에서 말하지 않아도 나중에 차차 알게 될 것입니다.

그러나 오해를 막기 위해 한마디만 합니다. 나는 결코 세상사 모두가 연극과 같다는 설을 가진 것은 아닙니다. 단지 아까 말한 대로 나 같은 성질을 가진 부류는 어딘가 냉정한 데가 있어, 신변에 닥친 사건도 조용히 방관할 수 있습니다. 그러므로 극히 착하고 성실한 얼굴을 하고 교묘하게 일을 잘 처리할 수가 있습니다.

교묘히 처리한다는 것은 이미 그곳에 연극 같은 면이 있다는 게 아니겠습니까.

그럼 지금부터 제 이야기를 차근차근 시작하겠습니다.

아버지는 영문학자로 오랫동안 중학교 교사를 지냈습니다. 동창 친구들은 학교에서 배운 신지식을 잘 활용하여 모두 사회에서 높은 자리를 차지했습니다만, 아버지는 영어 선생이 되었을 뿐 결국에는 다른 아무것도 이루지 못하고, 내 나이 열두 살 때의 봄까지 변칙 영어의 전매자라는 별명을 떼지 못하고 일개 평교사로 생애를 마쳤습니다.

부친의 죽음과 동시에 나는 천애 고아가 되었습니다. 왜냐하면 나는 어머니 얼굴을 본 적이 없습니다. 아버지는 어머니와 사별한 후에 돌아가실 때까지 첩 같은 여자만 두었을 뿐, 그것도 한두 명이 아니라 내 기억에 남은 사람만 해도 네 명이나 있을 정도로 끝내 가정다운 가정은 꾸리지 않았습니다.

왜 아버지가 그런 불륜한 생활을 했는지 이유는 모르겠습니다. 그렇지만 아버지를 닮은 자식으로서 추측하건대, 아버지는 단지 육욕의 만족을 얻기 위해 여자가 필요했을 뿐 가정 따위는 전혀 마음에도 없었던 것으로 생각합니다.

내가 기억하는 서너 명의 첩들도 아버지는 애정으로써 대하던 모습이 전혀 없었습니다. 나는 술을 조금 마시지만 아버지는 결코 술잔을 손에 든 적이 없고, 또 나보다도 더 말이 없어 집에 있어도 단지 멍하니 화로 앞에 앉아 담배를 피우거나 그렇지 않으면 책상에 앉아 영어책을 읽기만 하여 집안은 항상 적막했습니다.

그러므로 첩을 겸한 하녀가 새로 늘어오면 그녀는 처음에는 아버지와 나를 상대로 이런저런 이야기를 재잘거리지만 한두 달 지나는 사이에 그녀는 결국 침묵의 벽을 견디지 못했습니다.

차가운 공기와 암울한 그림자가 늘 집안에 떠도는 가운데, 나도 역시 아버지를 닮아 별로 슬프다거나 괴롭다는 생각도 없이 자랐습니다. 그러므로 나는 아버지가 있어도 이미 고아나 다름없었습니다.

형이나 동생도 없고 기댈 친척도 없는 열두 살 소년은 아버지가 사망하자, 아버지의 친구인 모 중학교 국어 교사 집에 맡겨졌습니다. 교사의 성은 가토였는데 그의 말에 따르면 나를 맡게 된 것은 아버지 생전의 부탁 때문이라고 했습니다.

가토 씨가 나를 잘 대해 주었는지 어땠는지는 별로 말할 것이 없습니다. 보통의 학생과 같이 영어 야학교에 다니고 국어는 직접 가토 씨에게 조금씩 배웠습니다만, 고독에는 익숙하므로 나는 가토 씨의 대우에 관해 각별한 느낌을 가지지 않았습니다.

"네 아버지는 아주 호인이었으나 안타깝게도 은둔하여 아무런 활동도 하지 않는 바람에 아까운 재능을 썩혀 버렸다. 너는 과감히 세상에 뛰어들어 크게 활동해야 한다. 요즘 세상은 아무리 학문이 있어도 활동하지 않으면 소용없다."

가토 씨는 작은 눈을 반짝이며 나에게 이런 말을 자주 들려주었습니다.

'과연 그렇다. 가토 아저씨가 말씀한 대로다'라고 나도 생각하기는 했으나 천성은 없어지지 않는 것으로, 나의 음울한 성격은 말의 힘이나 이상의 지렛대로는 쉽사리 움직이지 않았습니다. 소위 그저 되는 대로 흘러가는 상황에 몸을 맡기고 단지 그날그날을 담담하게 살아가는 것이 나의 운명이었습니다.

　열아홉의 가을, 가토 씨는 병으로 누워 이십 일 만에 마침내 세상을 떠났습니다. 예순일곱이었으니 그래도 장수한 편이었습니다. 죽기 얼마 전에 나를 머리맡으로 불러 이렇게 말했습니다.

　"나는 네 아버지로부터 사백 엔 가까운 돈을 받았다. 그리고 가재도구와 서적을 팔아 이백 엔 정도 더해서 모두 육백 엔에 삼십엔 모자란 돈으로 너를 맡았던 것이야. 아버지의 부탁은 이 돈이 없어질 때까지 너를 돌봐 달라는 것이었다. 그래서 네 나이 열두 살 때부터 올해까지 팔 년 동안 가진 돈은 거의 다 썼으나 아직 백엔 정도 남았다. 그것을 지금 너에게 돌려주니 내가 죽으면 이 돈으로 독립하는 게 좋겠다."

　가토 씨의 말은 나도 잘 이해했습니다. 그래서 가토 씨가 죽은 후 나는 백 엔의 돈을 가지고 가토 씨의 집을 나와 어쨌거나 독립하여 그럭저럭 세상을 살아가게 되었습니다. 그래도 가토 씨가 내게 백 엔의 돈을 준 것은 지금도 생각하면 정말 고마운 일입니다. 솔직히 그때 가토 씨가 한 푼도 주지 않고 곧바로 나가라고 했어도 나는 아무런 불만 없이 따랐을 것입니다. 불만은커녕 당연하다고 생각하고 나왔을 것입니다. 그러므로 나는 백 엔을 받았을 때 정말로 기뻤습니다. 가토 씨가 죽고 나서 일주일 후, 나는 별로 크게 슬프다는 생각도 없이 오랫동안 살던 집을 나왔습니다.

　자리를 잡은 곳은 고지마치의 모 초등학교 바로 옆의 하숙집이었습니다. 나는 가토 씨 생전의 도움으로 초등학교 영어 교사가 되어 월급 십 엔에 하숙비가 칠 엔이니 먹고 사는 데 별 어려움은 없었습니다.

그때 나는 지금보다 둥그스름하고 귀여운 얼굴 생김새에 더구나 말수도 적으며 애교도 있는 청년이었으므로 교장을 비롯한 동료의 사랑을 받았고, 하숙집 아줌마도 "사와무라(澤村) 씨, 사와무라 씨"하며 친절하게 대해 주었습니다. 대부분의 사람은 이런 대우를 받으면 좀 거만해집니다. 더구나 나이도 가장 건방질 때이므로 괜히 미움을 살 만한 말을 하거나 사소한 일에도 얼굴을 붉히고 큰소리를 치거나 나는 선생입네 하고 거만을 떨지만, 저는 그런 면이 없었습니다. 늘 똑같은 얼굴로 하숙집을 나갔다가 똑같은 얼굴로 학교에서 돌아왔으며, 겉옷도 벗으면 곧바로 잘 개어 놓으니 보기에는 성실하고 기특한 청년이었습니다.

하숙집 아줌마는 그때 마흔네다섯쯤의 미망인으로, 다 큰 딸과 열네 살의 아들과 셋이 살며 부업으로 하숙을 쳤습니다만 방은 겨우 네 개이고 그조차도 괜찮은 방은 한 칸도 없었습니다. 딸은 아줌마를 닮아 갸름하고 창백한 얼굴에 몸은 좀 약한 듯했으나 눈이 맑고 커서 매력적이었습니다. 그 눈으로 가만히 사람의 얼굴을 보고 살짝 미소 짓는 것이 그녀의 버릇이었습니다. 이름은 오싱이므로 우리는 싱짱이라 불렀습니다.

아줌마는 입에 발린 경박한 말은 하지 않았으나 하숙인 모두에게 친절했습니다. 특히 나를 귀여워해 두세 달 지났을 때부터는 모자간으로 보일 정도로 잘 대해 주었습니다. 그렇지만 딱하게도

224

나는 모자의 정이라는 것을 모르는 사람이므로 기쁘게는 생각했으나 그리 큰 감동은 없었습니다.

사람의 마음만큼 묘한 것은 없습니다. 나는 그런 대단한 친절에도 감동하지 않고 처음 하숙집에 왔을 때와 조금도 다르지 않은 태도를 유지했으므로, 주인아줌마는 오히려 그것에 더욱 감동하여 나를 이 세상에 다시없는 정직하고 온순하며 겸손한 청년이라고 철석같이 믿게 되었습니다.

딸 오싱도 그랬습니다. 어머니처럼 입으로는 별로 말이 없었으나 그녀의 거동을 보면 나를 믿는 정도가 어머니와 조금도 다르지 않다는 것을 알 수 있었습니다.

지금 생각하니 정말로 정직하고 온순하며 겸허한 사람은 물론 내가 아니라 오싱이었습니다. 나는 오싱을 완전무결하다고는 생각하지 않으나, 적어도 그런 여자는 세상에 드물다고 지금도 믿습니다. 몸이 약한 탓도 있겠지만 오싱의 말과 행동, 마음 씀씀이에서는 자못 온화하고 조신하면서도 깊은 인정이 느껴졌습니다.

나이는 두 살 어리지만 일단 동년배라 볼 수 있는데, 나는 나이가 들어 보이는 편이고 오싱은 어린 소녀 같은 면이 있어 두 살 정도는 더 어리게 보이므로, 나에 대한 오싱의 마음은 아줌마와 같으면서도 어딘가 어리광 부리는 면도 있었습니다.

내가 혼자 방에 틀어박혀 있으면 자주 놀러 와서 이런저런 이야기를 하고, 때로는 밤늦게까지 있을 때도 있었습니다. 예를 들면 어느 밤의 일이었습니다.

"오빠 아버님은 어떤 분이었어요?" 하고 오싱이 묻기에,

"어떤 사람이라고 별로 말할 것도 없지만 아주 담배를 좋아하셨지."

"필시 좋은 분이었을 거예요."

"왜 그리 생각해?"

"왜냐하면 오빠 아버님이니까."

또 어느 때의 일입니다. 오싱은 내가 하지 말라고 해도 듣지 않고 끝내 내 옷을 개 주면서,

"오빠는 남이 말을 걸지 않으면 거의 말을 하지 않네요."

"그런가? 일부러 그런 것은 아닌데."

"그래도 어머니도 그리 말씀하셨어요."

"그래? 그럼 앞으로는 노력 좀 해야겠네."

"어머, 그게 나쁘다고 말한 것은 아니에요."

"아냐, 그건 좋지 않지. 내 아버님은 종일 입을 다물고 계셨어. 내게도 거의 말을 하지 않고 돌아가셨지."

"그래도 필시 속은 착하신 분이었을 거예요. 꼭 우리 아버님 같았을 거라고 어머니가 말씀하셨어요."

"네 아버님은 어떤 분이셨는데?"

"말이 없으셨으나 항상 싱글벙글 웃으며 어머니와 내게 험한 말을 한 적이 거의 없었어요."

"내 아버님은 싱글벙글 하신 적은 없어."

"아니, 그러면 무서운 분이셨어요?"

"별로 무섭지도 않았지. 단지 잠자코 있을 뿐 잔소리도 하시지 않았으니까."

"어머니는 어떠셨어요? 아참, 오빠는 이미니를 본 적이 없다고 했죠?" 하고 오싱은 잠시 잠자코 있었으나 무슨 생각을 했는지,

"오빠는 우리 엄마를 어떻게 생각해요?" 하고 물었습니다.

"좋으신 분이라고 생각하지. 친어머니 같다고 생각해."

"어머나, 기뻐라. 어머니가 들으시면 얼마나 좋아하실까."

이런 식으로 순진한 말을 하는 여자였지만 오싱 역시 혼령기의 여자입니다. 아줌마처럼 친절한 마음으로만 끝나지 않습니다. 세월이 흐름과 동시에 친절 이상의 마음으로 내게 다가오는 것이 보였습니다. 모친도 눈치채고 있는 것이 틀림없으나 어떤 사정인지 전혀 그것에 개의치 않을 뿐더러, 딸과 함께 더욱 나를 사랑해 주었습니다. 그렇다면 나는 오싱은 어떻게 생각했느냐고 말하자면, 오싱이 가진 마음의 십 분의 일도 내게는 없었습니다. 그럼 내가 오싱을 냉정하게 대했느냐 하면 그렇지도 않았습니다. 오싱이 생각하는 대로, 하는 대로 놔두었습니다.

그렇다면 결과는 어떠했겠습니까! 잊지도 못할 이월 보름밤이 었습니다. 밤 열두 시가 지났습니다. 하숙인은 물론 어머니와 아들도 모두 잠들고 집안은 조용했습니다만, 밖에는 펄펄 눈이 내리고 게다가 바람이 불어 창문을 때리는 눈 소리가 후드득 이따금 들려왔습니다. 오싱은 아홉 시경부터 내 방에 와 있었으나, 시계가 열두 시를 치고 몇 분이 지나서 방을 나갈 때,

"알았죠? 꼭 이삼일 안에 어머니에게 말해 줘요. 어머니는 쾌히 승낙하실 테니까, 예? 꼭 말해 줘요" 하고 거듭 당부했습니다. 그때의 오싱 얼굴은 지금도 잊을 수 없습니다.

그날 밤부터 나와 오싱은 어머니의 눈을 속이는 사이기 되어, 오싱은 소망을 달성했다는 만족스런 모습 외에도 굳은 결심과 왠지 모를 희미한 두려움으로 아이처럼 웃는가 하면, 창백한 얼굴로 한숨을 쉬는 때도 있었지만 내 모습은 이전과 조금도 다르지 않았습니다. 단지 은근히 바라던 욕망, 오싱의 몸이 내 몸에 다가올 때마다 더해가는 욕망, 결국에는 '기회가 온다면' 하고 열중하던 욕망이 달성되었으므로 크게 만족했으나, 평온한 마음은 이전과 같았으니 자연히 달라진 모습이 얼굴과 행동에 나타날 수 없었던 것입니다.

오싱은 몸과 마음을 모두 내게 바쳤습니다. 나를 사랑하고 나를 믿고 조금도 의심하지 않았습니다. 그러므로 빨리 어머니에게 청혼을 해 달라고 말해도, 내가 "알았어. 내게 맡겨"라고 대답하면 그것으로 안심했습니다.

내가 전에 나에게 특별한 천성이 있다고 말한 것은 육욕에 관한 것입니다. 나처럼 어디에 쉽사리 빠지지 않고 냉정하게 만사 무관심으로 지나쳐 가는 남자가, 남녀의 욕망에 관해서는 앞뒤를 가리지 못했던 것입니다. 그러므로 오싱의 정조를 한 번 빼앗은 후에는 오싱이 좋아하는지 싫어하는지 관계없이 어머니와 하숙인의 눈을 최대한 피해 가면서 이 욕망을 채웠습니다. 그것을 오싱은 나의 애정이 맹렬하기 때문이라고 받아들였습니다.

그렇지만 내게 결혼할 생각이 없는가 하면 그렇지도 않았습니다. 아예 결혼해 버릴까 생각한 적도 있었습니다만, 아무래도 그 말을 주인아줌마에게 밝힐 결심은 생기지 않았습니다. 말하면 아숨마노 크게 기뻐하며 승낙해 주리라 생각했지만 그냥 우물쭈물 망설이다가 두 달이 지났습니다.

그러던 사월 말이었습니다. 그날은 일요일로 나는 초대를 받아 동료의 집에 놀러 갔다가 집에 돌아온 것은 밤 여덟 시쯤이었습니다. 방에 들어가니 오싱이 그곳에 앉아 기다리다가 내 얼굴을 보자마자 푹 고개를 숙이고 엎어지기에 제아무리 무덤덤한 나도 가슴이 철렁했습니다. 서둘러 옆에 앉아서,

"왜 그래, 응? 무슨 일이야?"

보니 오싱은 울고 있었습니다. "응? 무슨 일이냐고 묻잖아, 오싱."

"어머니가 심한 말을 하신 걸요"라고 말하면서 쳐든 얼굴을 보니 눈물은 흘리고 있지만 우는지 웃는지 모르겠습니다. 그래서 나도 조금 가슴이 가라앉았기에,

"어머니께서 뭐라고 하셨는데?"

"뭐라고 확실한 말은 하시지 않았지만, 아무래도 어머니가 우리 관계를 눈치채신 것 같아요."

"그래서 뭐라고 말했는데?"

"어떻게 할 생각이냐고 갑자기 물으시기에, 뭘 어떻게 해요? 하고 말하니, 어미한테는 확실히 말해 줘라. 너는 사와무라 씨와 결혼 약속이라도 했느냐고 물으므로 나는 단지 잠자코 있었어요. 그러자 어머니가 여자는 정조가 소중하다는 둥 뭐라 하세요. 저는 슬퍼져서 울기 시작했어요. 그러자 어머니가 혹시 네가 사와무라 씨의 아내가 될 마음이라면 나도 결코 반대하지는 않는다. 사와무라 씨라면 나도 마음에 드니, 네 결심만 확실히 밝혀 주면 내가 오

늘 밤에리도 시외무라 씨와 말해 볼 테니 어머냐고 하셨어요. 나
도 그럼 그렇게 해 달라고 말할까 하다가 혹시나 느닷없이 어머니
가 당신께 말을 꺼냈는데 혹시나 당신이 다른 생각이 있다면 어떻
게 할까 싶어 뭐라 할지 몰라 잠자코 있었어요. 그러자 어머니도
입을 다물었으니 나는 더욱 슬퍼져서 울고만 있었어요. 그래도 뭔
가 말해야겠다고 생각해서, 그럼 모쪼록 어머니가 사와무라 씨에
게 잘 말해 달라고 부탁했어요. 하지만 그전에 내가 사와무라 씨
에게 먼저 말해 볼 테니 그 후에 하라고 말했어요. 그럼 그래라,
너 좋을 대로 하라고 어머니는 웬지 기분이 안 좋은 것 같았어요.
그래서 나는 곧 이 방으로 와서 아까부터 기다렸던 거예요."

이런 말을 듣자 나도 크게 당황하였습니다. 이것이 당연한 방향
이라면, "응, 좋아. 그럼 내가 곧바로 어머니에게 말하지"라고 결
단을 내렸겠지만 나는 결심이 서지 않았습니다. 내 성격으로 이런
때에 금세 달아올라 행동을 하는 것은 불가능합니다.

'그것 참 난처하군' 하는 말이 나왔느냐 하면 그렇지도 않았습
니다.

"그럼, 어머니가 곧 말하러 오시겠지. 그때 잘 말하면 되지, 뭐"
하고 조용히 말하고 화롯가에 앉아 손수건으로 눈물을 닦는 오싱
의 등을 쓰다듬었습니다. 그러자 또 내 속에서는 욕정이 타올랐으
므로 나도 모르게 오싱에게 다가갔습니다. 이 얼마나 천박한 인간
입니까.

그때 슥 하고 문을 열고 어머니가 들어왔습니다(그때 나는 아줌
마라 부르지 않고 어머니라고 불렀습니다. 다른 하숙인 한두 명도

그렇게 불렀습니다).

　오싱이 내 방에 와 있을 때 어머니가 찾아온 것은 최근 두세 달 동안 없었기에 나는 깜짝 놀라서 오싱에게서 물러났습니다. 오싱은 일어나서 밖으로 나갔습니다. 그 후에 작은 화로를 사이에 두고 어머니와 나는 마주 앉았습니다.

　"내가 좀 할 말이 있네." 어머니는 곧 말을 꺼냈습니다. 그리고 애써 이야기를 신중하게 꺼내려는 모습이지만 역시 말하기 어려운 내용인 듯 잠시 웃음을 띠고 있었습니다.

　"예" 하고 대답했을 뿐 나는 아무 말도 나오지 않았습니다.

　"무슨 말인지 대략 추측하고 있겠지만, 자네 마음은 어떤지 일단 듣지 않으면 나도 걱정이 돼서 그냥 있을 수는 없으니까."

　"아닙니다, 이미 저는 어떤 의견도 없으므로 어머니 생각대로……."

　"그럼 나도 달리 이의는 없네. 저런 아이라도 자네가 평생 데리고 살아 준다면, 나도 자네를 훌륭한 인물이라고 생각하고 있으니 매우 기쁠 따름이네."

　"뭐, 저 같은 남자가……."

　"그럼, 서둘러 결정하자는 것은 아니지만 그렇게 해야겠지. 뭐, 자네니까 그런 일은 없겠지만 젊은이들끼리라 남들이 뭐라고 말할지도 모르고, 또 그런 소문이 나면 자네 학교 쪽에도 문제가 되니까……."

　"그렇습니다. 저도 그렇게 생각합니다. 그래서 우선 교장 선생님한테만 말해 놓으려고 생각하고 있습니다만……."

"그기 좋은 생각이네. 교장 선생님께 말하고 교장 선생님이 형식상 중매를 서 준다면 그 이상 좋은 게 없겠지" 하는 말로 일은 결정되었습니다.

어머니는 혼담의 진행을 전혀 의심하지 않고, 교장 선생님에게 상담하면 만사 좋은 결과가 나오리라 생각하셨습니다. 내가 교장 선생님에게 상담한다고 말한 것은, 사실은 도망갈 구멍을 하나 열어 두었던 것입니다. 나 같은 정직자는 언제나 파도에 휩쓸리면서도 파도를 잘 타는 능력이 있습니다.

어머니가 자신의 방(나는 방 하나만 있는 이층에 있었습니다)으로 돌아가자마자 나는 바닥에 자빠져 이십 분 정도 멍하니 있었습니다. 아무 생각도 없이 단지 멍하게 천정을 바라보고 말똥말똥 눈만 껌벅거리고 있었습니다. 나는 다시 오싱이 오기를 기다렸습니다만 오지 않을 것 같아 그냥 자리를 펴고 잤습니다.

이튿날 아침 오싱이 와서 방을 청소해 주는데, 그 모습이 벌써 아내가 된 듯한 거동입니다. 눈으로만 말하고 입은 거의 열지 않았습니다. 내가 나갈 때는 옷매무새를 고쳐 주며 작은 소리로,

"그러면 오늘 교장 선생님에게 상담해 주세요" 하고 말했습니다. 그 목소리, 그 어투는 나를 조금도 의심하지 않았습니다. 나는 '상담'을 단지 대충 말하는 것으로 애초부터 작정했던 것입니다.

수업이 끝나자 나는 교장 선생님에게 상담할 거리가 있다고 말하고, 한 방에 들어가 결혼 건을 이야기했습니다. 그렇지만 물론 오싱과의 관계는 말하지 않았습니다. 단지 간단하게 하숙집 아줌마가 딸을 아내로 얻으라고 하는데, 어떻게 해야 하는지요? 하고

말했을 뿐입니다. 다른 사람이라면 교장 선생님은 분명히 나와 딸의 관계를 의심했을 것이지만 평소 신뢰를 받는 나인지라 교장 선생님은 태연하게,

"자네는 결혼할 생각인가?" 하고 물었습니다.

"저는 아무래도 좋다고 생각합니다. 그러나 교장 선생님의 의견을 듣고자 하여" 하고 나도 태연한 얼굴로 말했습니다.

"나는 찬성하지 않네. 아직 일러. 적어도 이십대 중반이 되면 모르나 자네는 만 스무 살의 성인도 되지 않았으니까. 물론 자네는 스물 대여섯 젊은이들보다 믿음직한 사람이지만, 역시 나이는 나이니까."

"어쨌든 교장 선생님에게 상담해 보겠다고 아줌마한테는 말해 두었는데……"

"그래? 그럼 내가 거절해 주지." 교장 선생님의 말은 극히 간단했습니다.

"그래도 그쪽에서는 꽤 적극적이라 그냥 거절하기도 어려운 듯합니다만."

"주인아줌마가 완전히 자네에게 반했다고 들었는데 결국 일이 이렇게 되었군. 가만있어 보게. 묘안이 있을 거야" 하고 교장 선생님은 미소를 머금고 생각하더니,

"그렇지, 묘안이 있어. 자네는 오늘 돌아가서 이렇게 말하게. 교장 선생님에게 상담하니까 좋다고 찬성했다. 그러나 교장 선생님 말씀으로는 하숙집에 살다가 하숙집 딸과 결혼하는 것은 모양새가 좋지 않으니 하숙집을 나와 교장 집에 당분간 신세를 지는 것

이 낫셨냐고 하셨다. 그리고 흰 달 정도 지난 후에 교장 선생님이 중매를 서서, 댁의 딸을 사와무라 군에게 주지 않겠는가 하고 혼담을 꺼낸다. 그렇게 하면 남들 눈에도 괜찮고 물론 예의에도 어긋나지 않을 것이니 하라고 친절하게 일러 주었으므로 그 뜻에 따르려 한다고, 그렇게 말하게. 그러면 아줌마도 그게 좋다고 생각할 걸세. 그러면 자네는 곧 내 집으로 이사하게. 좁지만 현관 앞 작은 방에 남동생이 있어. 당분간 동거하도록 하게. 그리고 자네는 두 번 다시 하숙집에 찾아가지 않도록 하고. 한 달이 지난 후에 내가 이유를 붙여 거절의 의사를 밝히면 그쪽도 할 말은 없을 것이니 나름대로 자네 체면도 서게 되겠지. 그렇군, 이거야. 이 묘안 밖에 없네."

나는 그 뜻을 받들고 하숙집으로 돌아왔습니다. 그리고 교장 선생님의 묘안을 말하자 어머니는 크게 기뻐하였습니다. 오싱은 우울한 표정이었으나 별로 싫다고도 말할 수가 없었습니다. 그날 밤 오싱은 열두 시가 넘도록 내 방에 있었습니다만, 그 애처로운 모습은 지금도 내 눈에 선합니다. 모쪼록 한 달이 아니라 하루라도 빨리 함께 살자고 여러 번 말했습니다. 그리고 내가 한 달 동안 놀러 오지 않겠다고 하니까, 그러면 규단 공원 근처에서 때때로 만나자고 하므로 나는 그것을 승낙했습니다.

교장 선생님 댁에 이사하고 나서 한 달이 지났습니다. 나는 한 번도 하숙집에 가지 않았습니다. 그렇지만 오싱과는 네 번이나 몰래 만났습니다. 마지막 날에 오싱은,

"이제 내일이 그날이네요. 확실히 내일 맞죠? 만약 내일 교장

선생님이 오시지 않으면 오빠 혼자라도 괜찮으니 꼭 오세요" 하고 들뜬 마음으로 나와 헤어졌습니다.

오싱의 희망대로, 그 다음날 교장 선생님은 하숙집을 방문했습니다. 나는 어떻게 될지 내심 걱정하며 기다렸습니다. 자칫하면 오싱과의 관계가 완전히 발각나지 않을까 하는 걱정뿐이었습니다. 머지않아 교장 선생님은 귀가했습니다.

"뜻밖에 이야기가 빨리 끝났네. 그 주인아줌마 꽤 이해가 빠르더군" 하는 말을 듣고 나는 안도의 한숨을 쉬었습니다.

"어떻게 말씀하셨습니까? 아줌마는 뭐라 말씀하시던가요?"

"뭐, 말할 게 있나. 내가 이러저러하여 결혼은 아직 이르다. 게다가 사와무라는 아직 더 공부를 시키고 싶으니, 결혼이 싫은 건 아니지만 우선 당분간 보류해 주었으면 한다. 인연이 있으면 몇 년 후의 일이 되겠지만, 그게 언제가 될지 모르니 그 동안 따님에게 좋은 인연이 생기면 언제라도 시집보내는 것이 좋으리라고 말했을 뿐이지. 이리 말하는데 '하지만'이라고는 못하지 않는가."

"따님이 옆에 있었습니까?"

"아니, 내가 들어가니 곧 이층으로 올라가 버렸네."

"주인아줌마는 뭐라고 말씀하셨나요?"

"내가 그렇게 말하자 안색이 변하긴 했으나 '저도 판사의 아내였습니다. 무리하게는 요구하지 않겠습니다. 모쪼록 사와무라 씨에게 잘 말씀드려 주세요'라고 하더라고. 판사 부인이란 건 몰랐는걸. 그 부인 꽤 훌륭한 분이더군."

"그리고 따님은 보았습니까? 돌아가시는 길에."

"아니 못 봤어. 이층에서 기다리고 있던 게지. 불쌍하게도."

* * *

그 후 나는 두 번 다시 오싱을 만나지 않았습니다. 파담 후 일주
일이 지나 나는 밤에 살며시 하숙집 앞을 가 보았습니다만 문이
닫혀 있고 '세 놓음'이라는 표찰이 어둠 속에 희미하게 붙어 있는
것을 보았을 뿐입니다.

정직자의 사건 하나가 바로 이것입니다. 언젠가 조만간에 다른
이야기도 들려 드리죠.

여난(女難)

1

지금으로부터 사 년 전의 일이다(라고 한 남자가 이야기를 시작했다). 나는 어떤 용무로 긴자를 걸어가다 어느 사거리 구석에서 한 남자가 퉁소를 불고 있는 것을 보았다. 일고여덟 명의 사람이 그 앞에 서 있어서 나도 발을 멈추고 청중 사이로 끼어들었다.

때는 춘오월(春五月) 말, 해가 서쪽으로 기울어 서쪽 집들의 그림자가 맞은편 동쪽 집들의 밑바닥에서 두세 자쯤 위로 기어올랐다. 퉁소를 부는 남자의 상체에는 저녁 해가 환하게 비쳤다.

해가 지기 직전이라 거리는 한층 혼잡스러워져 왕래하는 전차와 마차 소리, 동서로 달리는 인력거의 바퀴 소리, 길을 서두르는 사람들의 발소리 등으로 사방은 어수선하게 시끄러웠다. 이 시끄러운 장소의 가장 시끄러운 때, 그 남자는 유연하게 퉁소를 불고 있었던 것이다. 그러므로 내 눈에는 그의 몸에 비치는 봄날의 석

양까지 자못 조용하고 온화하게 보여, 그의 퉁소 소리가 낳는 곳까지가 하나의 유유한 세계를 이루는 것 같았다.

높았다가 낮아지며, 끊어질 듯 끊어지지 않은 애절한 가락을 들으면서 나는 유심히 그의 모습을 바라보았다.

그는 장님이다. 나이는 서른 초반쯤 되려나, 햇볕에 타서 검고, 때와 먼지로 지저분하여 나이는 확실히 판단하기 어려울 정도이다. 단지 지저분하기만 한 게 아니라 보기에도 매우 수척한 모습이다. 생각건대, 대낮에는 거리의 먼지를 뒤집어쓰고 밤에는 싸구려 여인숙에서 더러운 이불을 덮으리라. 얼굴은 갸름한 편으로 코도 오똑하고 눈썹도 짙다. 이마는 빗질의 흔적도 없이 흐트러진 머리칼로 덮여 있으나 보기에는 반듯하여, 흔히 천한 사람에게서 보이는 볼썽사납게 돌출한 이마는 아니다.

소리의 힘은 대단한 것으로, 아무리 저속한 남녀가 불어도 듣는 이는 왠지 부는 사람 자체가 품위 있게 느껴지는 법이다. 특히 이 장님은 그 누추한 모습에 비하여 어딘지 인품이 높아 보이는 느낌이 있어 더욱 나의 마음을 끌었다. 아마 다른 사람들도 같은 느낌이리라 생각했다. 들려오는 애락(哀樂)의 곡조가 비참한 운명의 그가 겪은 기쁨과 슬픔을 전해주는 것처럼 사람들은 느꼈을 것이다. 흘려듣는 사람은 적어 한푼 두푼이나마 그의 손에 쥐여 주고 가는 이가 많았다.

2

같은 해 여름, 나는 가족을 데리고 가마쿠라로 피서를 가, 산 밑의 작은 집 하나를 빌려 지냈다. 어느 날 밤 달빛이 아주 맑아 혼자 해변으로 산책하러 나갔다.

해변은 대낮의 혼잡함과는 달리 달밤의 경치가 좋음에도 불구하고 나온 사람들이 적었다. 작은 강이 바다로 흘러들어 가는 물가에 서서 파도에 부서지는 은색 달빛을 바라보고 있는데 어디선가 퉁소 소리가 희미하게 들려와 주위를 돌아보니, 피리 소리는 서쪽의 그리 멀지 않은 곳, 뭍으로 끌어올려진 어선들 사이에서 나오는 듯했다.

다가가서 보니, 과연 뭍으로 십여 미터나 끌어올려진 한 척의 작은 배를 둘러싸고 십여 명의 남녀가 모여 있었다. 어떤 이는 뱃전에 걸터앉고, 어떤 이는 모래 위에 쪼그리고, 또 어떤 이는 서 있는데, 그중의 한 남자가 뱃전에 기대어 퉁소를 불고 있던 것이다.

나는 사람들의 무리에서 떨어져 나왔다. 달은 사람들을 훤히 비추었다. 사람들은 한마디도 하지 않고 귀를 기울이고 있었다. 지금 막 한 곡이 끝난 듯했다. 청중 중에 서너 명은 자리를 떴다. 남은 사람들은 다음 곡을 기다리는데, 악사는 퉁소를 무릎 사이에 놓고 머리를 숙인 채 꼼짝하지 않았다. 그 상태로 다시 사오 분이 지났다. 다시 서너 명이 떠나갔다. 나는 배로 다가갔다.

보아하니 남은 청객 세 명은 해변의 아이 하나, 마을의 젊은이 두 명뿐. 나는 뱃전 가까이 피리 부는 남자 앞에 섰다. 남자는 머리를 들었다. 뜻밖에도 그는 지난봄 긴자 거리에서 보았던 장님이었다. 그렇지만 그는 장님이 아니더라도 나를 알아보지 못할 터이니, 잠시 내 쪽을 향하고 있다가 이윽고 다시 불기 시작했다. 손가락 끝을 놀려 낮은 음을 실처럼 길게 끌다가 돌연 멈추고 뱃전에서 내려왔다. 나는 불쑥,

"저기, 실례지만 우리 집에 와서 좀 들려주지 않겠소?"

"예, 예" 하고 그는 놀란 듯이 말하고 갑자기 내 얼굴을 보고 다시 머리를 숙이고 고개를 갸웃거리며, "예, 어디라도 갑지요."

"음, 그러면 와 줘요" 하고 나는 앞장섰다.

"당신 눈은 전혀 보이지 않나요?" 네다섯 걸음을 걷다가 돌아보고 내가 물었다.

"아뇨, 오른쪽은 조금 보입니다."

"조금이라도 보인다니 다행이군요."

"예, 하하하" 하고 그는 가볍게 웃었으나, "아뇨, 어설프게 보이는 것은 좋지 않습니다. 욕심만 생겨서요."

"어, 앞에 다리!" 하고 도랑에 걸린 다리에 주의를 주면서, "그렇지만 전혀 보이지 않으면 이런 곳까지 와서 돈벌이도 못하지 않소?"

"버는 것은 좀 법니다만, 남는 게 없어서……"

"어딥니까? 고향은."

"고향은 서쪽입니다."

"나는 당신을 지난봄에 긴자에서 본 적이 있소. 왜 그런지 그때부터 때때로 당신 생각이 났소. 그래서 지금도 당신 얼굴을 보고

금세 일었다오."

"아, 그렇습니까? 되는 대로 여기저기 발 닿는 대로 돌아다니니 어디서 어떤 분을 만나기도 하나 봅니다……"

길에서 두세 명의 젊은 남녀를 만났다. 가벼운 구름 한 조각이 달을 가렸으므로 주위는 어둑했다. 어느 집의 높은 창에서는 아코디언의 경쾌한 가락이 울려 퍼졌다. 잠시 후 내 집에 도착하였다.

3

툇마루에 자리를 마련해 주고 우선 맥주 한 잔, 그리고 한 곡을 청했다. 나는 퉁소에 대해서는 전혀 문외한이라 그가 부는 곡이 좋은지 나쁜지 그의 기량이 어떤지는 모르지만, 마음을 담아서 부는 그 음색이 연이어 밀어닥칠 때 나도 모르게 감동했다. 마음을 울리는 것인가, 아니 울기에는 너무나 깊은 슬픔이었다. 정작 퉁소를 부는 그는 정녕 아무런 느낌이 없는 것인가?

소리를 파는 자들은 곡이 끝나면 늘상 웃으며 반드시 겸손의 말 한두 마디를 내뱉지만 그는 묵묵히 앉아서 지금 막 자신이 부른 음이 허공 속으로 사라져 가는 뒤를 쫓는 것처럼 보일 뿐이었다.

나는 그의 말투와 태도를 보고 애초부터 그의 깊은 곳에 숨긴 사연이 있으리라 상상했으므로 거리낌 없이 말을 꺼냈다.

"퉁소는 정식으로 배운 것입니까? 실례되는 말이지만."

"아뇨, 그렇지 않습니다. 완전 독학입니다. 그저 어릴 적부터 좋아서 불었던 것이라 남에게 늘려줄 성노는 아닙니다."

"아니오, 그렇지 않소. 정말 잘 붑니다. 이 정도 실력이면 남의 집을 전전하지 않고 제자라도 받는 게 편하지 않나 생각한다오. 당신은 독신인가요?"

"예, 부모도 없고 처자도 없는, 마음 편한 고독자입니다. 하하하."

"아니, 마음이 편하지는 않겠죠. 햇볕에 타고 빗물에 젖고, 일정한 거처도 없이 전국을 떠돌아다니는 것은 그리 편한 것도 아니지 않소? 그렇지만 어쨌든 무슨 사연이 있으리라 생각하오. 당신의 인생 이야기를 좀 들려주지 않겠소?" 하고 과감히 대놓고 물었다. 사람의 불행과 영락을 들쑤셔 그 비밀까지 들으려고 하는 것은 결코 상식 있는 사람의 도리가 아닌 줄 알지만, 그를 우연히 두 번이나 만났고, 또 만난 장소와 분위기가 적잖이 나의 마음을 움직였기 때문에 차마 삼갈 수가 없었다.

"예, 말씀드려도 괜찮죠. 오늘은 왠지 자꾸 어릴 적 일이 생각나서, 아까도 별장의 도련님들이 정원에서 소리를 모아 창가를 부르는 것을 들었을 때 왠지 울고 싶어졌습니다."

제가 아홉인가 열 살 때였습니다. 종종 어머니와 함께 읍내에서 삼 리 들어간 산마을에 사는 이모 댁을 방문하여 이삼 일 묵었던 적이 있습니다. 오늘은 그때의 일이 오랜만에 생각났습니다. 지금 생각하니 제가 열일고여덟 살 때 어떤 사람이 퉁소를 부는 것을 듣고 가슴을 쥐어뜯는 듯한 느낌이 들었습니다만, 지금 제가 아홉이나 열 살 아이 때를 떠올리고 참을 수 없게 된 것과 똑

같은 마음입니다.

아버지는 다섯 살 때 돌아가시고 어머니와 할머니 손에 자랐습니다만, 집의 넓은 정원에는 동백꽃과 백일홍이 있으며 황금색 여지 열매가 낮은 울타리에 매달려 있는 것이 지금도 눈앞에 선합니다. 집과 정원만 넓었지 실은 가난한 무사 집안이라 먹고 사는 것도 힘들었으나, 어머니가 집에서 부업을 하셨기에 어린 나는 별 고생 모르고 자라났습니다.

어머니도 외로웠으므로 산마을 고향 집에 때때로 찾아가는 것이 큰 낙으로, 아침 일찍 일어나 삼나무 울타리가 양옆으로 죽 늘어선 호적한 저택들 사이를 또박또박 걸을 때의 기분은 이루 말할 수 없이 좋았습니다. 삼 리의 산길은 아이에게는 역시나 좀 힘들어 처음에는 어머니를 앞서서 뛰어다니거나 논도랑의 붕어에게 돌을 던지거나 하며 갔으나, 고개 중턱에 와서는 녹초가 되었습니다. 그러면 어머니가 힘내라고 고개 위 찻집에서 '고개떡'이라든가 하는 찻집 할머니만의 명물을 사주신다고 하면 나는 그 기대에 다시 한 번 용기를 내었습니다. 고개를 넘어 중턱까지 내려오면 바로 아래에 이모네 산동네가 보입니다. 초봄에는 좁은 계곡마다 안개가 끼어서 마치 한 폭의 그림 같았습니다. 마을이 보이면 이제 다 온 기분이라 길가의 바위에 앉아 한숨 쉬면서 어머니는 담배를 피우시고 나는 산에서 흘러내리는 물을 마셨습니다.

이모 집은 예로부터 시골의 무사 집안으로 그때는 가산이 많이 기울었다고 하나, 그래도 내 눈에는 큰 부자처럼 보였습니다. 굵고 검은 기둥과 어둑한 헛간, 담쟁이가 기어오른 토담, 깊은 우물이 내게는 모두 대단하게 보였고, 하인들이 나를 유내 도련님이라고 불러 주는 것이 기뻤습니다.

그렇지만 지금 생각해도 무엇보다 기뻤던 것은 또래의 외사촌과 함께 노는 것이었습니다. 둘은 자주 산의 계곡으로 잉어를 낚으러 갔습니다. 산비탈 저쪽은 연못이 되어 푸른 물 가득하고, 이쪽은 낮은 여울이 되어 있으므로 우리는 여울에 서서 낚싯줄을 연못에 던져 낚는 것입니다. 올려다보면 양쪽 산은 깎은 듯이 높이 서 있고 잡목과 적송이 어둑하니 울창하므로, 밑에서 쳐다보면 하늘은 기다란 띠처럼 보입니다. 소리를 지르면 산이 으르렁하고 메아리칩니다. 잠자코 낚시를 하고 있으면 사방은 아주 조용합니다.

어느 날, 둘이 여념 없이 낚시를 하고 있는데, 어느새 하늘색이 바뀌어 쏴아 하고 비가 내렸습니다. 그런데 그날은 특히 고기가 잘 잡혀서 서로가 돌아가자는 말을 꺼내지 않았습니다. 굵은 빗방울이 낚싯대를 때리고, 수면은 물보라를 일으키며 빗방울을 튕깁니다. 올려다보면 빗발이 산꼭대기에서 흰 실처럼 길게 선을 그으며 떨어집니다. 옷이 다 젖어 이거 큰일 났네 생각할 때 쿡쿡 세게 줄이 당겨집니다. 끌어 올리면 보라와 붉은색 줄이 그어진 월척에 가까운 잉어가 낚이는 것입니다. 펄떡이는 놈을 꽉 잡고 어롱에 집어넣을 때는 비에 젖은 물고기가 다른 때보다도 한층 선명하고 싱싱하게 보였습니다.

"이제 돌아갈까?"라고 한 사람이 말하고 이쪽을 슬쩍 보았으나 다시 또 수면을 봅니다.

"돌아갈까?"라고 한 사람이 대답하였으나 돌아보지도 않습니

나. 실제로 내가 무슨 말을 했는지 그저 꿈속처럼 봉봉합니다.

그러던 중에 머리 바로 위로 떨어진 천둥소리가 산에 울려 산이 무너질까 두려울 정도로 굉장한 소리가 나서, 둘은 말없이 줄을 감고 어롱을 들자마자 후다닥 도망갔습니다. 도중까지 오다가 마중 나온 하인을 만났습니다만, 집에 돌아가서는 이모와 어머니에게 꾸지람을 듣고 어롱을 우물가에 내던진 채, 옷을 갈아입고 곧장 창고 같은 이층 방에 처박혀서 고서 『원평성쇠기(源平盛衰記)』*를 꺼내 그림을 보았습니다.

어머니와 이모는 서로 마주하여도 결코 함부로 크게 웃는 일이 없었습니다. 둘 다 말수가 적고 사려 깊은 창백한 얼굴의 여자로, 부드럽고 낮은 목소리로 무언가 소곤소곤 말을 나누었습니다. 한번은 슬픈 얼굴을 한 어머니 곁에서 이모가 눈물을 머금고 있는 장면을 보았습니다만 나는 별로 신경 쓰지 않고, 단지 좀 겁이 나서 곧 거실로 뛰어나갔던 적이 있습니다.

나는 일주일이나 열흘도 묵고 싶었으나 길어 봤자 나흘이 지나면 어머니가 돌아가자고 하므로 할 수 없이 돌아가야 했습니다. 한 번은 혼자 남아 있겠다고 고집을 부려서 어머니만 먼저 돌아갔습니다만, 이모 집은 산 중턱 높게 서 있으므로 해질 녘에 툇마루에 서면 저물어가는 산마을이 내려다보입니다. 서쪽 하늘은 석양의 여광이 물처럼 맑고, 산들은 엷은 검은색으로 흐릿해지고, 파란 연기가 계곡과 숲 기슭에 떠 있어 왠지 슬퍼졌습니다. 절의 종소리도 평소와 다르게 들려와, 길게 끄는 종소리가 계곡을 건너 멀리 사라져 가는 것을 듣고 있자니 갑자기 어머니가 그리워져 왜

같이 돌아가지 않았을까, 지금쯤 어머니는 집에 도착하여 할머니와 이야기를 나누고 있으리란 생각에 견디기 힘들어져 이모에게 지금 당장 집에 돌아가겠다고 떼를 썼습니다. 이모는 웃으며 들어주지 않았습니다. 그러는 동안에 등불이 켜지고 사촌과 장기를 두며 노는 사이에 어느새 집 생각도 잊어버렸으나, 이튿날에는 바로 하인이 바래다주어 집으로 돌아왔습니다.

또 어머니와 함께 돌아갈 때에는 둘 다 집을 나설 때와는 달리 기운이 없어서, 고개를 넘을 때 어머니는 몇 번이나 걸음을 멈추고 쉬었습니다. 생각나는 것은 그때의 어머니 얼굴입니다. 바위에 앉아서 긴 한숨을 쉬며 이루 말할 수 없이 슬픈 얼굴을 합니다. 그 얼굴을 보면 나까지 어린 마음에도 슬퍼져서 잠자코 우두커니 어머니 옆에 앉아 있습니다. 그러면 어머니가, "너 배고프지 않니? 배가 고프면 떡을 먹어라. 꺼내 줄까?" 하고 봇짐의 고리를 풉니다. 내가 "배 안 고파" 하고 대답하면, "그런 말 하지 말고 하나 먹어라. 엄마도 먹을 테니" 하고 말하고 억지로 떡을 줍니다. 그러면 나는 왠지 더욱 슬퍼져 어머니 무릎에 매달려 울고 싶어졌습니다.

저는 지금까지도 어머니가 너무도 그립습니다.

장님은 회고의 마음을 견디지 못하여 갑자기 말을 멈추고 고개를 숙이고 있었으나, 잠시 후(듣는 이가 누구인지는 이미 잊은 듯 열심히) 다시 말을 이었다.

그렇지만 그건 당연합니다. 어머니는 오로지 나를 위해 사셨으으로 오로지 나 하나를 무척이나 사랑해 주었습니다. 꾸짖는 적도 거의 없었습니다. 드물게 꾸중을 하셔도 금세 어머니가 미안하다는 듯이 내 기분을 풀어 주었습니다. 그래서 나는 제멋대로의 고집쟁이로 컸느냐 하면 그렇지도 않고, 보통의 장난꾸러기 짓은 하면서도 마음이 약해 여자 같은 면이 있었습니다.

그것은 옛날 무사 집안의 할머니 마음에는 들지 않았습니다. 할머니는 자주 어머니에게,

"어미가 너무 잘해 주니 슈조(修藏)까지 심약한 아이가 되어 버린다. 어미도 좀 엄격하게 대해 사내는 사내답게 키워야 하느니라" 하고 말씀하셨습니다.

그렇지만 어머니 성격으로 아무래도 사내를 사내답게 키우는 엄한 양육법은 불가능했습니다. 단지 무척이나 나를 사랑하므로 미리부터 나의 앞날을 내다보고는, 그것을 행복 쪽으로 생각하지 않고 불행한 쪽으로만 생각하여, 더욱 나를 불쌍하다고 걱정하셨습니다.

어느 날 어머니는 내 미래를 걱정한 나머지, 젠교사(善教寺)라는 절 옆에 있는 수상쩍은 점쟁이 집으로 나를 데려갔습니다.

점쟁이 얼굴은 잘 기억하고 있습니다. 둥근 얼굴에 눈이 움푹 들어간 작은 노인으로 기분 좋은 얼굴은 아니었으나 어머니와 대화를 하는 말투는 아주 부드럽고 정중하여, "아아, 그렇습니까? 그것은 참으로 걱정되시겠네요. 그렇죠, 그렇고말고요. 제가 점을 잘 봐 드리죠"라는 식이었습니다.

노인은 내 얼굴을 돋보기로 들여다보거나 점대를 찰랑찰랑 흔들

어 대며 마치 관상과 주역을 함께 보는 듯하다가 이윽고 말하길,

"걱정하실 것 없습니다. 이 아이는 나중에 반드시 출세할 겁니다. 아주 좋은 인상입니다. 그렇지만 하나의 난(難)이 있습니다. 그것은 여난(女難)입니다. 일평생 여자를 조심하면 필시 훌륭한 사람이 될 겁니다" 하고 내 머리를 쓰다듬고는, "음, 착한 아이로군" 하고 빤히 내 얼굴을 보았습니다.

어머니는 크게 기뻐하시고 집에 돌아오자마자 곧바로 할머니에게 이를 말하니, 할머니는 웃으시면서,

"사내아이로 태어났으면 검난(劍難)이 그래도 사내다운 것인데, 이 아이는 얼굴이 희고 약해 보이니 점쟁이가 여난이 있다고 말한 게로군. 그래도 지금 당장 여난은 없겠지. 이르면 열일고여덟이나 늦어도 스무 살 때부터 조심하면 된다"라고 말씀하셨습니다.

그런데 나는 그때(열두 살이었습니다) 이미 여난을 당했던 것입니다.

여기까지 이야기했으니, 이제부터 제 여난 두세 건을 참회하겠습니다. 점쟁이는 잘도 내 미래를 맞추었던 것입니다.

그때 우리 집에서 삼백 미터 정도 떨어진 곳에 이쓰카(飯塚)라는 댁이 있었습니다만, 그 집에 열다섯 살쯤의 오사요라는 딸이 있었는데 키도 늘씬하고 어여쁜 소녀였습니다.

그 소녀는 길에서 나를 볼 때마다 자기 집에 놀러 오라고 했습니다. 나는 처음에는 가지 않았으나 하도 자주 권하므로 한 번 가보았는데, 한 시간이 지나도 두 시간이 지나도 돌려보내지 않고 무릎 위로 안아 올리거나, 목에 양팔을 두르거나, 내 머리를 정성

껏 빗어 내리고는 더 예뻐졌네 하고 보드라운 뺨을 억지로 내 얼굴에 갖다 대거나 하는 등 여러 행동을 하였습니다.

그러면 나도 그게 왠지 기분이 좋아져 그 후는 때때로 놀러 가서 오사요의 얼굴을 보지 않으면 뭔가 허전하다는 생각이 들게 되었습니다.

그러던 중에 점쟁이로부터 여난에 대한 말을 들었고, 어머니가 여난이 무엇인지 설명해 주었으므로 어린 마음에도 혹시 지금 이것이 여난이 아닐까 매우 무서워졌으나, 어머니 앞에서는 얼굴에도 드러내지 않고 내심 마음이 고통스러웠지만 자주 오사요에게 놀러 갔습니다.

지금 생각해 보면, 역시 그때 나는 오사요를 좋아했던 게 틀림없습니다. 오사요가 나를 안고 갓난아이 취급을 하는 것을 나는 겉으로는 싫어하면서도 내심 기쁘게 생각해, 그 따뜻하고 부드러운 살결이 닿았을 때의 느낌은 지금도 잊을 수 없습니다. 여난이라고 하자면 그때 이미 여난에 걸렸다고 해도 맞는 말입니다.

어머니는 날마다 여자는 무서운 것이라며 설교를 하셨는데, 이것저것 옛날 사람의 이야기나 읍내 젊은이의 사건 등을 예로 들어 이야기해 주었습니다. 안친 기요히메(安珍淸姬)의 전설*까지 예로 들었습니다. 여자는 겉은 보살이지만 속은 야차(夜叉)라는 말은 귀에 못이 박이도록 들었고, 젊은 여자는 모두 마귀나 뱀처럼 생각하는 것이 좋다, 여자가 달콤한 말을 하는 것은 모두 속이려고 하는 속셈이니 얼떨결에 그 말에 넘어가면 곧 큰 재난을 맞는다며 어머니는 입버릇처럼 말씀하셨습니다.

나는 어머니를 믿었으므로 어머니가 하시는 말은 조금도 의심하지 않았습니다. 그래서 오사요도 어쩌면 속은 야차가 아닐까 무서워하면서도, 오사요는 아직 어리고 나도 아이라 그런 무서운 일은 일어나지 않을 거야, 오사요가 나를 귀여워하는 것은 정말로 귀여워서 그렇지 결코 속이려 게 아닐 것이라는 둥 스스로 변명했습니다.

그런데 어느 날 저물녘에 이쓰카 댁을 지나는데 오사요가 뛰어나와서 나를 억지로 데리고 들어갔습니다. 그리고 왜 요 며칠간 놀러오지 않았느냐고 물어서 감기에 걸렸었다고 대답하자, 그것 참 큰일이네, 이제 다 나았니? 하며 내 얼굴을 들여다보고, 아직 안색이 좋지 않구나, 조심해라, 네가 병에 걸리면 나는 죽어 버리겠다는 말을 하며 가만히 내 눈을 들여다보는 것이었습니다. 나는 심약한 아이라 이 말을 듣자 왠지 기쁘기도 하고 슬프기도 하여 결국 나도 모르게 눈물을 글썽였습니다. 그 모습을 보고 오사요는 나를 꼭 껴안는데, 보니까 오사요의 눈에도 눈물이 가득 고여 있었습니다. 그리고 오늘 밤은 우리 집에서 자라, 어머니 대신에 내가 안아 재워 줄 테니,라고 합니다. 어머니에게 혼나 싫다고 하자, 어머니한테는 내가 지금 가서 말해 놓고 올 테니 괜찮다고 합니다. 그때 내가 어머니에게 말하면 더 혼나, 누나 집에 놀러 오는 것도 비밀이니까 하고 속삭이자, 오사요는 갑자기 나를 밀치고 왜 비밀로 하고 오니? 나와 노는 게 뭐가 나쁘니? 나쁘면 이제 오지 않아도 돼, 하고 무서운 얼굴을 하고 나를 노려보았습니다. 나는 떨면서 마루에서 뛰어 내려 순식간에 이쓰카 댁에서 뛰쳐나갔습니다.

그 후, 이쓰카 댁에는 결코 가지 않았습니다. 오사요를 길에서 만나도 도망갔습니다. 오사요는 내가 도망가는 것을 보고 늘 웃을 뿐이라, 나는 오사요가 나를 꼬여 넘기려 한다고 더욱 굳게 믿었습니다.

4

다음의 여난은 내 나이 열아홉 때였습니다. 그때는 이미 할머니와 어머니도 돌아가셔서 나는 이모네 신세를 지며 마을의 초등학교에 교사로 나가 매월 오 엔의 월급을 받았습니다. 할머니가 돌아가신 것은 열다섯 때의 봄이고 어머니는 그 해 가을에 돌아가셨으니, 나는 갑자기 고아가 되어 결국 이모 집에 맡겨지게 된 것입니다. 열여덟 살까지 쓸쓸한 산촌에서 학문다운 학문은 아무것도 하지 않고 단지 읍내 중학교 기숙사에 있는 사촌이 보내 준 소년잡지 같은 것을 읽고, 그밖에는 이모 집에 옛날부터 있던『원평성쇠기(源平盛衰記)』,『태평기(太平記)』,『한초군담(漢楚軍談)』,『충의수호전(忠義水滸傳)』과 같은 것만 읽었습니다. 그러므로 초등학교 교사조차도 능력이 되지 못했으나, 이모 집이 마을의 유서 있는 가문이라 그 위광으로 무리하게 채용해 주었던 것입니다. 어머니는 병으로 누워 계실 때에도 모쪼록 여자를 조심하라고 돌아가시기 직전까지 여난을 경계하시고, 부디 빨리 출세하여라, 땅속에서 빌고 있겠다,라는 말씀을 남기고 돌아가셨습니다. 그렇지만 어떻게 출세를 해야 하는지는 어머니도 전혀 모르셨습니다. 어머니는 이모 댁에서 내 학비를 대게 하려고 하셨던 듯합니다만, 이것이 잘 되지 않았으므로 나의 출세를 굳게 믿으면서도 그 믿음은 막연한 것이라 내심 아주 걱정하셨던 듯합니다. 그러므로 어머니로서는 단지 여난을 훈계하는 것 말고는 달리 나의 출세 방법이 없었습니다. 나는 또 천성적으로 의지박약하여 나의 출세라는 것이 어떤 것인지 별로 신경도 쓰지 않았습니다. 단지 어머니가 갑자기 돌아가셨기에 이모 댁에 있어도 당장의 슬픔으로 한두 달은 걸핏하면 사람이 보지 않는 곳에서 훌쩍훌쩍 울었습니다.

세월이 흐르는 사이에 어머니를 잃은 슬픔도 점차 옅어져 결국에는 때때로 생각날 정도가 되었고, 이모의 다정한 보살핌에 이끌려 어느새 이모를 어머니처럼 생각하며 지내게 되었습니다.

열여덟부터 이모 댁에서 오륙백 미터 떨어진 초등학교에 다니며 동료 서너 명과 함께 마을 아이들을 가르치고, 밤에는 퉁소 연습에 열중하여 세상을 즐겁게 살게 되었습니다. 퉁소 연습이라는 것은 그즈음 마을에 한 노인이 있어 자기류(自己流)의 퉁소를 불고 있었는데, 마을의 젊은이들이 이를 치켜세워 퉁소의 대가처럼 선전하기에 어느새 나도 그 제자가 되었습니다. 그렇지만 원래 대가 선생도 혼자 익힌 자기류이니 제자들도 모두 자기류로, 그저 내내 마구 불어 댈 뿐이어서 그러던 중에 손에 익숙해지면, 누가 잘한다든가 못한다든가 서로 평을 해 대며 모두 우쭐대었습니다. 내 성격 탓인지, 젊은이들 중에서도 나는 유달리 몰두하여 틈이 날 때마다 퉁소를 손에 들고 연주하고 있으면 욕심이나 이

득을 초월하는 듯하고, 아침 일찍 해 뜨기 전에 뒷산에 올라 바위에 앉아 새벽안개를 맞으며 불고 있으면, 내 퉁소 소리로 인해 서서히 아침 안개가 걷히고 해가 점차 떠오르는 것 같다고 느낀 적도 있었습니다.

그러했으므로 자연히 젊은이들 중에서도 내가 가장 잘 불게 되어, 노선생까지 나보고 본격적으로 배우면 일본 제일의 명인이 될 것이라며 부추겨 주었습니다. 그러는 중에 열아홉이 되었습니다. 초봄이었을 겁니다. 해질 녘에 나는 평소처럼 퉁소를 들고 마을의 강가 절벽 위에 앉아 혼자 소리를 가다듬고 있는데, 뒤에서 "슈조 님" 하고 누가 불렀습니다. 돌아보니 다케노조(武之丞)라는 엄숙한 이름을 절간 스님으로부터 지어 받은 남자로, 이웃 마을로 넘어가는 고개 위에 사는 사람이었습니다.

"뭐야, 다케노조 아니오!"

"슈조 님, 정말 피리를 잘 부네요" 하고 싱글싱글 웃었습니다. 이 남자는 좀 별난 사람으로 뻔뻔스럽기도 하고 사람 놀리는 말을 잘하는 자이므로, "한 대 맞을래?" 하고 퉁소를 들고 위협하는 시늉을 하자 그자는 갑자기 진지한 얼굴로,

"슈조 님에게 꼭 보여 주고 싶은 것이 있는데 봐 주겠어요?" 하고 묘한 말을 했습니다. 이상하다고 생각하여,

"뭐요? 내게 보여 주겠다는 건."

"뭐든 좋으니 단지 봐 주시기만 하면 됩니다."

"뭐지? 물건인가?" 하고 물으니 다케는 야릇하게 웃으며,

"당신이 아주 좋아하는 거."

"당신, 날 놀리는 거요?"

"놀리는 게 아닙니다. 꼭 보여 주고 싶군요. 부탁이니 꼭 봐 주시겠습니까?" 하고 이번에는 다시 진지하게 말했습니다.

"좋아, 볼 테니 꺼내 봐요."

"꺼내다니, 지금 여기 없어요. 우리 집으로 좀 와 주었으면 하는데요."

"가보로 무슨 보검이라도 있나요?" 하고 내가 말하자 이번에는 또 묘하게 웃으며,

"뭐, 그런 비슷한 겁니다. 어쨌든 보물은 틀림없으니까. 아, 그렇군. 보물입니다" 하고 손뼉을 치므로 나도 호기심에 참을 수 없었습니다. 나도 보고 싶어져서,

"그럼 지금 같이 가죠. 자, 가서 봅시다"라고 말하고, 둘은 함께 일어나 다케의 집으로 갔습니다.

아까 말한 대로 다케의 집은 작은 고개 꼭대기에 있었습니다. 이모 댁에서 팔백여 미터나 떨어져 있었으나 그 고개 밑에 통소대가가 살고 있어, 나도 고개 밑까지는 자주 간 적이 있었지만 고개 꼭대기까지 올라간 것은 서너 번밖에 없었습니다. 고개를 넘어가면 좁은 계곡이 있고, 그곳에 집이 열 채도 되지 않았습니다. 그러므로 고개를 넘어가는 마을 사람은 그리 많지 않았습니다. 다케의 집은 안채 한 칸과 창고가 한 칸 있으나 창고는 항상 문이 잠겨 있고, 그 뒤 절벽은 커다란 떡갈나무가 뒤덮고 있으므로 보기에도 음침했습니다. 안채도 넓은 데 비하여 인기척이 없다는 생각이 들 정도로 조용했습니다. 집을 마주한 절벽 밑에 네모나고 얕은 우물

이 있어 항상 맑은 물이 가득했습니다. 전체적인 모습이 왠지 으스스하여 나는 그 고개에 와서 다케의 집 앞을 지날 때마다 곧『수호전』의 마비약이 떠오르고 무송이 변을 당했던 십자파(十字坡) 고개 등을 떠올릴 정도였습니다.

그랬습니다만, 다케로부터 묘한 말을 들어 아주 이상하다고 생각하며 다케 집에 따라가는 것이므로 고개를 오르면서도 내심 기분이 찜찜했습니다. 도중에 다케에게 무엇을 보여 줄 것이냐고 물어도 다케는 끝내 말을 해 주지 않을 뿐더러, 요놈 잘 걸렸다는 표정으로 음흉한 미소를 지었습니다.

해가 완전히 저물어 열흘달이 선명하게 비쳤습니다만, 고개의 좌우는 나무가 울창하므로 빛이 충분히 닿지 않았습니다. 오르는 길은 이백 미터 정도밖에 되지 않았습니다. 곧 다케 집 앞에 도착했습니다. 집 앞은 넓고 나무 그림자도 없으므로 달빛이 환하게 땅을 비쳤습니다.

방문에 등불이 희미하게 비치고 집안은 조용하였습니다. 다케는 말없이 뜰로 들어갔습니다. 나는 발이 나아가지 않았습니다. 밖에서 주저하고 있자,

"들어오시죠!" 하고 어두운 곳에서 다케가 말했습니다.

그 소리는 낮지만 저력이 있어 왠지 내게 명령하는 듯했습니다.

"여기서 볼 테니 가지고 오시오" 하고 나는 밖에서 말했습니다.

"들어오라고 하잖소!" 하고 이번에는 더욱 강하게 말했으므로 나도 할 수 없이 천천히 안으로 들어갔습니다. 내가 들어온 것을 보고 다케는 위로 올라가 거실 옆방으로 들어갔습니다. 잠시 나오

지 않습니다. 그 모습이 안에서 누구와 속닥속닥 밀을 나누는 듯하였습니다. 잠시 후 나와서 이번에는 부드럽게,

"들어오시죠. 누추하지만" 하고 말하므로 조금 안심이 되어 들어갔습니다. 그리고 다케의 안내로 안쪽의 방으로 들어가자, 여기는 뜻밖에 깨끗하게 정돈되어 작은 등이 방구석에 놓여 있었습니다. 그러나 우선 내 눈에 띈 것은 그곳에 앉아 있는 한 여자였습니다. 내가 들어가자 그녀는 급히 일어나려 하다가 다시 앉음새를 고쳐 앉고 얼굴을 옆으로 돌렸습니다. 나는 거북해서 앉을 수도 없었습니다. 그러자 다케가 느닷없이,

"봐 달라고 한 것은 바로 이것입니다" 하고 말하자마자 여자는 고개를 푹 숙였습니다. 나는 뭐라 해야 할지 말이 나오지 않았습니다. 어이가 없어서 다케의 얼굴을 보자, 다케는 조금 얼굴을 붉히고 말하기 거북한 듯했으나,

"자, 여기 앉으세요. 나는 좀 나갔다 올 테니" 하고 내뱉고 나가려고 하므로,

"어이, 뭐요. 나는 싫소. 혼자 남는 것은" 하고 무심코 내가 말하자,

"그럼 앉지 않겠다는 겁니까?" 라고 말하고 무서운 얼굴로 나를 노려보았습니다. 내가 돌아간다고 하면 당장에라도 걸어찰 듯한 서슬이므로 나는 할 수 없이 그곳에 앉아 잠자코 있자, 여자는 울기 시작했습니다. 흐느껴 울었습니다. 그것을 보는 다케의 얼굴은 정말로 뭐라 형용할 수 없었습니다. 이마에 시퍼런 핏줄을 세우고 어금니를 꽉 물고 있는가 싶더니, 울 듯한 얼굴로 눈을 끔뻑거렸

습니다. 뭔가 말을 하려다가 입언저리를 손등으로 문질렀습니다.

"도대체 무슨 일이오?" 하고 상황이 아무래도 이상하므로 물었습니다. 그러자 다케가 더듬거리면서 이렇게 말했습니다. 여동생이 꼭 당신을 만나게 해 달라고 하며 고집을 부린다, 이런저런 말을 해도 아무래도 듣지 않는다, 그래서 당신을 속여서 데리고 온 것이다, 모쪼록 가여운 여자라고 생각하고 귀여워해 달라, 내가 엎드려 부탁한다는 내용이었습니다. 참으로 어처구니없는 이야기라고 웃으시겠지만, 사실이 그랬으므로 어느새 저는 마을의 인기남이 되었던 것입니다.

그때 나는 여난의 훈계를 완전히 잊은 것은 아니었습니다만, 아무래도 산촌이므로 젊은이 두세 명이 모이면 무슨 말을 하더라도 금방 여자 이야기로 넘어갑니다. 초등학교 동료끼리도 걸핏하면 어디 처녀는 미인이라든가, 그 처녀는 이미 애인이 있다든가, 그런 수다를 떠는 것이 태연스럽고 또한 하나의 즐거움이었으므로, 나도 어느새 그렇게 물이 들어서 마을 처녀를 유혹하고 싶다는 마음도 때때로 일었습니다. 하지만 어머니의 훈계 때문에 함부로 손을 내밀지는 않았으나, 마음속으로 여자를 두려워한 것은 결코 아니어서 만약 좋은 기회가 있으면 애인 한 명 정도 생겨도 좋으리라 생각하던 참이었습니다.

그런데 다케의 여동생은 오코(お幸)라고 하여 청년들 사이에서 아주 평판이 좋은 예쁜 여자로 당시 나이는 열일곱이었습니다. 나도 종종 얼굴을 본 적은 있으나 말을 나눈 적은 없었습니다. 그녀는 내가 이모 집에 살고 있는 학교 선생이라는 사실을 알고 있었

으니 만날 때마다 인사를 하고 지나갔습니다. 시골 처녀에 어울리지 않게 피부가 희고 눈이 맑은 여자로, 몸매는 오사요를 닮아 늘씬했습니다. 마을 처녀들 중에도 저 정도의 여자는 드물다고 마을 사람들이 자랑스럽게 칭찬했는데, 나도 만날 때마다 맞는 말이라고 생각했습니다. 그러므로 눈앞에 오코를 마주하게 되고, 그 오빠가 대신 나를 유혹하니 여난 따위는 생각할 수가 없었습니다. 게다가 마음이 약한지라 설사 위험을 느꼈다고 해도 아무래도 그 상황에서 다케와 오코를 뿌리치고 도망가는 과감한 행동을 할 수가 없었습니다.

그 후로 나는 이틀이나 사흘 간격으로 오코를 찾아 갔습니다만, 극히 비밀로 했으므로 아무도 눈치채지 못했습니다. 게다가 오빠다케노조가 무슨 일이 생기면 감싸 주며, 또 다케의 아내도 처음부터 사정을 잘 알고 있어 그녀도 다케와 함께 오코와 내가 잘되도록 여러모로 힘써 주었으므로 나도 다케 집에서는 공공연하게 놀며 지냈던 것입니다.

두 사람의 사이는 다케 부부가 때때로 놀릴 정도로 좋았습니다. 이럭저럭 하는 사이에 두세 달이 지나고 지금도 잊지 못하는 유월 칠일 밤의 일이었습니다. 밤 여덟 시쯤에 나는 평소처럼 오코에게 갔는데, 그날 밤은 저녁부터 하늘이 이상하더니 열 시쯤 되자 비가 내리기 시작했습니다. 비가 많이 오기 전에 돌아가겠다고 말하니, 오코와 다케의 처가 만류하고 돌려보내지 않았습니다. 다케는 집에 없었습니다만 곧 돌아올 테니 돌아오면 다리까지 배웅해 주겠다고 하므로 잠시 시간을 보내고 있자 다케가 돌아왔습니다. 어디서 마셨는지 많이 취했으나, 내가 안방에서 뒹굴고 있는 모습을 보고 방 안으로 척척 들어와서 털썩 책상다리를 하고 앉았습니다. 오코는 내 옆에 앉아 있었습니다.

"밖에 비가 많이 내리네요. 오늘 밤은 자고 가시죠" 하고 다케는 묘하게 말했습니다. 왜냐하면 내가 그때까지 자고 가려고 해도 다케는 만약 여기서 잔 것이 들통 나면 곤란하다며 항상 나를 타일러 돌려보냈기에 나도 결코 묵은 적이 없었습니다.

"아뇨, 역시 묵지 않는 것이 좋겠소" 하고 내가 말하는 것을 부정하듯이 다케는,

"실은 오늘 밤 이야기가 좀 있어서 자고 가라고 하는 것이니 자고 가라고 하면 자고 가시오" 하고 말투가 약간 난폭해졌습니다. 혀도 잘 돌아가지 않았습니다.

"이야기가 있다니 무슨 이야기요. 지금 들어도 좋지 않소?"

"당신, 눈치채지 못했습니까?" 하고 느닷없이 물었습니다.

"뭘?" 나는 무슨 말인지 몰랐습니다.

"그러니 당신은 답답한 사람이오. 오코는 이렇게 되었습니다" 하고 배에 손을 대 보였으므로 나는 깜짝 놀랐습니다. 오코는 일어나서 거실로 도망갔습니다.

"그게 정말이오?" 하고 무심결에 목소리를 낮추었습니다.

"정말이라니. 당신이 그걸 모를 리가 없지. 그렇지만 몰랐다면 그걸로 됐소. 이제 당신도 알았으니 이제 다음 일을 생각해야 하지 않겠소?"

"어떻게 하면 좋소?" 하고 나는 당황했으므로 말도 더듬거렸습

니다. 그러지 디케가 눈을 무섭게 뜨고,

"지금 와서 그걸 묻는 법이 어디 있습니까? 처음부터 알고 있지 않았소? 당신도 이렇게 되면 어떻게 할 거라는 각오가 있었을 텐데."

들어 보니 당연한 말입니다만, 나는 아무런 각오도 없이 단지 열심히 오코 집에 다녔을 뿐인데 이렇게 다케에게 한소리 들으니 할 말이 없었습니다.

내가 입을 다물고 있는 것을 보고 다케는 괘씸하다는 듯이 혀를 찼으나,

"지금 곧 정식 아내로 맞으시오."

"아내로?"

"싫습니까?"

"싫지는 않지만, 지금 곧이라고 해도 이모가 허락할지 말지도 모르지 않소?"

"이모님이 뭐라 하던 당신이 할 마음이라면 문제없어요. 당신만 좋다면 내가 내일이라도 정식 부부로 만들겠습니다. 뭐, 여기만이 세상이 아니니까 이모님과 마을 사람들이 뭐라고 하면 둘이서 이곳을 뜨면 됩니다. 사람 하나 무엇을 하더라도 밥은 먹고 사니까" 라는 말까지 하여 나도 갑자기 힘이 솟아,

"좋소. 그럼 어쨌든 일단 이모에게 상담하여 이모가 허락하면 좋고, 반대하면 당신이 말한 대로 오코와 둘이서 오사카나 도쿄로 도망치면 되니까. 오코는 그래도 괜찮겠소?"

"허, 그런 말 내게 물을 바 아니죠. 당신이 가는 곳이라면 설령

불속, 물속이라도 따라갈 테니" 하고 손가락으로 내 볼을 쿡 찌르고 아까의 서슬과는 달리 좋은 기분이었습니다.

그날 밤은 그렇게 끝내고 돌아갔습니다만, 이 이야기를 아무래도 이모에게 꺼내지 못했습니다. 왜냐하면 이모도 어머니로부터 여난에 대한 말을 들었으며, 어머니는 죽기 전에도 이모에게 여난을 거듭 부탁했으므로 내 입에서 오코 이야기가 나오면 얼마나 놀라고 걱정하실지 몰랐습니다. 이튿날 아침부터 사흘 동안 나는 이제 말할까 저제 말할까 하며 이모 방을 들락날락거렸으나 결국 말을 하지 못했습니다.

이모에게 말을 할 수 없다면, 오코와 둘이서 이곳을 도망가는 수밖에 방법이 없다고 생각하여 한 번은 도망갈 준비를 하고 다케 집으로 갔으나, 그것도 막상 하려니 행동으로 옮길 수가 없었습니다. 왜냐하면 '이것이 바로 여난이야' 하는 무서운 생각이 점차 깊어져 지금까지 오코에게 다녔던 것을 떠올리면, '아뿔싸!' 싶은 생각이 솟아났습니다. 그래서 만약 오코를 데리고 도망간다고 하면 앞으로 어떤 고생을 할지도 모르고, 그야말로 여난의 바닥으로 떨어져 버리는 것이라 생각하니 도망도 못하게 되었습니다.

그래서 온갖 생각을 거듭한 결과, 혼자서 마을을 뜨는 것이 최상이라는 결론을 얻었습니다. 잊지도 못하는 유월의 보름밤, 즉 오코의 임신을 알게 된 칠일 밤으로부터 딱 일주일째 되는 밤이었습니다. 오코를 한 번 더 보고 싶다는 미련은 컸지만, 지금이 중요한 때라고 어머니 법명을 염불처럼 중얼거리며 밤을 틈타 산마을에서 도망쳤습니다. 그 밤에 아무것도 모르는 오코는 내가 오기를 애타게 기다렸던 게 틀림없습니다. 여자에게 속아서는 아니 된다고만 배운 내가 어느새 죄 없는 여자를 속이게 되어, 여난을 면할 셈으로 여자를 버린 그때의 나는 이미 대여난(大女難)에 걸려 버렸다는 것을 미처 몰랐던 것입니다.

이모 집을 떠나며 가져온 돈은 불과 십 엔이었으니 도쿄에 도착하자마자 곧 퉁소를 불며 남의 집 앞에 서야 하는 처지가 되었습니다. 그 후 스물여덟까지 햇수로 십 년 동안의 삶은 말하지 않겠습니다. 고향과는 소식불통, 도쿄에는 친척은 물론 오랜 친구도 없으므로 여러 직업을 전전했습니다만, 항상 여자 문제로 인생의 중대사를 그르치고 말았습니다. 스물여덟이 될 때까지 번듯한 아내도 한 번 얻었습니다만, 반년도 지나지 않아 여자가 도망가 버렸습니다. 그 아내도 내가 혼고에 하숙할 때에 눈이 맞은 하숙집 여자였습니다.

스물여덟까지의 여난이 내 생애의 끝으로, 여난과 동시에 눈을 잃고 말았으므로 마지막으로 그 사연을 말씀드리고 긴 이야기를 접도록 하겠습니다.

5

스물여덟 해 여름이었습니다. 그때는 약간 운이 좋아져서 철도국에 취직하여 월급으로 십팔 엔을 받고 있었으나, 여자는 너무나 질렸으므로 아내도 얻지 않고 일하는 할머니도 쓰지 않고 혼자 세

평과 한 평 반짜리 방 두 개 셋집에서 자취하면서 관청에 다녔습니다.

집은 아타고시타마치(愛宕下町)의 좁은 골목에 양쪽으로 두 동이 서 있는 단층 연립의 한 칸이었습니다. 연립 가옥은 양쪽 모두 여섯 집이 있고, 내가 살던 곳은 가장 안쪽 집으로 바로 앞에 목수 부부가 살았습니다.

잘 아시겠습니다만, 연립 가옥에 사는 사람들은 큰길에 사는 사람과는 달리 서로 쉽사리 친해져 내가 열두 집의 맨 끝으로 이사를 오자마자 곧 모든 이웃들이 나와 인사를 나누는 사이가 되었습니다.

그중에서도 앞에 사는 목수는 나이가 나와 비슷하고, 아침에 출근할 때와 저녁에 퇴근할 때가 거의 비슷해 자주 얼굴을 마주치게 되니, 어느새 친해져 얼마 후에는 목수가 자주 내 집에 놀러 오게 되었습니다.

목수의 이름은 후지요시(藤吉)라 하고, 자기 기술에 자부심을 가진 장인의 기풍이 몸에 배어 있어, 그 모습이 씩씩하며 말도 잘하는 아주 재미있는 사람이었습니다. 단지 용모는 그리 잘 생기지 않았습니다. 특히 주먹코에 좁은 이마가 눈에 띄었습니다. 웃을 때는 사람이 좋아 보이는데, 나쁘게 말하면 좀 얼빠진 듯한 면이 보이지만 그것 또한 그자의 매력이었습니다.

밤에 놀러 올 때면 언제나 술 냄새를 풀풀 풍기고, 옷자락을 확 걷어 젖히고 책상다리로 털썩 앉았습니다. 그리고 내가 술을 마시지 않는 것을 놀리곤 했습니다.

그리고 또 계속 마누라를 얻으라고 권했습니다. 말이 나온 김에 어떤가 말하자면, "자네는 여자로 고생한 적이 없는 벽창호이니 여자의 고마움을 모른다"라고 하였습니다. 하지만 그 역시 별로 고생을 한 것 같지도 않고, 아내도 십장이 소개해 주었다고 했습니다.

그렇지만 나는 도쿄에 오고 나서 십 년간 갖은 고생을 한 것에 어울리지 않게 역시 타고난 성격인 듯 심한 일은 못하고 거친 말조차 별로 쓰지 않아, 외견상으로는 여자에게 접근도 못하는 얼뜨기처럼 보이므로 목수 후지요시가 나보고 벽창호라 여자의 고마움도 모른다고 했던 말은 결코 무리가 아니었습니다. 실제로 나는 용기 때문에 기꺼이 여난을 맞았다기보다는 모두 얌전하고 순진해서 여난을 맞았던 것입니다.

어느 밤에 후지요시가 와서 세탁물이 있으면 마누라에게 시킬 테니 내 놓으라고 하므로 기꺼이 속옷가지를 건네주었습니다. 그러자 이튿날 저녁에 목수 아내가 직접 세탁물을 들고 와서, 이러니 아내를 빨리 얻으세요. 아내의 고마움은 이것으로도 아시겠지요 하고 내 무릎 위에 가져온 것을 던지고 돌아갔습니다. 그녀는 오순(お俊)이라 하고 나이는 스물네다섯쯤 되었습니다. 연립 가옥 안에서 오순은 어느새 자주 입방아에 오르내리고, 또 오순을 앞에 두고 대단한 여장부라고 칭찬하는 여편네도 있을 정도였으므로, 내 눈에도 그녀가 보통이 아니게 보였습니다.

후지요시는 거의 매일 밤 놀러 왔습니다. 내게 퉁소를 배우고자 하는 목적도 있었으나 피리나 퉁소라는 것은 천성인 듯, 손재주가 좋은 남자이기는 하지만 후지요시의 실력은 아무래도 늘지 않았습니다. 그렇지만 그는 굴하지 않고 뻑뻑 붙어 대곤 했습니다.

오순도 놀러 오게 되었습니다. 처음에는 둘이서 함께 몰려 왔습니다만, 오순은 일요일 같은 날, 후지요시가 없을 때에는 낮에 혼자 놀러 와서 수다를 떨고 돌아가게 되었습니다. 나도 나중에는 후지요시의 집에 놀러 가 밤 열두 시까지 잡담을 나누며 놀게 되었습니다. 오순은 자주 나를 돌봐 주어 밥까지 지어 준 적도 있고 반찬이 생기면 갖다 주고 내가 직장에서 돌아오기 전에 정성스럽게 저녁 준비를 해 놓은 적도 있어, 후지요시는 집에 있을 때 농담으로, "너는 요즘 남편이 둘이 생겨서 바쁘구나" 하고 말한 적도 있었습니다. 그렇지만 후지요시는 결코 나를 의심하지 않고, 처음에는 단지 이웃 간의 교제였으나 나중에는 뭐든지 신상에 관한 것을 터놓고 내게 상담하게 되었습니다. 그러므로 나도 그런 생각으로 사귀어 그의 힘도 꽤 되어 주고 때로는 돈까지 빌려 주었으므로 그는 더욱더 나를 둘도 없는 친구로 믿어, 이틀 가량 내가 감기에 걸렸을 때는 하루 일을 쉬고 내 옆에서 간호를 해 준 적도 있었습니다.

게다가 연립 가옥 사람들 모두 나를 잘 보았는지 얌전한 사람이다, 좋은 사람이다, 보기 드문 견실한 사람이라고 칭찬해 주었습니다. 그러므로 오순만이 아니라 다른 집 아줌마들 역시 부탁하지 않은 일도 해 주었습니다. 그런데 이상한 것은 오순이 이를 질투하여 왜 내가 있는데 쓸데없이 그러느냐고 아줌마들 앞에서 싫은 기색을 하고, 그것을 아줌마들은 더욱 재미있어 하며 나를 도와준 적도 있었습니다. 그렇다고 해서 오슌과 나의 사이를 이웃 사람들이 의심하였느냐 하면 결코 그렇지 않고, 오로지 나를 목석같은 사람으로, 더할 나위 없이 품행 좋은 사람으로 믿었습니다. 그렇지만 오슌은 그 정도의 신용이 없었습니다. 그러므로 오슌이 조금 수상하기는 하나 도저히 별일이 생길 리 없다고 분명히 나에게 대놓고 말한 아줌마도 있었습니다.

실제로 오슌은 수상하다는 말을 들어도 당연했습니다. 어느 밤에 내가 방바닥에 누워 있는데 오슌이 달려와,

"어차피 나 같은 것은 마음에 들지 않지요"라고 말하며 이불을 꺼내 자기가 착착 펴고, "자, 서방님. 편히 주무세요. 아이고, 손이 많이 가는 서방님이네" 하고 말하며 색기가 흐르는 눈으로 가만히 나를 쳐다본 일 등은 심상치 않은 행동이었습니다. 그리고 그때의 기분을 말하자면, 나 역시 결코 이웃들이 신뢰하는 정도로 착한 사람은 아니고 목석도 아닌지라 야릇한 기분이었습니다.

내가 어느 날 후지요시에게 "아무래도 오슌은 여장부네. 여염집 여자가 아닌 듯하네"라고 말하자, 후지요시는 싱글싱글 웃으며, "참 잘 맞췄네. 사실 그녀는 어느 요정의 꽤 유명한 여자였는데 우리 십장이 발견해서 본인의 희망을 들어보니 착실한 목수에게 시집가고 싶다고 하여, 그거 잘됐다며 내게 소개해 준 거야" 하고 약간 뻐기는 기분으로 오슌의 신상을 밝혔습니다. 그때부터 나는 더욱 오슌의 거동이 수상하다고 느꼈습니다.

그렇지만 일단은 평온무사하게 세월이 흘러가는 가운데, 팔월 중순경의 매우 후덥지근한 밤이었습니다. 이웃들은 모두 밖에 나

가 무더위를 식히고 있었으나, 나는 전날 밤 차게 자서인지 몸이 좋지 않아 저녁 무렵부터 문을 닫고 자리에 누웠습니다. 열 시경까지 밖은 왁자지껄 말소리가 들렸습니다만, 점차 조용해져서 오슌도 얌전히 집에 틀어 박혀 있는 듯했습니다. 나는 잠이 잘 오지 않고 몸에 열이 나서 자리를 차고 나와 잠시 화로 옆에서 담배를 피웠습니다만, 밖에 나가고 싶어져 잠옷 차림으로 휑하니 골목길로 나섰습니다. 골목길에는 이미 아무도 없었습니다. 골목에서 큰길로 나서자, 달이 기울어져 아타고 산 위에 걸려 있었습니다. 밖은 과연 바람도 시원하게 불어와 그곳에서 어슬렁어슬렁 걷고 있는데, 저쪽에서 한 남자가 뭔가 투덜투덜 불평하면서 걸어 왔습니다. 그 모습이 취한 사람 같아서 길을 피해 있는데, 비틀거리며 내 앞에 가까이 다가와 얼굴을 들어 보니 후지요시였습니다.

후지요시는 나를 보자 불쑥,

"어이, 친구. 참 잘 만났네. 지금 자네 집에 쳐들어갈 참이었네. 자, 집으로 돌아가지. 오늘 밤은 내가 참을 수가 없네. 아무래도 자네가 들어 주었으면 하는 말이 있어" 하고 내 손을 잡고 쑥쑥 골목길로 이끌고 갔습니다.

나도 그가 취했다고 생각하여, "좋지, 좋아. 돌아가지. 뭐든 들어 줄게" 하고 함께 집으로 돌아왔습니다.

후지요시의 얼굴을 보니 매우 창백하고 눈은 화가 난 듯했습니다. 그는 앉자마자,

"자, 들어 보게. 나는 더 이상 참을 수가 없네" 하고 꼬부라진 혀로 장황하게 말하는 바를 들은즉 이런 내용이었습니다. 후지요시

가 그날 동료 네다섯 명과 함께 어느 곳에서 술을 마시는데, 한 동료가 무슨 말을 하다가 후지요시와 말싸움을 시작했습니다. 서로 욕을 주고받던 중에 상대 남자가 십장의 헌 마누라를 얻어 놓고 황송하게 생각하는 병신은 입 다물고 꺼져, 하고 소리쳤다고 합니다. 그것이 후지요시를 욱하게 만든 이유는 예전부터 동료들로부터 십장이 오순을 데리고 놀다가 처치 곤란해져서 후지요시에게 떠넘겼다고 비꼬는 말을 두세 번 들어, 후지요시가 남모르게 괴로워하던 참에 다시금 이렇게 모욕을 당했으니 그동안 쌓인 불만이 한꺼번에 폭발했던 것입니다. 쓸데없는 걱정 마라, 십장의 헌 마누라면 어때, 너는 헌 마누라도 얻지 못하지 하고 자신도 호통을 쳤다고 합니다. 그러자 상대가 비웃으면서 헌 마누라라면 그래도 낫지, 헌 게 아니야, 지금도 한 달에 두세 번은 손을 댄다고 비아냥거렸다고 합니다. 후지요시는 그 말을 듣자마자, 좋아 두고 보자며 곧 그곳을 뛰쳐나와 집으로 돌아가서 오순을 내쫓을 생각으로 비틀비틀 돌아오는 도중에 나를 만났다는 것입니다.

그래서 이제 곧 오순을 쫓아낼 생각인데 자네는 동의하는가 물으므로, 나는 오순이 원래 십장과 수상한 관계가 있던 여자인지 아닌지는 모르지만, 지금은 자네를 소중하게 받드는 훌륭한 마누라이니 내쫓을 것까지는 없다. 내가 보기에도 십장과 수상한 관계는 없는 듯하다. 그것은 내가 보증한다고 말하자, 후지요시는 "앞으로 걸리기만 하면 때려 죽일 거야. 예전에 관계가 있다는 것만 들어도 참을 수 없어. 오순을 쫓아내고 십장의 뺨을 갈겨 줄 테야. 걸핏하면 마누라까지 소개해 줬다고 뻔뻔한 얼굴로 마구 나발 부는 것도 예전부터 마음에 들지 않았어. 헌 마누라를 떠넘겨 놓고 소개가 뭔 소개야, 사람 깔보지 마!" 내가 아무리 달래도 듣지 않고 결국 집으로 돌아갔습니다.

나도 그냥 놔둘 수는 없다고 생각해 후지요시의 뒤를 따라가려고 하니, 상관하지 말라며 나를 안에 들여 주지 않았습니다. 할 수 없이 밖에 서서 안의 상황을 듣고 있었습니다. 오슌은 벌써 자고 있는 듯했습니다만, 후지요시는 잡아 일으켜 호통을 쳤습니다. 오슌은 아무 말도 하지 않고 듣고 있는 듯하다가 잠시 후에 후다닥 밖으로 나왔습니다. 나를 보고,

"쓸데없는 말 하고 있어. 취한 놈은 상대해 봤자 도리가 없으니 놔둬야지" 하고 말하면서 성큼성큼 내 집으로 들어왔습니다. 나도 오슌 뒤를 따라 집으로 들어왔습니다.

"누가 쓸데없는 말로 사람 꼬드겼나 봐. 정말 어이가 없어." 오슌은 이렇게 말하고 화롯가에 앉아 그곳에 놓아둔 담배를 피웠습니다.

"내일 아침이 되면 아무것도 아니겠죠" 하고 나도 할 수 없이 달래 주었으나 오슌이 돌아가려고 하지 않으므로,

"조용해진 것 같으니 들여다보는 게 좋겠죠?" 하고 말하니, 오슌이 잠자코 일어나 밖으로 나가 나는 곧 모기장 안으로 들어갔습니다. 그런데 오슌이 곧 돌아와서,

"잘 자고 있어서 밖에서 문을 잠가 놓고 왔어요" 하고 태연한 얼굴을 했습니다.

"그럼 당신은 어떻게 하려고?" 나는 모기장 안에서 물었습니다.

"나는 이렇게 아침까지 있을 거예요."

"그게 말이 됩니까? 돌아가서 주무세요" 하고 말하자 오슌이 속이 타는 듯, "그냥 놔두세요. 술이 취해서 한밤중에 또 무슨 짓을 할지 몰라 무서워요" 하고 태연하게 담배를 피웠습니다. 나도 할말이 없어 잠자코 있자, 오슌은 평소의 수다도 없이 잠자코 있었습니다. 모기장 안에서 보니, 어둑한 등불이 풍성한 머리에서 옆얼굴에 걸쳐 어렴풋하게 비쳤습니다. 게다가 무더운 여름이므로 축 늘어진 모습이 평소와는 달리 요염하게 보였습니다.

그러던 중에 그럭저럭 이십 분이 지났던가요. 때때로 부채로 모기를 쫓고 있던 오슌이, "아아, 성가신 모기야" 하고 갑자기 일어나서 모기장 옆에 와서, "당신 벌써 자요?" 하고 물었습니다.

"이제 막 잠들려고 하던 참이오" 하고 나는 왠지 약간 졸린 소리로 말했습니다.

"좀 안으로 들어가게 해 줘요. 모기 때문에 견디기 힘드니까" 하고 말하고 나서는 겨우 한 사람이 들어갈 만한 모기장 안으로 쑥 들어왔던 것입니다⋯⋯.

아침 일찍 오슌은 돌아갔습니다만, 후지요시는 기분을 풀렸는지 취기가 깨어 맑은 정신으로 돌아왔는지 얌전히 일하러 나갔습니다. 나갈 적에 집 입구에 머리를 들이밀고 "잘 잤는가?" 하고 묘하게 웃고 나서, 머리를 긁으며 "사과는 이따 돌아와서 하지"라고 말하며 나갔습니다. 그의 뒷모습을 전송하며 '아아, 나쁜 짓을 저질렀다' 하고 가슴이 철렁했으나 이제 되돌릴 수가 없었습니다. 그 뒤로 오슌의 남편은 농담이 아니라 실제로 두 사람이 되었던 것입니다.

 그 후 한 달도 지나지 않아 후지요시는 다시 십장에게 무슨 말을 듣고 투덜투덜 화를 내며 돌아왔으나, 이번에는 전혀 취하지 않았습니다. 오슌과 헤어져 자기는 잠시 요코하마에 돈벌이를 하러 간다고 말하는 모습은 매우 굳은 각오를 한 듯하여 나도 요코하마에 가는 것을 억지로 말리지 않았습니다. 오슌과 헤어질 수는 없을 터이니 잠시 내가 돌봐주는 동안 반년 정도 열심히 벌어서 돌아와 다시 같이 사는 게 좋을 거라고 하자, 후지요시는 기쁨의 눈물을 흘리며 만사 잘 부탁한다고 말하고, 집을 정리해 오슌을 내 집에 맡긴 채 요코하마로 떠나 버렸습니다.

 상황이 이렇게 되니 이제 모든 일이 잘 처리된 셈이라 오슌과 나는 완전히 부부처럼 살게 되었습니다.

 그런데 한 달 정도 지나서 눈병에 걸리게 되었습니다. 큰 병은 아닐 거라 생각하여 처음에는 병원에도 가지 않고 관청에 다녔습니다만, 점점 나빠져서 결국에는 관청을 쉬게 되었습니다. 병원에 가니 낫기 어려운 눈병이라고 하여 그 후로 급히 가능한 여러 치료를 받았으나 나을 낌새가 보이지 않았습니다.

 오슌은 정성껏 나를 간호해 주었습니다. 후지요시로부터는 아무런 소식도 없었습니다. 나는 후지요시를 생각하면 '아아, 나쁜 짓을 했다' 하고 절실히 나의 죄를 반성했습니다만 그렇다고 해서 오슌을 타일러 후지요시의 뒤를 쫓아가게 놓아 줄 마음은 생기지 않아, 단지 '미안하다, 미안하다'는 생각만 하면서 오슌의 정을 받고 있었습니다.

그러던 와중에 눈은 섬섬 나빠지기만 하여 관정을 한 달 이상 쉬어야 하자, 나는 마음이 초조하여 만약 장님이 되면 어쩌지 하는 생각이 들 때마다 괴로웠습니다.

그때 이상한 일이 생겼는데, 오슌의 태도가 크게 달라졌던 것입니다. 왠지 나를 간호하는 모습이 전과 같지 않고 쓸데없는 것에 신경질을 내고 나에게 대들었습니다. 그리고 때때로 반나절이나 어딘가로 나가 돌아오지 않을 때도 있었습니다. 나는 입밖으로 말하지는 않았지만 속으로는 기분이 좋지 않아 견딜 수 없었습니다. 그러던 어느 날이었습니다. "실례합니다" 하고 굵은 목소리로 찾아온 자가 있었습니다.

"들어오세요" 하고 오슌은 일어나 나갔습니다만, 잠시 뭔가 그자와 속닥거리다가 이윽고 내 머리맡에 와서 "두령님이 왔어요. 당신에게 말할 게 있다고 합니다."

무슨 두령이지? 생각하는데, 그자는 척척 내 머리맡에 와서,

"처음 뵙겠습니다. 나는 목수 스케지로(助次郎)라고 합니다만, 후지요시를 비롯하여 오슌이 지금까지 여러모로 신세를 진 것에 대해서는 참으로 감사하게 생각하는 바입니다. 또한 별도로 오슌이 두터운 정을 입은 것에 대하여는 후지요시를 대신하여 제가 깊이 감사드립니다. 따라서 오슌은 오늘 지금부터 제가 돌봐 주기로 했으니 곧바로 이 집을 나가도록 하겠습니다. 그러하오니 죄송하지만 모쪼록 양해를 바랍니다" 하고 격식을 차린 말투로 줄줄 떠들었습니다. 나는 말이 나오지 않았습니다.

그리고 오슌과 두령이 소란스럽게 물건을 싸는 듯하더니 곧

오슌이 내 옆으로 와서, "여러모로 사정이 있어 그러니 나쁘게 생각지는 말아 주세요. 그럼, 건강하세요."

두 사람은 나갔습니다. 나는 울 수도 고함을 지를 수도 없었습니다. 이게 모두 천벌이라고 생각하자, 어머니의 여윈 모습과 임신을 시킨 채 버리고 온 오코의 모습 등이 눈앞에 나타났습니다.

관청에서는 해고당하고 눈은 결국 한쪽이 보이지 않게 되고, 한쪽은 조금 보이지만 도움은 되지 않아 그동안 모은 약간의 돈은 이내 사라져 버렸습니다. 그 후 지금의 모습으로 몰락했습니다만, 지금은 이 신세를 슬프다고 생각하지 않습니다. 단지 내가 부는 통소 소리에 따라 그리운 어머니가 떠오르면, 아예 죽어 버렸다면 좋았을 텐데 하는 생각도 듭니다만 죽지도 못하고 있습니다.

* * *

장님은 떠나기 전에 다시 한 곡을 불었다. 나는 그 애절한 소리와 슬픈 가락을 차마 들을 수가 없었다. 사랑의 곡, 회고의 정, 방랑의 슬픔, 노래 밑바닥에 영원한 한을 품고 있지 않은가.

달은 서쪽으로 지고 장님은 떠나갔다. 이튿날 가마쿠라에서는 그의 모습을 볼 수 없었다.

봄 새

1

지금으로부터 육칠 년 전, 나는 어느 지방에서 영어와 수학 교사를 지낸 적이 있습니다. 그 마을에는 큰 나무들이 울창한 시로산(城山)이 있어, 그리 높지는 않으나 꽤 풍경이 좋아 나는 산책을 겸해 자주 산에 올랐습니다.

정상에는 성터가 남아 있었습니다. 높은 돌담에 달라붙은 담쟁이가 진홍빛으로 물든 풍경은 이루 말할 수 없는 정취였습니다. 옛날에 천수각(天守閣)*이 서 있던 곳이 평지가 되어 언제부터인가 섬잣나무가 드문드문 자라고 여름풀이 곳곳에 무성하여 보기에도 세월의 무상함을 느끼게 하는 풍경이었습니다.

나는 풀밭에 누워 수백 년 동안 도끼가 닿은 적 없는 울창한 숲 너머로 보이는 근교 전원을 바라보며 즐기던 것이 몇 번인지 헤아리지 못할 정도였습니다.

어느 일요일 오후라고 기억합니다. 때는 가을의 막바지로, 하늘은 물처럼 맑지만 바람은 휘몰아쳐 시로 산의 나무들이 심하게 울고 있었습니다. 나는 어느 때처럼 산꼭대기에 올라가 약간 서쪽으로 기운 햇빛이 저 멀리 마을을 붉게 물들이는 것을 보며 가져온 책을 읽고 있었습니다. 돌연 사람 말소리가 들려와서 돌담 끝으로 나와 아래를 내려다보았는데, 그리 수상한 사람들은 아니고 마른 가지를 줍고 있는 세 명의 소녀였습니다. 바람이 거센 탓에 떨어진 나뭇가지도 많은 듯, 등에 가득 짐을 진 채로 아직도 주위를 뒤적이고 있는 모습입니다. 정답게 이야기를 나누며 즐겁게 노래하며 줍고 있습니다. 소녀들은 모두 열두세 살 정도로 아마 어느 농가의 아이들이겠지요.

나는 잠시 내려다보다가 다시 책 쪽으로 눈을 옮겨 어느새 소녀들을 잊고 말았습니다. 그런데 "꺅!" 하는 비명 소리에 놀라서 밑을 내려다보니, 세 아이는 무엇에 놀랐는지 마른 가지를 등에 진 채로 허겁지겁 도망가 금세 돌담 너머로 모습을 감추어 버렸습니다. 나는 이상한 생각에 근처를 주의 깊게 내려다보자, 어두컴컴한 숲속에서 불쑥 길도 없는 이쪽으로 풀을 헤치면서 오는 사람이 있습니다. 처음에는 어떤 사람인지 몰랐으나 숲을 나와 돌담 밑으로 다가오는 모습을 보니, 열한두 살 정도로 보이는 사내아이입니다. 짙은 파란색 소맷자락이 없는 통옷을 입고 흰 무명 허리띠를 맨 모습은 농가나 마을 아이가 아닌 듯 싶었습니다.

그 아이가 손에 굵은 나무토막을 들고 주위를 두리번두리번 둘러보다가 불쑥 돌담 위를 올려다보았을 때, 우리 둘은 눈이 딱 마수쳤습니다. 아이는 가만히 내 얼굴을 바라보고 있다가 빙긋 웃었습니다. 그 웃음이 심상치 않다고 느꼈습니다. 하얗고 둥근 얼굴에 눈이 번득이는 모습까지, 보통의 아이가 아니라고 나는 곧바로 알아차렸습니다.

"선생님, 뭐 해?" 하고 나를 불렀으므로 잠시 놀랐습니다만, 본디 교사로 근무하던 곳이 아주 작은 마을이라 내 쪽에선 잘 몰라도 대부분의 마을 사람들은 내가 도쿄에서 온 젊은 선생이라는 사실을 알고 있었으므로 지금 이 아이가 나를 부른 것도 그리 이상한 일은 아니었습니다. 그리 생각이 미치자 나도 목소리를 부드럽게 하여,

"책을 읽고 있단다. 이리 와라" 하고 말하자 아이는 곧 돌담에 손을 대더니 원숭이처럼 기어오르기 시작했습니다. 높이가 이 미터가 넘는 돌벽이므로 나는 놀라서 멈추게 하려는 사이에 벌써 중턱까지 올라와 근처의 덩굴을 잡고 척척 금세 내 옆으로 와 섰습니다. 그리고 히히 웃고 있습니다.

"이름이 뭐니?" 나는 물었습니다. "로쿠." "로쿠? 로쿠(六)로구나" 하고 묻자, 아이는 고개를 끄덕이고 그 괴상한 웃음소리를 내더니 입을 조금 벌린 채 내 얼굴을 기분 나쁠 정도로 쳐다보았습니다.

"몇이냐? 나이는." 내가 묻자 의아하다는 얼굴을 하고 있기에 다시 한 번 물었습니다. 그러자 묘한 입 모양을 하고 입술을 움직였습니다만, 불쑥 양손을 펴고 손가락을 꼽으며 하나, 둘, 셋 하더니 바로 열, 열하나로 건너 뛰고는 얼굴을 들고 진지하게,

"얼하니" 히고 대답하는 모습은 이제 막 숫자를 깨우친 다섯 살 정도의 아이와 조금도 다르지 않았습니다. 그래서 나도 무심결에 "잘 아는구나." "어머니에게 배웠니?" "학교는 다니니?" "안 가?" "왜 안 가?" 하고 여러 가지 물었습니다.

아이는 머리를 갸우뚱하고 저쪽을 보고 있기에 대답을 찾느라 그런다고 여겨 기다렸습니다. 그러자 돌연 아이는 "우우" 하고 벙어리 같은 소리를 내며 뛰어가기 시작했습니다. "로쿠, 로쿠야" 하고 놀라서 내가 부르자,

"까마귀, 까마귀" 하고 외치면서 뒤도 돌아보지 않고 천수대에서 뛰어 내려 금세 모습을 감추고 말았습니다.

2

나는 그때 여관 생활을 하고 있었는데 아무래도 불편해서 여러 사람에게 부탁한 바 결국 다구치(田口) 댁의 이층 방을 두 칸 빌려 하숙하게 되었습니다.

다구치라는 자는 막부 시절 이곳 영주의 가신(家臣)을 지냈던 사람으로, 시로 산 밑의 대저택에서 옛날부터 유복하게 살았는데 이층을 내게 빌려 준 것은 적지 않은 호의였습니다.

그런데 놀란 것은, 다구치 댁으로 이사한 다음 날 아침 일찍 일어나 산책하러 나가려고 하는데 시로 산에서 만났던 아이가 집 뜰을 쓸고 있었습니다.

"로쿠야, 안녕?" 하고 나는 말을 걸었습니다만, 아이는 내 얼굴을 보고 빙긋 웃기만 할 뿐 아무 말도 하지 않고 낙엽을 쓸고 있었습니다.

며칠이 지나는 사이에 이 이상한 아이의 신상을 점차 알게 되었습니다. 그것은 필시 내가 주의하여 관찰하거나 들었거나 했기 때문이겠지요.

아이의 이름은 로쿠조(六藏)이고, 다구치 씨의 조카에 해당되며 태어날 때부터 백치였습니다. 모친은 마흔대여섯 살로, 일찍 남편을 여의고 자식 둘을 데리고 돌아와 오빠 집에서 신세를 지고 있던 것입니다. 로쿠조의 누나는 오시게라고 하고 그때 나이 열일곱, 내가 보기에는 누나도 백치에 가까운 불쌍한 처녀였습니다.

다구치 씨도 처음에는 백치라는 사실을 숨기는 듯했으나 아무래도 숨길 수 없는 것이니, 결국 어느 날 밤 내 방에 와서 교육 이야기 끝에 조카 둘이 백치인 것을 밝히고 어떻게든 이 아이들을 다소나마 교육하는 것이 불가능한지 내게 상담을 했습니다.

다구치 씨의 말에 따르면, 이 불쌍한 남매의 부친이라는 자는 대단한 술꾼이었기에 그 때문에 목숨도 일찍 잃고 가산도 탕진했다고 합니다. 그리고 누나와 남동생은 처음에는 초등학교에 나갔으나 둘 다 뭐 하나 제대로 배우지를 못하고, 아무리 교사가 애를 써도 소용이 없어서 도저히 다른 학생들과 함께 가르치는 것이 불가능하고, 자칫하면 다른 장난꾸러기들의 놀림감만 될 뿐이라 오히려 불쌍히 여겨 퇴학시켰다고 합니다.

과연 자세히 들어 보니 남매 모두가 완전한 백치인 것을 알게 되었습니다.

더욱이 다구치 씨는 말하지 않았으나, 그의 여동생이자 남매의 모친은 평소 보면 얼빠진 듯한 사람이라 아이들이 백치인 것은 술꾼 아버지 탓이 크겠지만, 어머니 쪽의 유전에도 원인이 있다는 것을 나는 곧 눈치 챘습니다.

백치 교육이 있다는 것은 나도 알고 있으나 특별한 지식이 필요하므로, 나도 다구치 씨의 상담에는 뭐라 쉽사리 대응할 수가 없었습니다. 단지 그것이 쉽지 않다는 점을 이야기하였을 뿐입니다.

그래도 그 후, 오시게와 로쿠조의 모습을 보면 볼수록 자못 불쌍하여 견딜 수 없었습니다. 불구자 중에도 이처럼 불쌍한 사람은 없다고 생각했습니다. 벙어리, 귀머거리, 장님 등은 불행힌 것이 틀림없습니다. 하지만 말 못하는 자, 듣지 못하는 자, 보지 못하는 자는 그래도 생각하고 느끼는 것은 가능합니다. 백치가 되면, 마음의 벙어리, 귀머거리, 장님이므로 거의 금수와 다름없습니다. 어쨌든 사람의 모습을 하고 있으므로 전혀 느끼지 못하는 것은 아니지만, 보통 사람에 비하면 열에 하나에도 미치지 못합니다. 또 불완전하면서도 마음의 상태가 정돈되어 있으면 그나마 다행이지만, 일그러져 있으니 그 모습이 매우 이상합니다. 희로애락의 모든 표현이 보통사람이 보면 이상하게 보이므로 더욱 불쌍합니다.

오시게는 어찌 되었든 로쿠조는 아이인 만큼 천진난만한 점이 있으므로 나는 더욱 불쌍하게 생각하여 인력으로 가능하다면 어떻게 해서든 조금이라도 지능 활동을 높여 주고 싶다고 생각했습니다.

다구치 씨와 이야기를 나눈 후 이주일이 지난 어느 날 밤 열 시쯤이었습니다만, 이제 잠자리에 들까 생각하던 때,

"선생님, 주무십니까?" 하면서 내 방에 들어온 것은 로쿠조의 어머니였습니다. 키가 작고 약간 마른 체구에 머리가 작고 콧날이 오뚝한 얼굴, 늘 옛날풍으로 이빨을 검게 물들인 구식 부인입니다. 입을 조금 벌리고 사람 좋은 듯한 순박한 웃음을 항상 눈초리와 입가에 드러내고 있는 것이 부인의 습관이었습니다.

"이제 슬슬 자려고 생각하던 참입니다" 하고 내가 말하는 중에, 부인은 화로 옆에 앉아,

"선생님, 제가 부탁이 좀 있습니다만" 하고 말을 꺼내기 어려워하는 모습을 보였습니다. "뭐죠?", "로쿠조 때문입니다. 저렇게 애가 바보이니 장래가 걱정되어 그것을 생각하면, 나는 바보여도 괜찮지만 로쿠조가 무척 걱정이에요."

"당연하시죠. 그래도 그리 걱정하지 않아도 되실 겁니다" 하고 불쑥 나도 모르게 위로의 말을 건넨 것은 역시 인정 때문이겠지요.

3

나는 그날 밤 어머니의 말을 오랫동안 들으며 모자의 정이라는 것을 무엇보다도 절실히 느꼈습니다. 전에 말한 대로 부인도 꽤 얼빠진 사람이라는 것은 누구라도 보면 금방 알 정도입니다만 자신의 백치 자식을 걱정하는 마음은 보통의 어머니와 조금도 다르

지 않았습니다.

그리고 어머니 또한 백치에 가까운지라 나는 더욱 애처로운 생각이 들었습니다. 나도 모르게 덩달아 울음이 나올 정도였습니다.

그래서 나는 로쿠조의 교육에 최선을 다해 보겠다고 약속하고 가련한 부인을 돌려보내고 그날 밤은 늦게까지 여러모로 궁리했습니다. 그래서 다음날부터는 산책할 때마다 로쿠조를 데리고 나가 조금씩이나마 수시로 지능의 발달을 돕고자 했습니다.

첫 번째로 느낀 것은, 로쿠조에게 수의 개념이 결여되어 있다는 점이었습니다. 하나에서 열까지 아무래도 수를 다 세지 못합니다. 몇 번이나 반복하여 가르치면 하나부터 열까지 입으로 말하는 것은 가능하나, 길가의 돌멩이를 주워 세 개 늘어놓고 몇 개냐고 물으면 멀뚱멀뚱 쳐다만 보고 대답을 하지 않습니다. 무리하게 물으면 처음에는 그 괴상한 미소를 짓다가 나중에는 울음을 터뜨리려고 합니다.

나도 고심에 고심을 거듭하여 끈기 있게 노력하였습니다. 어떤 때는 신사의 돌계단을 올라가면서, 하나, 둘, 셋 하며 일곱에서 멈추고, 일곱이야,라고 들려주고, 자, 그럼 지금 계단이 몇 개지? 하고 물으면, 큰 소리로 열! 하고 대답하는 식입니다. 소나무를 세어도, 과자를 상품으로 하여 그 수를 세어도 결과는 마찬가지입니다. 하나, 둘, 셋이라는 말과 그 말이 나타내는 수의 관념이 아이의 머리에는 아무런 관련도 없었습니다.

백치에게 수의 관념이 결여되었다는 것은 들은 적이 있습니다만, 이 정도일 줄은 생각하지 못했기에 나도 어떤 때는 울고 싶어져 아이의 얼굴을 바라보다가 절로 눈물이 떨어진 적도 있었습니다.

그런데 로쿠조는 심한 장난꾸러기로, 장난할 때는 꽤 사람을 놀라게 합니다. 산을 잘 타 시로 산을 뛰어 돌아다니는 것이 마치 평지를 걷는 것 같아, 길이 있으나 없으나 획획 날아다닙니다. 그러니 그전에도 다구치 댁 사람이 로쿠조가 어디 갔느냐고 걱정하고 있으면, 점심을 먹고 나가 저물 때가 다 되어야 산의 절벽에서 집의 정원으로 획 뛰어내려서 돌아왔다고 합니다. 나뭇가지를 줍던 소녀가 로쿠조의 모습을 보고 도망친 것은 필시 지금까지 몇 번이나 이 백치 장난꾸러기에게 놀랐기 때문이라고 나도 짐작하게 되었습니다.

그렇지만 또 로쿠조는 울보입니다. 어머니가 오라버니의 체면 때문에 때때로 심하게 꾸짖을 때가 있고 손찌검을 할 때도 있습니다. 그때는 머리를 감싸고 몸을 웅크리고 울부짖습니다. 그러나 금세 웃으며 방금 맞았던 사실을 까맣게 잊은 듯하니, 나는 이것을 보고 더욱 백치가 측은하다고 생각했습니다.

이러한 형편이니 로쿠조가 노래 같은 것은 모를 것 같지만 뜻밖에 잘 알았습니다. 마른 가지를 줍는 사람이 부르는 민요를 외워서 때때로 낮은 소리로 불렀습니다.

어느 날 나는 혼자서 시로 산에 올라갔습니다. 로쿠조를 데려가려고 생각하였습니다만 모습이 보이지 않았습니다.

규슈는 따뜻한 지방이므로 겨울이라도 날씨만 좋으면 아주 따뜻하고 공기가 맑아 등산에는 오히려 겨울이 좋습니다.

낙엽을 밟고 산꼭대기에 이르러 천수대 밑까지 가면, 석박하게 온 산에 소리 하나 없는 가운데 누군가 고운 목소리로 노래하는 것이 들렸습니다. 쳐다보니 천수대 돌담 모퉁이에 로쿠조가 말을 타듯이 담에 걸터앉아 양발을 덜렁덜렁 흔들면서 먼 곳을 쳐다보며 민요를 부르고 있었습니다.

하늘빛, 햇빛, 오래된 성터, 그리고 소년, 마치 한 폭의 그림입니다. 소년은 천사입니다. 이때 내 눈에는 로쿠조가 전혀 백치로 보이지 않았습니다. 백치와 천사, 이 얼마나 가련한 대조인가요. 나는 이때 백치이지만 그 역시 자연의 자식이 아닌가 하고 절절히 느꼈습니다.

또 하나 로쿠조의 묘한 습관을 말하자면, 이 아이는 새를 좋아해 새만 보면 눈빛을 바꾸고 야단법석입니다. 그리고 무슨 새를 보아도 다 까마귀라고 부르며 아무리 이름을 가르쳐도 외우지 못합니다. 까치를 봐도, 참새를 봐도 까마귀라고 합니다. 우스운 것은, 어느 때 백로를 보고 까마귀라고 했는데, "백로를 까마귀라고 속인다"는 속담이 이 아이에게는 본디 당연한 것입니다.

높은 나무의 꼭대기에서 까치가 울고 있으면 로쿠조는 입을 헤 벌리고 가만히 쳐다봅니다. 그리고 까치가 날아가는 것을 좇아 멍하니 바라보는 모습은 아주 묘하여, 아이는 하늘을 자유롭게 나는 새가 꽤 이상하다고 생각하는 듯했습니다.

4

나는 이 불쌍한 아이를 위해 꽤 노력해 보았습니다만, 눈에 보일 정도의 효과는 조금도 없었습니다.

이럭저럭 하는 중에 이듬 해 봄이 되어, 로쿠조 신상에 불의의 재난이 생겼습니다. 삼월 말이었을 것입니다. 어느 날 아침부터 로쿠조의 모습이 보이지 않았습니다. 점심때가 지나도 돌아오지 않았습니다. 결국 날이 저물어도 돌아오지 않아 다구치 댁에서는 크게 걱정하고 특히 어머니는 안절부절못하는 모습이었습니다.

그래서 나는 먼저 시로 산을 찾아보는 게 좋겠다고 권하여 다구치 댁 하인을 한 사람 대동하고 등불을 들고 불안하고 측은한 마음으로 평소의 익숙한 오솔길을 올라 성터에 이르렀습니다.

어쩐지 그런 예감이 들어 천수대 밑으로 가서,

"로쿠야! 로쿠야!" 하고 불렀습니다. 그리고 나와 하인은 함께 귀를 기울였습니다. 장소가 적막한 성터인 데다 또 찾는 아이가 보통 아이가 아니므로 왠지 모를 두려움을 느꼈습니다.

천수대 위로 올라가 돌담 끝까지 가서 아래를 살펴보는 도중에 북쪽 끝 가장 높은 돌담 아래에 로쿠조의 시신이 떨어져 있는 것을 발견했습니다.

괴담 같은 이야기지만, 실제로 나는 로쿠조의 귀가가 너무 늦다는 말을 듣고 아무래도 높은 돌담 위에서 로쿠조가 떨어져 죽은 게 아닌가 하는 느낌이 들었습니다.

과한 공상이라고 웃을지도 모르겠으나, 자백하자면 나는 로쿠조가 새처럼 하늘을 날 생각으로 놀담 끝에서 뛰어내렸으리라 생각했습니다. 새가 나뭇가지로 날아와서 로쿠조의 눈앞에서 여기저기 자유롭게 날아다니는 모습을 보자, 로쿠조는 필시 자기도 날아서 나뭇가지에 올라가려고 했던 것이 틀림없습니다.

시신을 장례 지낸 이틀 후, 나는 홀로 천수대에 올랐습니다. 그리고 로쿠조를 생각하니 사람의 삶에 대한 여러 생각이 떠올라 견디기 힘들었습니다. 인류와 동물의 차이, 인류와 자연의 관계, 삶과 죽음 등의 문제가 젊은 내 마음에 아주 깊은 슬픔을 불러 일으켰습니다.

유명한 영국 시인의 시 중에 「아이가 있었다네」*라는 것이 있습니다. 그것은 한 아이가 저녁마다 쓸쓸한 호숫가에 서서 양손의 손가락을 깍지 끼고 올빼미 우는 소리를 흉내 내면 호수 저쪽 산의 올빼미가 이에 대답을 하는 것을 즐기며 놀았으나, 결국 죽어서 한적한 묘에 묻혀 아이의 혼은 자연의 품으로 돌아갔다는 내용의 시입니다.

나는 이 시를 좋아해 항상 읽었는데 로쿠조의 죽음을 보고 그 생애를 생각하고, 그 백치를 생각할 때에는 이 시보다도 로쿠조가 더욱 내게 의미 깊게 느껴졌습니다.

돌담 위에 서서 보고 있으면, 봄의 새는 자유롭게 날고 있습니다. 그중 하나는 로쿠조가 아닐까요? 아니 로쿠조가 아니라 해도 로쿠조는 그 새와 다를 바 없을 것입니다.

가련한 어머니는 자식의 죽음이 오히려 아이에게 행복한 것이라고 밀하면서도 울있습니다.

어느 날이었습니다. 내가 시로 산 북쪽에 있는 로쿠조의 무덤에 찾아가니 어머니가 먼저 와 있었습니다. 어머니는 계속 무덤 주위를 빙빙 돌면서 무어라 중얼거리고 있었습니다. 내가 다가가는 것도 전혀 모르는 것 같았습니다.

"어쩐다고 너는 새 흉내를 냈니. 응? 어쩐다고 돌담에서 날아갔니…… . 선생님이 이렇게 말씀하셨단다. 로쿠는 하늘을 날아 보려고 천수대 위에서 뛰어내렸다고. 아무리 백치지만 새를 흉내 내는 사람이 어디 있니" 하고 말하고 잠시 생각하더니, "그래도 말이야, 너는 죽는 게 낫다. 죽는 게 더 행복해…… ."

어머니는 내가 온 것을 알아차리고,

"맞지요, 선생님? 로쿠는 죽는 게 행복하지요?" 하고 말하며 눈물을 하염없이 흘렸습니다.

"그렇지는 않습니다만, 어쨌든 불의의 재난이니 체념하는 수밖에 없겠지요…… ."

"그래도 왜 새 흉내 같은 걸 냈을까요?"

"그건 나의 상상입니다. 로쿠가 꼭 새 흉내를 내다 죽었는지는 알 수가 없습니다."

"그래도 선생님은 그렇게 말씀하셨잖아요." 어머니는 가만히 내 얼굴을 바라보았습니다.

"로쿠는 새를 아주 좋아했으니까 그럴지도 모른다고 생각한 것뿐입니다."

"예, 로쿠는 새를 아주 좋아했지요. 새를 보면 자기 양팔을 이렇게 펼치고, 이렇게" 하고 어머니는 새의 날갯짓을 흉내 내고, "이렇게 여기저기 뛰어 돌아다녔어요. 그래요, 그리고 까마귀 우는 소리를 잘 냈죠" 하며 정신없이 말하는 모습을 보다가 나는 그만 눈을 감아 버렸습니다.

시로 산의 숲에서 까마귀 한 마리가 느긋하게 날갯짓을 하고 두세 번 울면서 바다 쪽으로 날아가자, 백치 어머니는 갑자기 말을 멈추고 멍하니 멀어지는 새를 계속 쳐다보았습니다.

그 까마귀 한 마리를 로쿠조의 어머니는 무엇으로 보았던 것일까요?

궁사(窮死)

규단자카(九段坂) 근처에 허름한 실비집이 있다. 늦봄 저녁에 한 남자가 지친 모습으로 문에 들어섰다. 안에는 이미 세 명의 손님이 있다. 아직 램프를 켜지 않아서 어둑한 실내에 앉아 있는 사람들의 모습도 흐릿하게 보였다.

　앉아 있는 세 사람과 지금 막 들어온 한 사람은 모두 언덕 밑에서 인력거를 밀어 주고 푼돈을 동냥하는 일꾼이나 공사장 막일꾼 등 아주 하급 노동자로 보인다. 아주 수입이 좋은 날이 아니면 막걸리도 제대로 마시지 못하는 사람들 같다. 그렇지만 먼저 온 세 사람은 다소나마 수입이 짭짤했는지 각자 나름대로 술을 마시고 있다.

　"분공(文公)! 그렇지 자네 성이 분(文)씨였지? 몸은 어떤가?" 하고 각진 얼굴에 성격이 좋은 듯한 사십대 초반의 남자가 구석에서 말을 걸었다.

　"고맙습니다. 아무래도 오래가지는 못할 듯합니다" 하고 지금

온 남자는 내뱉듯이 말하고 몸을 던져 의자에 앉아 양손으로 이마를 누르고 괴로운 기침을 했다. 나이는 서른 살 전후다.

"그리 낙담하는 게 아닐세. 마음을 굳게 먹으라고." 가게 주인이 말했다. 그 말이 끝나도 아무도 말을 덧붙이지 않는다. 속으로는 '오래가지는 못할 듯하다'라는 말에 동의하고 있는 것이다.

"육 전밖에 없습니다. 이걸로 뭐든 좋으니⋯⋯" 하고 말을 하다가 기침 때문에 먹을 것을 달라는 말이 나오지 않는다. 분공은 머리털을 양손으로 잡아 뜯으며 괴로워한다.

훌쩍훌쩍 우는 아기를 등에 업은 주인아줌마는 램프에 불을 붙이면서,

"괴로운 거 같은데 물을 줄까요?" 하고 돌아보았다. 분공은 머리를 좌우로 흔들었다.

"물보다는 이게 낫지. 이게 힘이 나지"라고 세 사람 중에 덩치 큰 남자가 말했다. 이 남자는 이 가게에서는 단골이 아닌 듯 아까부터 말을 하지 않았다. 그가 내민 것은 막걸리 잔. 분공은 다시 머리를 좌우로 흔들었다.

"한 잔 들게. 그걸 먹으면 기운이 들지. 돈은 나중에 내도 좋으니 마시는 게 좋을 걸세" 하고 주인은 분공이 뭐라고 대답도 하기 전에 막걸리를 병에 따랐다. 그러자 각진 얼굴의 남자가,

"뭐, 분공이 돈을 못 내면 내가 대신 내 주지. 응? 분공, 그러니 한 병 마시게."

그래도 분공은 머리를 손으로 누른 채 잠자코 있는데, 곧 막걸리 한 병과 채소 조림을 조금 담은 작은 접시 하나가 분공 앞에 놓

였다. 이때 분공은 간신히 머리를 들고,

"십장님, 정말 미안합니다" 하고 힘없는 소리로 말하고 다시 기침을 한 후 한숨을 내뱉었다. 야윈 긴 얼굴에 원래 짧게 깎은 머리칼은 그대로 자랄 만큼 자라 헝클어지고 거의 윤기도 없는 잿빛이다.

분공 때문에 분위기가 음울해진 것은 어쩔 수가 없다. 그러나 아무도 그것을 불만스럽게 생각하는 자는 없는 듯하다. 분공은 연속하여 서너 잔 마시고 다시 손으로 머리를 눌렀으나, 사람들의 친절을 생각하지 않는 것도 아니고 또 깊게 생각하는 것도 아니다. 마치 다른 세계로부터 말을 걸어오는 듯한 기분도 들고, 기쁘기는 하지만 그것이 덧없다는 것도 알고 있으므로, '아무래도 오래가지는 못한다'는 느낌을 잠시만이라도 잊고 싶지만 잊을 수가 없는 것이다.

몸도 마음도 멍한 듯한 절망적 무아(無我)가 안개처럼 무겁게 모든 빛을 차단하고 자욱이 끼어 있다.

빈속에 술을 마셨으므로 금세 취기가 돌아 약간 기운이 났다. 얼굴을 들고 자신도 모르게 빙긋 웃었을 때, 사각 얼굴이 곧,

"거봐. 기분이 좋아졌지? 마시게, 마셔. 한 병으로 부족하면 한 병 더 마시게. 내가 낼 테니. 뭐라 해도 기운 차리는 데는 이게 최고야!" 하고 오히려 자기가 더 기운이 솟은 듯하다.

이때 밖에서 두 남자가 뛰어 들어왔다. 둘 다 막일꾼 차림이다.

"드디어 비가 내리는군" 하고 외치고 각기 자리에 앉았다. 분공이 오기 전부터 서쪽 하늘이 시커멓게 변하고 멀리서 천둥소리도

들려와 심상치 않은 날씨였던 것이다.

"뭐, 곧 개일 겁니다. 그렇지만 요즘 때에 소나기라니, 날씨도 변덕스럽군" 하고 주인이 말했다.

두 사람이 뛰어 들어오고 나서 갑자기 분위기가 살아나 어느새 분공에게 주의를 기울이는 사람도 없어졌다. 밖은 비가 억수같이 쏟아졌다. 두 개의 램프 빛은 붉고 희미하게, 그림자는 어둡고 넓게 이 허름한 가게에 가득 차고, 거친 남자들의 불그레한 얼굴만이 좌우로 움직이고 있다.

분공은 얻어먹은 막걸리 한 병을 홀짝홀짝 다 마시고 밥을 먹기 시작했다. 이것도 아기를 업은 주인아줌마의 친절로 배불리 먹었다. 그리고 나가려고 하자 주인아저씨가 돌아보고,

"아직 비가 내리지? 그치면 가게."

"별 거 아닙니다. 여러분, 고맙습니다" 하고 넝마 같은 외투를 머리에 뒤집어쓰고 밖으로 나갔다. 벌써 개기 시작한 듯 빗줄기가 약해졌다. 이럭저럭 골목을 더듬어 큰길로 나왔다. 주인아저씨는 비가 그치면 가라고 했으나, 어디로 가지? 분공은 골목 입구의 처마 밑에 몸을 피하고 거리를 위아래로 훑어 보았다. 포장을 덮은 인력거가 위세 좋게 달리고 있다. 가게들의 불빛이 도로에 비치고 있다. 한두 블록 앞의 대로에 전차가 지나간다. 분공은 어디로 가야 하나?

실비집의 사람들도 분공이 어디로 가는지 물론 알 리 없지만, 그러나 어디로 가건 그것은 문제가 아니다. 왜냐하면 남아 있는 사람들 중에도 오늘 밤 어디에서 잘지 결정하지 못한 자가 있다.

이 사람들은 대개 소위 주거 불명, 혹은 주거 부정자들이므로 분공의 오늘 밤 행선지 따위 알 바 아니란 것도 무리는 아니다. 그러나 그 용태로 보아 "머지않아 갈 것이다"라는 것이 분공이 떠난 후에 그들에게서 나온 말이었다.

"불쌍하군. 양육원에라도 들어가면 좋을 텐데." 주인이 말했다.

"그런데 그 양육원이라는 게 절차가 번거로워 들어가기 어렵다고 하던데." 한 막일꾼이 말했다.

"그럼 객사로군!" 다른 사람이 말했다.

"누군가 돌봐 줄 사람이 없나? 대체 그자는 고향이 어디야?" 또 다른 사람이 말했다.

"자기도 모를걸."

실제로 분공은 자신이 어디서 태어났는지 전혀 모른다. 부모나 형제가 있는지 없는지도 모른다. 분공이라는 호칭도 언제인지 모르게 자연히 생긴 것이다. 열두 살쯤에 부랑 소년이라는 이유로 한동안 감옥에서 지냈으나 이런저런 훈계를 받은 후 다시 밖으로 쫓겨났다. 그리고 서른 몇 살이 될 때까지 온갖 노동을 전전하며 이전의 부랑 생활을 계속해 왔다. 이번 겨울에 폐병에 걸렸지만 약 한 알 먹지 못하고, 공사장 막일도 하고 인력거도 밀었지만 그런 일을 쉬면 당장 끼니를 잇지 못했다.

'이제 틀렸어' 하고 열흘 전부터 분공은 생각했다. 그래도 벌 수 있는 만큼 벌어야 한다. 그래서 오늘도 아침에 오 전(錢), 오후에 육 전을 겨우 벌어 지금 실비집에서 육 전을 써 버렸다. 오 전으로는 점심을 사 먹었으니 수중에는 한 푼도 남아 있지 않다.

그런데 분공은 어디로 가야 하니? 멍하니 처마 밑에 서서 눈앞의 세상을 가만히 보고 있는 사이에, '아아, 차라리 죽어 버리고 싶다'고 생각했다. 이때, 오한이 일어 온몸이 덜덜 떨렸다. 그리고 계속 괴로운 기침을 쿨럭거렸다.

이틀 전에 니혼바시의 어느 공사장에서 일할 때 알게 된 벤공(弁公)이라는 청년이 이 근처에 산다는 것이 문득 떠올랐다. 이다(飯田) 강변 쪽으로 험한 길을 칠팔백 미터 걸어 어둡고 좁은 골목에 들어서면 막다른 곳에 나지막한 함석지붕 집이 있다. 비바람을 막는 덧문은 이미 닫혀 있다.

그렇지만 분공은 문 앞에서 실례를 무릅쓰고,

"벤공, 집에 있나?"

"누구요?" 하고 안에서 곧 대답이 들렸다.

"분공이네."

문이 열리고, "무슨 일인가?"

"하룻밤 재워 주게" 하고 말하자 벤공은 곧 몸을 옆으로 비켜서며,

"자, 이걸 보게. 어디 누울 곳이 있겠나?"

보니 과연 좁은 방 한 칸에 이름뿐인 마루와 신발만 간신히 놓을 수 있는 마당이 있을 뿐, 방에는 이불이 두 채 깔려 있고 등잔이 마루의 상자 위에 놓여 있다. 그 희미한 빛을 받아 이불에 누워 있는 벤공 부친의 머리가 어렴풋하게 보인다.

분공이 잠자코 있는 것을 보고,

"자주 가던 할멈 집에는 못 가나?"

"돈이 없네."

"사흘이나 나흘은 후불로 해도 되잖나?"

"벌써 외상이 많아 이제 못 가네" 하고 말하자마자 기침을 하며 괴로운 숨을 내쉬었다.

"몸도 좋지 않은 듯한데." 벤공은 비로소 알아차렸다.

"완전히 글러 먹었어."

"거참 안됐군." 둘은 안과 밖에 서서 잠시 말이 없다. 그러자 아직 잠이 들지 않은 부친이 머리를 들고,

"벤공, 재워 줘라. 둘이 자나 셋이 자나 마찬가지다."

"마찬가지기는 하지. 그럼 발을 씻게. 이 게다를 들고 가서 저 수도에서 씻고 오게." 벤공은 기세 좋게 말하고 마당을 뒤져 게다를 집어 건넸다.

그래서 분공은 간신히 잠자리를 얻어 두 사람의 발밑에 웅크리고 누웠다. 부친도, 벤공도 낮의 고된 노동 탓으로 푹 잠이 들었으나 분공은 열과 기침으로 밤새도록 괴로워하다가 새벽이 가까워져서야 간신히 잠이 들었다.

짧은 밤은 금세 밝아와, 네 시 반에 벤공이 창문을 열고 밥을 짓기 시작했다. 부친도 곧 일어나 준비를 한다.

밥이 되자마자 우선 벤공은 부친과 자기의 도시락을 준비한다. 그리고 둘이 아침밥을 먹는데 부친이 낮은 소리로,

"이 청년은 아주 몸이 아픈 듯하구나. 오늘 하루 가만히 놔두고 일을 쉬게 하는 게 좋을 게다."

벤공은 입에 밥을 가득 쑤셔 넣고 머리를 위아래로 두세 번 끄

딕었다.

"그리고 나갈 때 밥도 해 놓았으니, 천천히 먹고 하루 쉬라고
해라."

벤공은 고개를 끄덕였다. 부친은 한층 목소리를 낮추어,

"남의 일이라고 생각하지 마라. 나도 이제 죽는구나 생각했을
때 동료에게 도움 받은 게 한두 번이 아니다. 도와주는 것은 항상
동료다. 이 젊은이는 네 동료다. 도와주도록 해라."

벤공은 입을 우물우물하면서 부친의 귀에 입을 대고,

"그렇지만 분공은 오래 살지 못해요."

부친은 갑자기 젓가락을 놓고 엄한 시선으로,

"그러니까 더욱 도와줘야 한다."

벤공은 다시 얌전히 고개를 끄덕였다. 나갈 때 분공을 흔들어
깨우고,

"어이, 좀 일어나게. 이제 우리는 일하러 나가는데 형씨는 하루
쉬는 게 낫겠어, 밥도 해 놓았으니. 알았나? 집 잘 지키게."

갑자기 깨워진 분공이 놀라서 일어나려는 것을 벤공이 만류하
였으므로 분공은 다시 누워 그저 고개를 끄덕였다.

아무래도 믿음직하지 못한 병자이므로 부자는 덧문을 꼭 닫고
나갔다. 분공은 집을 지키라는 말을 들었으므로 곧 일어나 있으려
고 하였으나 누워 있는 것이 편해 열 시경까지 눈만 뜬 채 일어나
지 않았으나 배가 고파져 괴롭지만 억지로 일어났다. 밥을 먹고
다시 벌렁 드러누워 꿈결에 정오 가까이 되자 다시 배가 고파졌
다. 그래서 다시 먹고 드러누웠다.

벤공 부자는 어느 십장 밑에 소속되어 시의 매립 공사상에서 막일로 돈을 벌고 있었다. 벤공은 도랑을 메우는 조(組), 부친은 하수용 토관을 묻기 위해 땅을 깊이 파는 조. 그래서 이날 부친이 땅을 파고 있는데 오후 세 시경, 부친이 퍼 올린 흙이 때마침 지나가던 인력거꾼의 발에 튀었다. 인력거꾼은 인력거와 옷차림도 좋고, 타고 있던 손님도 신사였으나 갑자기 인력거를 멈추고, "뭐 하는 거야!" 하며 구덩이 속의 부친에게 흙덩이를 던졌다. "조심 해. 멍청한 놈" 하고 내뱉고 그대로 가려는데 부친이 그냥 두지 않았다.

"이 자식이!" 하자마자 길 위로 기어올라 인력거 손잡이를 잡고 막 떠나려던 인력거꾼에게 흙을 던졌다. 그리고,

"막일꾼도 인간이야. 무시하지 마" 하고 외쳤다.

인력거꾼이 되돌아 와 두 사람은 서로 맞붙어 싸우기 시작했으나 한쪽은 혈기왕성한 청년이므로 간단히 부친을 구덩이로 밀어 떨어뜨렸다. 떨어질 때 자세가 잘못되어 부친은 막대기가 쓰러지 듯이 깊은 구덩이에 나뒹굴었다. 그 때문에 뒷머리를 크게 부딪치고 늑골이 부러져 부친은 기절했다.

곧 부근에 흩어져 있던 막일꾼들이 모여들어, 인력거꾼은 흠씬 두들겨 맞고 곧바로 파출소로 끌려갔다.

간신히 숨을 쉬는 부친은 들것에 실려 십장과 동료 두 명, 그리고 넋이 나간 벤공과 함께 집으로 실려 왔다. 시각은 다섯 시 오 분이었다. 분공은 이 소란에 매우 놀라 구석에 웅크리고 있었다. 곧 근처의 의사가 오기는 하였지만, 대충 진찰을 하고 "이미 맥이

없네"라는 말만 남기고 총총히 놀아갔다.

십장은 "벤공, 정신 차려라. 내가 반드시 원수를 갚아 줄게" 하고 지갑에서 오십 전 은화를 서너 장 꺼냈다. "이것으로 오늘 밤 술이라도 마시고 밤샘 하게. 내일 내가 일찍 와서 일을 처리해 주지."

십장이 간 후에 그때까지 밖에 서 있던 동료 두 명은 간신히 안으로 들어갔다. 그렇지만 앉을 자리가 없다. 이때 벤공은 돌연 분공에게,

"아버지는 인력거 놈과 싸워서 죽음을 당했네. 이것을 줄 테니 합숙소에 가서 자게. 오늘 밤은 동료와 밤샘을 해야 하니" 하고 받은 은화 한 장을 꺼냈다. 분공은 그것을 받아 들고,

"그럼 아버님의 얼굴을 한 번 보여 주게."

"보게" 하고 말하고 벤공은 덮어 놓은 것을 들추었으나 이때는 벌써 어둑하므로 분명치가 않았다. 그래도 분공은 오랫동안 가만히 부친의 얼굴을 바라보았다.

이다 마을의 좁은 골목에서 초라한 장례가 치러진 다음날 아침의 일이다. 신주쿠와 아카바네(赤羽)를 오가는 철도 선로에서 기차에 치여 죽은 시체가 하나 발견되었다.

시체는 선로 옆에 놓인 채 가마니가 덮여 있고 머리 일부와 발끝만 나와 있다. 팔이 하나 없는 듯하다. 머리는 피범벅이었다. 여섯 명의 사람이 주위에 모여 있다. 높은 둑 위에서 아이를 업은 소녀 둘과 일꾼 같은 남자 하나가 말없이 구경하고 있을 뿐, 주위에는 사람이 없다. 전날 밤의 비가 말끔히 개어 들판은 무성히 자라

난 풀과 잎으로 빛나고 있다.

여섯 명 중 한 명은 순사, 한 명은 의사, 세 명은 인부, 그리고 중절모를 쓰고 하오리를 입은 남자는 관청 사람인 듯 선로 옆을 왔다 갔다 하고 있다. 시종 담소하고 있는 자는 순사와 인부로, 의사는 관자놀이 부근을 양손으로 누르고 쪼그리고 앉아 있다. 아마 관이 오는 것을 모두 기다리는 듯하다.

"두 시의 화물차에 치인 거겠죠?" 인부 한 사람이 말했다.

"그때도 비가 내렸던가?" 순사가 담배에 불을 붙이면서 물었다.

"내리고말고요. 비가 개였을 때는 세 시가 넘었죠."

"아무래도 병자 같습니다. 그렇죠? 오시마 씨" 하고 순사는 의사를 쳐다보았다. 오시마 의사는 순사가 담배를 피우는 것을 보고 자기도 담배를 꺼내 순사에게 불을 빌리면서,

"물론 병자입니다" 하고 말하고 시체를 힐끗 보았다. 그러자 인부가,

"어제 저쪽 들판을 배회하던 사람은 이자가 틀림없습니다. 분명히 이 외투를 입은 자입니다. 비틀비틀 걸어와서는 나무 그늘에서 쉬고 있었습니다."

"그럼 뭐야? 역시 죽을 마음으로 오긴 왔지만 낮에는 죽지 못해 밤에 그랬군" 하고 말하면서 순사는 피곤한지 상하행 두 선로 사이에 쪼그리고 앉았다.

"비를 흠뻑 맞으니 도저히 이러지도 저러지도 못해, 저 둑에서 굴러 떨어져 선로 위로 쓰러졌던 게죠" 인부는 마치 본 것처럼 말했다.

"어쨌든 불쌍한 사나." 순사가 말하고 무심코 둑을 보니 구경꾼이 늘어나 학생 같은 자도 섞여 있었다.

이때 아카바네행 기차가 차창 정면으로 아침 해를 받으며 위세좋게 달려 왔다. 그리고 화부도 기관사도 승객도 모두 몸을 내밀고 가마니로 덮은 물건 하나를 보았다.

이 물건은 성명도 호적도 불명이므로 전례에 따라 가매장 처분을 받았다. 이것이 분공의 최후였다.

실로 인부가 말한 대로 분공은 도저히 이러지도 저러지도 별 도리가 없어 쓰러졌던 것이다.

대나무 쪽문

상

  회사원 오바 신조(大庭眞藏)는 도쿄 교외에 살며 멀리 시내 교바시 구(京橋區) 근처의 회사에 다니고 있으나, 전차 정거장까지 반 리가 넘는 길을 매일 아침 터벅터벅 걸어 다니며 운동에는 딱 좋다고 한다. 착실한 성격이라 회사에서도 평판이 좋다.

  가족은 예순일고여덟 살이 된 아주 건강한 노모, 스물아홉의 아내, 아내의 여동생 오키요(お淸), 일곱 살이 된 딸 레이(禮)와 오륙 년 전부터 있는 오토쿠(お德)라는 하녀, 이상 다섯 명에 가장 신조를 포함하여 모두 여섯 명이다.

  아내는 몸이 약해서 집안일에는 별로 관여하지 않았다. 부엌일은 주로 오키요와 오토쿠가 하고, 그것을 바지런한 노모가 도왔다. 그중에서도 하녀 오토쿠는 나이가 아직 스물셋이나 자신은 이 집에 평생토록 봉공하겠다는 마음가짐으로 꽤 강한 권력을 휘두르므로, 노므조차 때때로 이 하녀의 말을 들어야 할 때도 있었다. 너무 제멋대로일 때는 오키요가 불만을 터뜨리는 때도 있으나 어쨌거나 오토쿠는 집안일에 열심이므로 결국 오토쿠의 승리로 끝났다.

울타리 하나 넘어서 헛간과 다름없는 작은 집이 있다. 그곳에 정원사 부부가 살았다. 남편은 스물일고여덟이고, 아내는 오토쿠와 동년배 정도라 이웃집 여자 둘은 서로 막상막하의 수다를 떨며 지냈다.

처음 정원사 부부가 이사 왔을 때, 우물이 없으니 모쪼록 물을 긷게 해 달라고 오바네에 부탁하러 왔다. 오바 댁에서는 당연히 들어 줘야지 하며 승낙해 주었다. 그 후로 이럭저럭 두 달쯤 지나자 이번에는 울타리를 석 자 정도 개방해 달라, 그렇게 하면 일일이 대문으로 우회하지 않아도 된다며 부탁하러 왔다. 이 건에 관해서는 오바네에서도 꽤 고민했다. 특히 오토쿠는 도둑이 들어오는 입구를 만드는 것이라고 주장했다. 그러나 가장 신조는 천성인 어진 마음씨로 결국 이를 허락했다. 단 그쪽에서 쪽문을 튼튼하게 만들고 문단속을 엄중히 한다는 조건을 달았으나, 정원사는 근처의 숲에서 잘라 온 청죽에 삼나무 잎 등을 대충 엮어서 얼치기 쪽문을 만들어 버렸다. 오토쿠는 완성된 쪽문을 보고, "이게 어디 쪽문이야? 빗장은 어디 있어? 이런 쪽문 있으나 없으나 마찬가지지" 하고 큰 소리로 말했다. 정원사의 아내 오겐(お源)은 이 말을 듣고,

"이걸로 충분해요. 어차피 우리 힘으로 목수처럼 훌륭한 쪽문은 못 만들잖아요" 하고 우물가에서 솥 바닥을 씻으며 말했다.

"그냥 녹수에게 부탁하면 되지 않나? 오토쿠는 오센의 말이 귀에 거슬려 정원사의 가난한 사정을 알면서도 말했다.

"부탁할 수 있다면 부탁했죠" 하고 오겐은 가볍게 말했다.

"부탁하면 해 줘요." 오토쿠는 그래도 또 한 번 비아냥거렸다.

오겐은 남에게 지기 싫어하는 성격이라 이 말에는 욱하고 화가 치밀었으나, 오바 댁에서의 오토쿠의 힘을 알고 있으므로 괜히 거슬렸다가는 손해라고 생각해 화를 꾹 참고,

"아유, 이걸로 그냥 봐 줘요. 출입하는 것은 주로 나뿐이니까 나만 문단속 잘하면 되잖아요. 어차피 진짜 도둑이라면 울타리건 대문이건 그냥 넘으니까 쪽문 따위는 아무것도 아니죠" 하고 반쯤 애원조로 나오니 오토쿠는,

"그렇기는 하네요. 그러니 아줌마만 문단속을 잘해 준다면 마음 놓겠지만, 아줌마도 알다시피 여기는 도둑이나 양아치같이 나쁜 놈들이 어슬렁거리니 잠시도 방심할 수 없어요. 아 글쎄, 얼마 전에 생긴 빵집 옆에 가와이 댁이라고 군인 집 있죠? 그 집에서는 이삼 일 전에 사 놓은 큰 놋쇠 대야를 감쪽같이 도둑맞았다지 뭐예요."

"어머, 어째서?" 오겐은 물을 긷는 손을 잠시 멈추고 돌아보았다.

"우물가에 대야가 있었는데, 하녀가 뒤뜰로 빨래를 널러 간 잠깐 사이에 도둑맞았대요. 쪽문이 조금 열려 있었다고 해요."

"아유, 정말 방심해서는 안 되겠네요. 괜찮아요. 나는 조심할 테니 오토쿠 씨도 도둑맞을 수 있는 물건은 잠시라도 문밖에 놔두지 않도록 하세요."

"나는 그런 실수는 하지 않겠지만 그래도 깜박할 수 있으니까

아줌마도 양아치 같은 놈 조심해요. 쪽문으로 들어오면 필시 아줌마 집 앞을 지날 테니까."

"예, 조심하고말고요. 장작 하나, 숯 한 개라도 도둑맞으면 얼마나 바보 같아요."

"그렇고말고요. 숯 한 개라고 하지만, 요즘 숯이 얼마나 비싼가요. 한 가마니 팔십오 전의 사쿠라(佐倉) 숯이 저거예요" 하고 오토쿠는 우물에서 부엌문으로 이어지는 처마 밑에 나란히 세워 놓은 숯 가마니 하나를 가리키고, "몇 개나 들어 있을까요? 정말 하나에 몇 전씩 하겠죠? 마치 돈을 풍로로 태우는 것 같아요. 아궁이에 넣는 참숯도 작년보다 배나 비싸졌을 정도니까요" 하며 한숨이 섞인 목소리로, "정말 죽을 지경이에요."

"게다가 댁은 가족도 많으니까 돈도 많이 들겠네요. 우리 집이야 둘뿐이니까 얼마 들지 않죠. 그래도 삼 전, 오 전 몇 개씩 매일 사야 하니 힘들어요."

"정말 힘드시겠네요" 하고 오토쿠는 상냥하게 말했다.

이렇게 이야기가 숯으로 옮아가자 두 여자는 처음의 쪽문 건은 이미 잊어버리고 어느새 평소의 오토쿠와 오겐으로 돌아가 재잘재잘 사이좋게 수다를 떨며 시간 가는 줄 몰랐다.

십일월 말이니 해가 한창 짧아, 신조가 회사에서 돌아온 때에는 해가 벌써 저물기 시작했다. 쪽문이 만들어졌다는 말을 듣고 양복을 입은 채로 게다를 신고 부엌 쪽 뜰로 돌아가 잠시 쪽문을 보고 그저 미소를 짓고 있는데 오토쿠가 옆에서 말했다.

"서방님, 참 요상한 쪽문이죠?"

"이거, 정원사가 만든 건가?"

"예, 그래요."

"꽤 희한한 쪽문이지만 정원사가 만든 것치고는 잘 만들었군" 하고 손을 대고 흔들어 보고는,

"보기보다 튼튼하군. 이 정도면 됐어. 없는 것보다 낫겠지. 나중에 목수에게 좋은 걸 만들어 달라고 하지, 뭐. 대나무로 만들어도 쪽문은 쪽문이지, 하하하" 하고 웃으면서 집안으로 들어갔다.

오겐은 이 말을 집에서 듣고 쿡쿡 혼자 웃으며, '정말 이해심이 많으신 서방님이야. 저렇게 좋은 분은 좀처럼 보기 힘들어. 저 집은 사모님도 좋은 분이고 할머니도 덜렁거리기는 하지만 사람은 아주 좋고. 처제 오키요 씨는 이혼하고 돌아와서인지 어딘가 꼬인 구석이 있어도 본성은 고운 분이고' 하고 계속 생각하다 아! 하고 오늘 낮 오토쿠의 빈정거림을 회상하고, '우물물 얻어먹는 것만 아니면 저런 년과는 한마디도 섞기 싫지만, 시골뜨기가 잘해 주니 건방져져서 도대체 그 뻔뻔스러운 꼴이란' 하고 오토쿠의 아까의 말을 떠올리고, '요상한 쪽문이라니, 그렇게 꼬투리 잡아 비난하려다가 서방님이 상대를 안 해 주니 참 고소하다, 꼴좋다' 하고 생각했으나 다시 싹 생각을 바꾸어, '그래도 대단하긴 대단해. 용모도 그리 나쁘지 않지, 나이도 나와 같으면 아직 얼마든지 시집갈 수 있을 텐데, 저렇게 열심히 일하고 있으니. 보통 여자는 흉내도 못 낼걸. 게다가 아주 정직한 여자니 오바 댁은 그녀에게 일을 맡겨도 걱정 없고 말이야……'

이런 생각을 하면서 오겐은 램프에 불을 붙이고 화로에 숯을 넣

으려고 하다가 숯이 하나도 없는 것을 알아차리고 혀를 차며 찌그러진 주전자에 손을 대 보았으나 물은 식지 않았으므로 안심하고, '물이 아직 따뜻할 때 어서 돌아오면 좋을 텐데. 그러나 오늘 만약 가불해 오지 않으면 오늘 밤도 내일도 불 없이 지내야 하는데. 불이야 나뭇잎이라도 주어와 넣으면 되지만, 당장 내일 먹을 쌀이 없는데' 하고 이번에는 혀를 차는 것 대신에 힘없이 한숨을 내뱉었다. 머리칼은 흐트러지고 핏기 없는 얼굴로 어스름한 램프 아래에 풀이 죽어 앉아 있는 이때의 오겐은 꽤나 불쌍한 모습이다.

그때 남편 이소키치(磯吉)가 느긋한 모습으로 집에 돌아왔다. 오겐은 다짜고짜 가불은 어찌 되었냐고 물었다. 이소는 잠자코 작업복 앞주머니에서 지갑을 꺼내 오겐에게 건넸다. 오겐은 안을 뒤져보고,

"겨우 이 엔?"

"응."

"이 엔 가지고 뭐하란 말이야. 어차피 가불하는 거 오 엔 정도 받아 오지."

"그것밖에 안 해 주는 데 별수 없잖아."

"그야 그렇지만 잘 부탁하면 십장이 오 엔 정도는 빌려 주겠지. 이걸 봐요" 하고 오겐은 텅 빈 숯 항아리를 보이고, "숯도 이렇지, 오늘 밤 쌀을 사면 돈도 얼마 남지 않아……."

이소는 잠자코 담배를 피우다가 담뱃대를 땅하고 세게 화로에 쳐 재를 털고, 밥상을 당겨 직접 밥을 퍼 담아 먹기 시작했다. 그 저 밥에 물을 붓고 우걱우걱 입에 밀어 넣는 모습이 아주 맛있어

보였나.

오겐은 남편의 행동에 정신을 빼앗겨 잠자코 보고 있었으나, 후다닥 대여섯 공기나 먹고 더 먹으려고 하므로 질리기도 하고 우습기도 하여,

"당신, 그렇게 배가 고팠어?"

이소는 다시 한 공기를 담으면서, "난 오늘 참을 안 먹었어."

"왜?"

"오늘 그때 가니까 십장이 싫은 얼굴을 하고 이렇게 바쁠 때 왜 늦게 오느냐고 구박하기에 실은 이래저래 쪽문 이야기를 하니 그런 것은 네 사적인 문제라고 하잖아. 분하지만 참고 일하는데 두 시가 넘어 참이 나왔지만 나는 쳐다보지도 않았어. 하녀가 와서 오늘은 맛있는 김밥이니까 빨리 와서 먹으라고 했지만 끝내 나는 가지 않고 일을 계속했지. 그렇게 되어서 가불 건도 십장에게 말 꺼내기가 정말 싫었지만 안 할 수도 없어 퇴근할 때 오 엔 빌려 달라고 하자, 흥, 일은 대충 하면서 가불해 달라고? 네 뻔뻔스러움에는 당할 수가 없군. 그래 이거면 되겠냐며 이 엔을 꺼내 주었어. 할 수 없잖아." 이소는 배가 고픈 이유와 이 엔밖에 가불하지 못한 이유를 죽 이야기했다. 그리고 말을 마칠 때가 되어서야 젓가락을 놓았다.

본디 이소키치는 말이 없는 남자로 또 말솜씨도 서툴렀으나 막상 일이 터졌을 때는 지금처럼 위세 좋게 말을 잘할 때도 있다. 오겐은 이 점이 매우 좋았다. 그러나 오겐은 동거를 한 지 햇수로 삼 년이나 되었으나, 아직 이소키치가 성실한지 게으른지에 대한 판

난이 서지 않았다. 번덕쟁이 도쿄 여자에게 그것은 아무래도 괜찮았다. 우리 남편 이소키치는 사흘이나 나흘 동안 일을 쉬고, 때로는 열흘이나 쉬어도 일단 일을 시작하면 남들의 세 배나 일할 수 있으니, 일을 시작만 한다면 생활에 어려움은 없으리라 믿었다. 그러나 언제부터 그렇게 될 것인지에 관해서는 오겐도 생각한 적이 없다. 또 오겐은 이소 씨가 뭔가 하기만 하면 남들이 못하는 과감하고 대담한 일을 할 수 있는 남자라고 믿었다. 그렇지만 그렇지 못하다고 생각하는 때도 있었다. 실은 의외로 패기 없는 남자가 아닐까 생각한 적도 있으나 그것은 돈이 한 푼도 없어져 아주 곤란한 때에만 그렇고, 그런 생각을 하면 자신도 답답해지니 가급적 그것을 스스로 부정하였다.

실제로 이소키치는 소위 '속 모를 남자'로, 오바 댁 여자들은 왠지 기분 나쁘게 생각했다. 그러니 오토쿠까지 이소키치를 두려워하는 면이 있었다. 이것이 오겐에게는 이루 말할 수 없는 흐뭇함이 되어 오토쿠가 그런 모습을 보일 때, 오키요가 이소키치에게 정중한 말을 쓸 때에는 기쁨이 솟구치기도 했다.

그래서 결국 끝없는 가난에 질려 한창 일할 때이면서도 집다운 집은 갖지 못하고 언제나 창고나 헛간 구석 같은 곳에서만 살고 있어, 오겐 또한 다른 정원사 아내들로부터 '속 모를 여자'라고, 즉 바보 취급을 당하고 있었다.

이소키치가 식사를 끝내자 오겐은 소쿠리를 들고 뛰어나와 결국 낱숯을 사와 불을 피우면서 오늘 오토쿠와 쪽문에 대해 나눈 말과 주인아저씨가 쪽문을 보고 한 말을 주절주절 들려주었으나,

이소는 '그래?' 라는 말조차 하지 않았다.

그러던 중에 이소가 졸린 듯이 큰 하품을 하니, 오겐은 때 묻은 얇은 이불을 한 채는 깔고 하나는 덮어 둘이 함께 한 몸처럼 붙어 목을 움츠리고 자 버렸다. 벽 틈과 방바닥에서 차가운 밤바람이 스며드니 두 사람은 손발까지 최대한 오므리고 있었으나 그래도 이소의 등은 반 정도가 밖으로 드러났다.

중

십이월에 들어서자 갑자기 찬 기운이 심해져 서릿발이 서고 얼음이 얼었다. 도쿄의 교외가 돌연 겨울의 특색을 발휘하니 유행하는 교외 생활을 동경하여 처음 교외로 이사 온 사람들은 놀랐다. 그러나 오바 신조는 익숙한 모습으로 장화를 신고 두꺼운 외투를 입고 태연하게 통근했다. 십이월의 첫 일요일은 하늘이 쾌청하여 해가 반짝반짝 빛나고 잔바람도 없어 초겨울의 따뜻한 날씨가 되돌아온 듯하여, 신조와 오키요만 집에 남고 노모와 아내는 레이와 오토쿠를 데리고 시내로 물건을 사러 나갔다.

평소 잘 나가지 않던 여자들, 교외에서 시내로 나가는 사람들은 도쿄에 간다고 외출 준비에 난리가 났다. 그래서 노모를 비롯하여 아내와 딸, 오토쿠까지 옷을 갈아입거나 하며 한바탕 소란스러웠으나, 모두 밖으로 나가니 일시에 조용해져 집안은 인기척이 끊어진 듯했다.

신조는 두툼한 솜옷에 허리띠를 매고 볕이 잘 드는 자신의 서재에서 뒹굴며 신문을 읽고 있었으나 정오가 가까워지자 심심해져서 서재를 나와 마루를 걸어 다니는데,

"형부" 하고 장지문 너머로 오키요가 말을 걸었다.

"왜 그러시오?"

"호호호 '왜 그러시오?' 라뇨. 점심은 먹을 게 아무것도 없어요."

"잘 알겠소."

"호호호 '잘 알겠소' 라뇨. 정말 아무것도 없다니까요."

그래서 신조는 오키요가 있는 방의 장지문을 열자, 안에서는 오키요가 열심히 바느질을 하고 있다.

"아주 열심이네."

"레이의 가운이에요, 무늬가 좋죠?"

신조는 그 말에는 대답하지 않고 근방을 둘러보았으나,

"좀 더 햇볕이 좋은 방에서 하면 좋을 텐데. 그리고 화로도 없잖아."

"아직 손이 얼 정도는 아니에요. 게다가 요즘은 절약하기로 결심했으니까."

"뭘 절약?"

"숯이요."

"숯이 비싸지긴 했지만 우리집은 갑자기 그렇게까지 절약할 정도는 아니잖아."

신조는 집안일에 관해서는 전혀 관여하지 않으므로 아무것도 모른다.

"왜요, 형부. 십일월 한 달 숯값이 쌀값보다 훨씬 많이 든 걸요. 그리고 십이, 일, 이월 석 달 동안 숯이 가장 많이 들어가니 절약할 수 있는 만큼 하지 않으면 큰일 나요. 오토쿠가 아침부터 밤까지 숯이 없네, 숯이 비싸 하며 우는소리 하는 것도 무리는 아니에요."

"그래도 숯을 절약하다가 감기라도 걸리면 소용없잖아."

"설마 그렇게까지 되겠어요?"

"그런데 오늘은 좀 따뜻하구나. 어머니도 오늘은 괜찮으시겠지"라고 양팔을 뻗어 큰 하품을 하고,

"몇 시쯤 됐나?"

"벌써 곧 열두 시일걸요. 점심 먹을까요?"

"아냐, 아직 배가 전혀 고프지 않아. 회사라면 점심 도시락이 기다려지겠지만" 하고 말하면서 그곳을 나와 제멋대로 부엌에서 하녀 방까지 들여다보았다. 하녀 방에는 지금까지 들어간 적이 없었으나 보니까 창문이 두 자 정도 열려 있어 무심코 창문으로 머리를 쑥 내밀자 바로 눈앞에 이웃집 오겐이 있어, 오겐이 무심코 올려다보다 딱 마주쳤다. 오겐은 어머 하고 얼굴을 붉히고 당황한 듯한 목소리로 간신히,

"댁에서는 이렇게 좋은 숯을 쓰시네요. 돈 많이 드시겠어요" 하며 손에 든 사쿠라 숯 이야기로 얼버무렸다. 창 아래는 숯 가마니가 입을 벌린 채 늘어서 있는 곳으로, 오겐이 쪽문에서 우물가로 가려면 꼭 이 옆을 지나게 된다.

신조도 잠시 당황하여 대답이 궁했으나,

"숯은 잘 모릅니다……" 하고 싱긋 웃고 머리를 안으로 집어넣

었다.

신조는 곧바로 서재로 돌아가 오겐의 행위에 관해 생각했으나 쉽게 판단이 서지 않았다. 오겐은 숯을 훔치려던 게 아니었을까 하는 것이 처음 떠오른 판단이었지만, 신조는 그것을 그대로 확신할 수가 없었다. 그냥 숯을 보고 있던 것인지도 모른다. 지나면서 문득 손에 들고 보다가 불시에 남이 쳐다보았기에 그냥 얼굴이 붉어진 것인지도 모른다. 더욱이 남자가 쳐다보니 당황했을지도 모른다고 생각하면 그런 것도 같았다. 신조는 가급적 후자 쪽으로 판단하고 싶었으므로 결국 그렇게 마음먹고 어쨌든 아무에게도 이 일은 말하지 않기로 하였다.

그러나 만일 훔치려던 것이라면 그냥 놔두어서는 훗날 좋을 게 없지만, 한 번 들켰으니 아무래도 나쁜 짓을 계속하기는 어려울 것이라 생각해 이 건은 더욱 입 밖에 내지 않는 편이 좋으리라 믿었다.

어쨌든 오토쿠가 말한 대로 정원사에게 그곳에 쪽문을 만들게 한 것은 득책이 아니었다고 생각했다.

오후 세 시가 지나 시내에 나갔던 일행이 줄지어 돌아왔다. 일동은 거실에 모여 와자지껄 오늘의 견문을 다시 한 번 반복하여 말했다. 오키요는 물론, 신조도 밖에 나와 맞장구를 치며 들어야 했다. 레이가 신바시의 상가에서 큰 인형을 사달라고 졸라서 곤란하였다는 것, 전차 안에 취객이 있어서 사람들을 괴롭혔다는 것, 아내가 신조를 보고 당신은 추위를 잘 타니 큰맘 먹고 아주 비싼 수입 셔츠를 사 왔다는 것, 시내에 나가면 아무래도 생각보다 돈이 많이 든다는 것 등등의 이야기로 끝이 없다. 그리고 듣는 사람보다 떠드는 사람들이 더 즐거운 듯했다.

　일단 한바탕 소란이 가라앉자 오토쿠는 갑자기 뭔가 생각난 듯
일어나서 부엌문을 나섰으나 잠시 후 돌아와서 심각한 얼굴에 눈
을 동그랗게 뜨고,

　"어머, 큰일 났어요!" 하고 낮은 소리로 말하며 사람들 얼굴을 둘
러 봤다. 사람들은 무슨 일이 있나 하고 오토쿠의 얼굴을 보았다.

　"어머, 큰일 났어요!" 하고 한 번 더 말하고, "오키요 아가씨, 오
늘 밖에서 숯을 꺼내지 않으셨죠?"라고 물었다.

　"아니, 나는 숯 바구니에 있는 숯만 쓰는데."

　"그럼 그렇군. 제가 요전부터 아무래도 숯이 없어지는 것 같아,
이상하다 아무리 숯장수가 꾀를 부려 가마니 바닥을 두껍게 했다
고 해도 이렇게 금방 없어질 리가 없다고 생각했어요. 그래서 짐
작 가는 데가 있어서 어제 오겐 씨가 없을 때 그 집 장지문 창호지
뚫린 구멍으로 안을 살짝 들여다보았는데요. 그러자 세상에!" 하
고 한층 소리를 낮추어, "그 집 헌 화로에 사쿠라 숯이 두 개나 묻
혀서 재를 덮어 쓰고 있지 않겠어요. 그걸 보고 나는 필시 그럼 그
렇지 하고 큰 마님께 먼저 말씀드리려고 생각했지만, 한 번 더 덫
을 만들어 확인해야겠다고 생각해서 오늘 해 보았던 것이에요"
하고 오토쿠는 싱긋 웃었다.

　"어떤 덫을 만들었는데?" 하고 오키요가 걱정스러운 듯이 물
었다.

　"오늘 외출하기 전에 위에 있는 숯에 하나하나 표시를 해 놓았
어요. 그게 말이에요, 지금 보니까 표시한 사쿠라 숯 네 개 모두

없어졌어요. 그리고 아궁이 숯 큰 섯 두 개를 위에 내놓고 표시를 해 놓았는데 그것도 없어졌어요."

"아니, 세상에." 오키요는 기가 막혔다. 노모와 아내는 얼굴을 마주 보고 잠자코 있다. 신조는 그럼 결국 그랬던가 하고 생각하였으나 오늘 본 것을 밝히는 것은 역시 보류했다. 즉 신조는 그렇게까지는 차마 할 수가 없었다.

"그러니까요, 숯 도둑이 누군지 이제 알겠어요. 어떻게 하죠?" 하고 오토쿠는 모두가 이 대사건에 놀라 왁자지껄 논평을 시작해 줄 것이라고 기대했으나, 오키요가 말을 꺼낸 것 외에는 주인아저씨를 비롯하여 다른 사람들이 잠자코 있으니 맥이 빠진 어투로 이렇게 물었다. 잠시 모두 말이 없었으나,

"어떻게 하다니, 뭘 어떻게 하려고?"라고 오키요가 반문했다. 오토쿠는 조금 안달이 나서,

"숯 말이에요. 숯을 그대로 두면 앞으로 얼마든지 훔쳐가요."

"부엌 마루 밑은 어때?" 하고 신조는 그냥 놔두어도 오젠이 앞으로 쉽사리 훔치지 못한다는 것을 알고 있지만 그 이유를 밝히지 않겠다고 결심하였으므로 할 수 없이 이렇게 말했다.

"거긴 꽉 찼어요." 오토쿠는 한마디로 거절했다.

"그래?" 신조는 입을 다물었다.

"그럼 이렇게 하면 어떨까? 오토쿠 방의 선반 아래를 비워서 당분간 그곳에 숯을 넣는 것으로 하면. 그리고 오토쿠 물건은 가운데 방의 선반에 정리해서 넣고" 하고 아내가 제안을 하나 했다.

"그러면 그렇게 하지요." 오토쿠는 곧 찬성했다.

"오토쿠에게는 좀 안됐지만" 하고 아내는 덧붙였다.

"아뇨, 저는 가운데 방 선반에 옷을 넣는 것이 더 좋아요."

"그럼 그렇게 하기로 하지. 애초에 창고를 빨리 만들라고 했는데 아범이 늑장 부리다가 이렇게 된 거야. 창고만 있으면 아무 일도 없었을 텐데" 하고 노모가 겨우 입을 연 것은 창고에 대한 불만이었다. 신조는 머리를 긁적이며 웃었다.

"아니에요, 이렇게 된 것도 대나무 쪽문 때문이에요. 그러니 제가 그곳을 열어 두는 것은 도둑 출입구를 만드는 것이나 다름없다고 했잖아요. 이렇게 되니 도둑이 도둑 출입구를 만든 꼴이네요" 하고 오토쿠가 갑자기 타고난 큰 목소리로 말했으므로 노모는 급히,

"조용히, 조용히. 그렇게 큰 목소리를 내서 들리면 어떻게 하려고. 나도 그곳을 트는 게 싫었지만 터 버렸으니 지금 갑자기 어떻게 할 수도 없지. 지금 갑자기 그곳을 막으면 속마음이 드러나서 좋지 않아. 정원사네도 언제까지나 그 헛간 같은 곳에 살지 않고 이사하거나 어떻게 하겠지. 그때가 되면 그곳을 막기로 하고, 지금은 그저 아무 말도 하지 말고 모르는 체하고 있어. 오토쿠도 결코 오겐 씨에게 숯 이야기 따위 해서는 안 된다. 진짜 훔치는 장면을 본 것도 아니고, 또 기껏 숯을 조금 가져갔다고 난리 쳐서 그 사람들에게 원한을 사면 더욱 안 좋아" 하고 노모는 자신의 걱정을 찬찬히 늘어놓았다.

"정말 그래. 오토쿠는 걸핏하면 남 비꼬는 말을 잘하는데 오겐 씨에게 그런 말 하면 큰일이야. 역으로 그런 말을 듣고 무슨 짓을

당할지 몰라. 나는 그 남편 이소키치가 왠지 기분이 안 좋아. 수상쩍은 남자야. 그런 사람은 막무가내로 사람에게 달려드니까" 하고 오키요도 노모와 같은 걱정. 노모도 이소키치에 관해서는 입에 담지 않았으나 속으로는 물론 같은 생각을 했다.

"뭐, 그 남자는 그저 보통 남자지" 하고 신조는 일어나면서 "그렇지만 일단 문제를 일으키지 않는 게 좋아."

신조가 자기 서재로 들어가고 숯 문제도 일단락되었으므로 오토쿠와 오키요는 서둘러 저녁 식사 준비를 시작했다.

오토쿠는 오겐이 어떤 얼굴을 하고 나타날 것인가 내심 기대가 되었으나, 평소 저녁에 꼭 물을 길으러 오는데 오늘은 모습이 보이지 않아 이상하게 생각했다.

날이 저물고 한 시간이나 지나서 이소키치가 직접 물을 길으러 왔다.

하

오겐은 신조에게 들켰지만 무사히 상황을 잘 넘겼다고 생각했다. 신조가 창에서 내려다보았을 때는 막 아궁이 숯을 소맷자락에 넣고 사쿠라 숯을 앞치마에 싸서 왼손으로 누르고 다시 하나 꺼내려고 할 때였으나, 본디 의심하는 성격이 아닌 선한 남자이므로 아마 눈치채지 못했으리라 믿었다. 그렇지만 저녁이 되자 아무래도 물을 길으러 갈 마음이 되지 않았다.

그래서 이소키치가 일터에서 돌아오기 전에 이불을 덮고 누워 버렸다. 누워도 잠이 오지 않았다. 지저분하고 얇은 이불이지만 밤에는 이소키치와 붙어 자니 서로의 체온으로 추위도 견딜 수 있으나, 혼자서는 이불이 판자처럼 몸에 달라붙지 않아 일어나 있을 때보다도 더욱 춥게 느껴졌다. 몸이 덜덜 떨려와 손발을 잔뜩 움츠리니 몸이 동그랗게 작아져 사람이 누워 있다고 보이지 않을 정도다.

이것저것 생각하니 점점 불쾌해졌다. 가난에는 익숙한 오겐도 아직 도둑질에는 익숙하지가 않다. 얼마 전부터 조금씩 훔친 숯의 양이야 그렇게 많지 않으나 분명히 사람 눈을 속여 남의 물건을 취한 것은 이번이 처음이므로, 생각이 그리 미치자 지금까지 없던 불안이 솟아올랐다. 불안 속에는 공포와 수치도 함께 들어 있었다.

눈앞에 빤히 오늘 일이 떠올랐다. 내려다보던 신조의 얼굴이 또렷이 떠올랐다. 그리고 어색함을 감추려고 숯을 들고 요리조리 쳐다볼 때의 일을 생각하면 얼굴에서 불이 나는 느낌이다.

"정말 내가 왜 이러지"하고 오겐은 불쑥 외쳤다. 그리고 서서히 머리에 피가 몰리는 듯했다. '혹시 들켰으면 어떡해?' '그럴 리 없어. 신조 씨는 사람이 좋은걸' '아냐, 사람이 좋은 건 관계없어' '사람이 선량한 거는 답답한 거지'하고 서둘러 혼자 문답을 하고 있었으나,

"답답해, 답답해, 아주 답답해"하고 불쑥 다시 외치고 "흥, 어떻게 알겠어?"하고 덧붙였다. 그리고 이불 밖으로 머리를 내밀어 보니 해가 저물어 입구의 장지문에는 달이 비치고 있었다. 그렇지만 일어나서 램프에 불을 붙이려고도 하지 않고, 다시 머리를 이불 속

에 쏙 집어넣고 몸을 잔뜩 움츠렸다. 그때 이소키치가 돌아왔다.

머리가 깨질 것처럼 아파서 누웠다는 말을 듣고 이소는 별로 화를 내지도 놀라지도 않고 혼자 불을 때고, 주전자 물이 미지근한 것을 확인하고 화로에 숯을 넣고 물도 길으러 갔다. 물이 끓는 것을 기다리는 사이에 담배를 뻑뻑 피우고 있었으나,

"어디가 아픈데?"

대답이 없으므로 이소는 둥글게 솟아 오른 이불을 잠시 가만히 보고 있다가,

"어이, 어디가 아픈 거야?"

여전히 대답이 없으므로 이소는 입을 다물어 버렸다. 그러는 사이에 물이 끓자 여느 때처럼 얼음같이 찬밥에 뜨거운 물을 붓고 단무지를 서걱서걱 무척 기다렸다는 듯이 먹기 시작했다.

이불 속에서 오겐이 훌쩍이는 소리가 났으나 단무지를 씹는 소리와 밥을 집어넣는 소리, 게다가 이소는 맛있게 먹는 데 정신이 팔려서 들리지 않았다. 그리고 밥을 다 먹었을 때는 훌쩍이는 소리도 그쳤다.

이소가 담뱃재를 털기 위해 화로 테두리를 똑똑 두드리기 시작하자 이불이 불쑥불쑥 움직이더니 이윽고 오겐이 이불을 반쯤 휘감고 일어나 앉았다. 옷깃이 열려서 무릎이 조금 나와 있어도 덮으려고도 하지 않는다. 쳐다보니 얼굴은 흥분되어 벌겋고 눈에는 눈물을 글썽이고, 계속 훌쩍이는 소리를 내고 있다.

"왜 그런 거야, 응?" 하고 이소는 물었으나 이 남자의 천성으로 인해 놀라서 당황한 모습은 조금도 보이지 않는다.

"이소 씨, 나는 이제 정말 지긋지긋해"라고 말을 꺼내고 오겐은 울음 섞인 소리로,

"당신과 같이 산 지 삼 년이 다 되어 가는데 그동안 정말 끼니 걱정하지 않은 날이 하루도 없었어. 나도 무슨 큰 행복을 바라는 게 아니지만 이건 너무해. 이건 거지랑 다를 바 없잖아. 당신 그렇게 생각 안 해?"

이소는 말이 없다.

"이건 단지 입에 풀칠만 하고 사는 거잖아. 굶어 죽는 사람은 요즘 세상에 거의 없으니까, 입에 풀칠하는 거는 누구든지 해. 이건 너무 한심하잖아." 눈물을 소매로 훔치고, "당신도 훌륭한 기술자 아니야? 게다가 식구라곤 고작 둘밖에 없고. 그런데 이게 뭐지? 언제까지나 가난뱅이고, 그 가난도 보통 가난이 아니고 말이야. 번듯한 집에는 한 번도 살아보지 못하고 평생 이런 헛간이야……"

"뭐가 그리 말이 많아." 이소는 여전히 오겐 쪽은 보지 않고 거칠게 담뱃대를 두드리며 말했다.

"당신 화낼 거면 얼마든지 화내. 오늘 밤 나는 할 말 다 할 테니" 하고 오겐은 닦달했다.

"가난을 좋아하는 사람은 없어."

"그럼, 왜 당신 한 달에 열흘씩이나 쉬는 거야? 당신은 술도 못 먹지, 밖에서 바람피우는 것도 아니고, 일만 꾸준히 나가면 이렇게 가난하지는 않잖아!"

이소는 화로의 재를 바라보며 잠자코 있다.

"그러니 당신이 좀 더 열심히 일해 준다면 요즘처럼 낯숯도 제

대로 사지도 못하는 한심한   ."

오겐은 이불에 엎드려 울기 시작했다. 이소키치는 벌떡 일어나서 마당으로 내려와 신발을 신자마자 문밖으로 뛰쳐나갔다. 문밖에는 달이 밝고 바람은 없으나 뼈에 스미는 추위에 이소는 서둘러 신개발지 쪽으로 나와 십 분 거리에 있는 동료 긴지의 집을 찾아갔다. 긴지와 열 시가 넘도록 장기를 두고 놀다가 돌아가는 길에 미안한데 일 엔만 빌려 달라고 부탁했지만 내일은 돼도 오늘은 판푼도 없다고 거절당했다.

집으로 돌아가는 길에 숯 가게가 보였다. 이 가게는 술과 장작, 낱숯도 파는데, 오바네도 이 가게에서 숯과 장작을 배달시키고 오겐도 여기로 숯을 사러 온다. 신개발지는 가게를 일찍 닫으므로 이 가게도 이미 닫혀 있었다. 이소는 잠시 가게 앞을 어슬렁거리다가 갑자기 가게의 처마 밑에 쌓아둔 숯가마니 하나를 획 어깨에 둘러메고 곧바로 옆의 밭둑길로 사라져 버렸다.

서둘러 집에 돌아와 마당에 쿵 하고 가마니를 내려놓는 소리에, 울면서 자던 오겐이 눈을 떴으나 아무 말도 하지 않았다. 그리고 지금 소리가 무슨 소리인지도 개의치 않았다. 이소도 그대로 이불 속으로 기어 들어와 오겐의 등 뒤에 누웠다.

이튿날 아침, 오겐은 숯 가마니가 눈에 띄기에 깜짝 놀라,

"이소 씨, 이게 뭐야? 이 숯 가마니는?"

"사 온 거야" 하고 이소는 이불을 덮은 채 대답했다. 아침밥이 준비될 때까지는 이소는 자리에서 나오지 않았다.

"어디서 샀어?"

"어디서 사건 상관없잖아."

"알아도 상관없잖아?"

"쇼코 집 근처 가게야."

"아유, 어찌 그리 멀리서 샀어요. ……어머? 당신 오늘 쌀 살 돈까지 다 써 버린 것 아니야?"

이소는 일어나서, "당신이 낱숯도 못 산다고 시끄럽게 말해서 어젯밤 긴지 집에 가서 빌려 달라고 하니 없다고 하더라. 그래서 곧 쇼코 집에 갔지. 숯 사게 돈 좀 빌려 달라고 하니 한 가마니 정도면 우리 술집에서 가져가라고 크게 선심을 써 주기에 곧바로 술집에 가서 쇼코 이름을 대고 가져온 거야. 그거면 사나흘은 가지?"

"그야 그렇죠" 하고 오겐은 기쁘게 말했다. 얼른 가마니를 열어 보고 싶었으나 뭐 나중에 하면 되지 생각하고 바지런히 아침밥 준비를 하면서, "아니, 사나흘이 뭐야, 우리 집은 열흘도 가지."

어젯밤 이소키치가 뛰쳐나간 후에 오겐은 이것저것 고민했으나, '남편에게 열심히 일하라고 말해 놓고 나도 울적하게 누워만 있으면 안 되지, 또 이웃집에도 얼굴을 내밀지 않으면 오히려 의심받지 않을까?'라고 생각했다.

그래서 평소처럼 도시락을 싸서 이소키치를 출근시키고 자기도 밥을 먹고 한바탕 청소를 한 후 양동이를 들고 쪽문을 열었다.

오키요와 오토쿠가 밖에 나와 있었다. 오키요는 오겐을 보고,

"오겐 씨, 아주 안색이 안 좋네요. 어디 아파요?"

"어제부터 좀 감기가 걸려서요……."

"몸조심하세요. 큰일 나요."

오도쿠는 "안녕히세요"라는 인사만 하고 아무 말도 하지 않았다. 그리고 숯 가마니가 어제 있던 자리에서 사라진 것을 오겐이 알아채고 안색이 바뀌며 눈을 두리번거리는 모양을 지켜보며 씩 웃었다. 오겐은 또 재빨리 이것을 눈치채고 오토쿠의 얼굴을 노려보았다. 오토쿠는 '그렇게 노려보면 한번 붙자는 거야?' 생각하며 심한 욕이라도 퍼붓고 싶었으나 오키요가 옆에 있어 꾹 참았다. 그때 열여덟아홉 살 가량으로 주문을 받으러 자주 오는 마스야(增屋)의 점원이 쪽문으로 들어왔다. 마스야는 어젯밤 이소키치가 숯을 훔친 가게다.

"모두 안녕하세요?" 하고 인사하자마자 어제까지 밖에 놓아두었던 숯 가마니가 하나도 보이지 않으니, "어? 숯은 어디로 지웠습니까?"

오토쿠는 기다렸다는 듯한 말투로,

"아, 모두 안에 집어넣었어요. 밖에 두면 아무래도 위험하니까요. 요즘 비싼 숯 하나라도 도둑맞으면 바보 같잖아요" 하며 오겐을 본다. 오키요는 오토쿠를 노려본다. 오겐이 물을 긷고 두세 걸음 걸어갈 때,

"정말 위험하죠. 우리 가게에서는 어젯밤 결국 한 가마니 도둑맞았습니다."

"어째서?" 오키요가 물었다.

"문밖에 그냥 쌓아 놓았거든요."

"세상에, 숯을 도둑맞았다고요?" 오토쿠는 집요하게 오겐을 보면서 물었다.

"비싼 사쿠라 숯이에요."

오겐은 대화를 들으며 어금니를 꽉 물고 비틀거리는 걸음으로 쪽문 밖으로 나갔다.

부엌 마당에 들어서자마자 양동이를 내던지듯이 놓고 서둘러 숯 가마니를 열어 보았다.

"어머, 사쿠라잖아!" 하고 무심코 외쳤다.

오토쿠는 노모와 마님한테 흠씬 혼이 났다. 오키요는 저녁 무렵이 되어 오겐의 모습이 보이지 않아 걱정도 되고 기분도 풀어 줄 겸 감기 병문안차 오겐을 찾아갔다. 방안이 너무 적막하여, "오겐 씨, 오겐 씨" 하고 불러 보았다. 대답이 없으므로 무서운 예감에 조심조심 문을 열자, 오겐은 숯 가마니를 받침대로 삼은 듯 부엌 천장 한가운데의 들보에 허리띠로 목을 매고 늘어져 있었다.

이틀 후에 대나무 쪽문은 허물어졌다. 그리고 울타리가 이전 모양으로 복귀되었다.

그 후 두 달이 지나자 이소키치는 오겐과 비슷한 연배의 여자를 아내로 삼고 시부야촌에서 살고 있었으나 여전히 돼지우리와 다를 바 없는 집이었다.

거짓 없는 기록(일부)

1895년

7월 20일 강우연일(降雨連日)

밤 열한 시에 쓰다.

『국민의 벗(國民之友)』제257호의 편집을 오늘 밤에 끝냈다.

어제 아침 고요산진(紅葉山人)*을 방문했다. 하기(夏期) 부록의
건이다.

* * *

'사이키(佐伯)에서의 일 년의 생활'에 관해서 심혈을 기울여 작
품을 쓰고자 결심했다.

이 저작으로 내 과거의 삶을 일단락하고, 곧바로 북해풍설(北海
風雪) 속에 투신하고자 한다.

사사키 노부코(佐佐城信子) 양과의 교제가 점차 깊어지는 듯하다. 연애인지도 모르겠다.

7월 25일

어젯밤 사사키 댁을 방문했다. 열 시까지 담화를 나누었다. 오늘 밤에도 또 갔다.

깊은 시름과 어두운 그림자(幽愁暗影) 같은 것이 나를 덮고 있다.

7월 29일

어제 아침 사사키 노부코 양이 집에 찾아와, 한 시간 반 정도가 일 초처럼 흘러갔다. 양(孃)은 구기다나에 있는 부친의 병원에 용무가 있어 외출한 길에 비밀리에 들렀다고 한다. 우리는 이윽고 비밀의 교정(交情)을 통하기에 이르렀다. 이것은 전적으로 양의 모친 사사키 도요주(豊壽)＊씨의 방해에 의한 것으로 결국 양과 나를 이에 이르도록 몰아간 것이다. 우리는 연애에 빠지지 않을 수 없게 강요되고 있는 것이다. 속박은 오히려 연애의 조수일 뿐.

그제 밤, 양이 보내온 편지는 나를 울렸다. 양은 잠들지 못할 정도로 고민하고 있다. 신이여, 우리를 바른 길로 인도하소서. 순결하고 높고 깊은 연애로 인도하소서.

노부코 양에게 고백해야 하나? 우리 둘은 정말로 연애에 빠졌다는 것을.

8월 2일

오늘 아침 노부 양이 왔다. 여덟 시 십오 분부터 열 시까지 이야기를 나누고 돌아갔다. 양과 나는 이미 떨어질 수 없는 연애에 빠졌지만 단지 아직 서로 그 사랑이라는 단어를 공언하지 않았을 뿐. 다음 대면에는 내가 고백해야겠다. 최후의 말을 약속해야겠다.

* * *

오후 세 시까지 「사(死)」를 썼다.

세 시 지나서 사사키 댁을 방문하여 가야바 사부로(萱場三郎) 씨와 알게 되다. 씨는 농학사이다.

고인(古人)이라는 시 한 수를 지어 편집자 책상에 놓고 돌아왔다.

* * *

바라건대 진리를 굳게 믿게 해 주오.

그리스도가 말씀하신 진리를 굳게 믿게 해 주오.

가라사대 신의 사랑. 속죄. 영구한 생명. 선의 승리. 생시(生時)의 의무.

* * *

오호라, 이 불가사의한 세계의 이 불가사의한 생명 그 자체. 진리를 인정하지 않고 누가 견딜 수 있을 것인가.

8월 11일

일요일.

기억하여 잊지 못할 날이다.

오늘 오전 일곱 시 넘어 노부 양이 왔다. 전일 양과 약속한 하룻 동안의 교외 나들이 때문이다. 그것은 오히려 양이 제안한 것이 다. 나는 이를 승낙했다. 그러나 이는 서로 어떤 목적을 가지고 있 다. 양은 이 날에 그 심중의 연애를 명언하고, 나의 결심을 듣고자 하는 것이다. 나도 또 이날에 내가 양에게 쏟는 연정(戀情)을 직언 하고 그녀의 명쾌한 답을 얻어 고민을 가볍게 하려는 것이다.

서로 묵계한 이 나들이는 이윽고 오늘 실행을 보기에 이르렀다. 그렇지만 물론 이것은 비밀스런 일.

양과 함께 인력거를 타고 미사키 정에 있는 이다 정의 정거장으 로 갔다. 도착하자마자 마침 기차가 떠나려고 할 때였다.

곧바로 고쿠분지(國分寺)까지 표를 사고 승차했다.

고쿠분지에 하차하여 곧바로 인력거를 타고 고가네이(小金井) 로 갔다. 고가네이의 다리 밑에서 내려 수로를 따라 내려갔다.

둑 위는 적막하게 사람은 보이지 않았다. 단지 농가의 아낙네와 아이들이 이따금 보일 뿐이었다.

우리 두 사람은 천천히 걸어가 이윽고 인적이 드문 곳에 닿았 다. 서로 팔짱을 끼고 걸었다.

어젯밤부터의 고민이라는 것은 어젯밤 『국민의 벗』 교정을 위해 사무실에서 다게코시 씨와 잡담을 할 때, 화제가 어쩌다 사사키 도요주(豊壽) 부인으로 옮아갔는데, 다케코시 씨가 말하길 도요주 씨는 오늘 우리 집에 찾아왔다. 그때의 말에 의하면 노부코 양을 시오타 모 씨에게 시집보낼 생각인 듯하다는 것. 이 말은 극히 간단하지만 내 가슴을 얼마나 깊이 찔렀던가.

나는 집에 돌아오면서 혼자 곰곰이 생각했다. 이 일은 노부 양 자신도 알고 있을까? 과연 그렇다면 노부 양은 내 사랑을 농락하는 것이라고.

고민을 그대로 놔둘 수 없어 편지를 써서 노부 양에게 보내려고 한 번 써서 버리고 다시 써서는 책상 위에 두고 잠자리에 들었던 것이다.

오늘 아침은 노부 양과 함께 도요주 부인의 삿포로행을 우에노에서 배웅하고 우에노에서 곧바로 두 사람은 이다 정의 정거장에서 만나기로 약속했지만, 나는 전날 밤의 일이 생각나고 또 날씨도 흐려서 우에노에 가지 않았다.

노부 양이 우에노에서 와서 꼭 나가자고 재촉했다. 즉 어쨌든 사람 없는 자유의 숲에 들어가서 내 고민을 마음껏 털어놓고자 하여 동의하고 내 집을 출발했던 것이다.

노부 양은 내 팔을 꼭 끼고 걸었다. 나는 한 마디 두 마디 천천히 말했다. 이윽고 연애에 빠진 내 심정을 말할 때, 감격에 벅차 눈물이 맺혔다. 양도 또 눈물을 글썽거렸다.

양이 말하길, 시오타 모 씨에 시집간다는 둥의 말은 전혀 거짓이다. 그런 일은 티끌만치도 없다고.

양은 내 사랑보다도 더욱 설설한 사랑을 내게 쏟고 있다.

우리는 굳은 약속을 했다. 우리의 사랑은 영원히 변하지 않을 것이라고.

나는 브라이언트*의 「물새에게」라는 시를 읊으며 인생의 영원한 평화를 말하고, 영생을 말하고, 사랑의 무한성을 말했다.

이윽고 사쿠라교에 닿았다.

다리 밑에 찻집이 있었다. 노부부가 살고 있었다. 이곳에서 휴식한 후에 사카이 정거장으로 가는 길로 향했다.

다리를 건너 수십 보. 집이 있고, 오른쪽으로 꺾으면 길이 있다. 이 길은 숲을 관통하여 나 있다.

우리는 곧 이 길로 들어섰다.

숲속을 지나며 서로 팔짱을 끼고 걸었다. 사랑의 꿈길! 내 가슴에 슬픈 느낌(哀感)이 가득 찼다. 양을 보고 말했다. 우리도 언젠가 저 노부부처럼 되겠지. 젊은 사랑의 꿈도 오래가지 못할 뿐이라고.

더욱 좁은 길로 들어갔다. 우연히 어떤 쓸쓸한 묘지에 이르렀다. 옛 무덤 십여 기. 무성한 잡초에 덮인 것을 보았다.

나는 말했다. 우리 또한 저렇게 되리라고.

더 깊은 숲속으로 들어가 신문지를 깔고 앉아 팔짱을 끼고 이야기를 나누었다. 젊은 사랑의 꿈! 양은 처녀로서의 사랑의 향기에 취해 거의 어린아이처럼 되었다. 내게 그 부드러운 얼굴을 편히 기대고, 내가 무엇을 말해도 단지 그래요, 그래요 대답할 뿐.

햇빛은 푸른 잎에 부서지고, 청량한 바람이 나무들 사이로 불어왔다. 주위를 둘러보았다. 적(寂), 또 적. 나는 말하길, 숲은 먼 옛날 인간의 집이었다. 지금은 사람이 도시를 만들었다. 우리는 지금 자연아(自然兒)로서 이 안에서 자유로워야 한다고.

묵(默), 또 묵. 양은 그 얼굴을 내 어깨에 올리고 내 얼굴은 양의 얼굴에 닿았다. 양의 오른팔은 살며시 내 왼팔을 안았다. 묵 또 묵. 양의 영혼이 내게로 들어오고 내 영혼이 양에게 들어가는 느낌이었다. 나는 머리를 들고 나뭇잎 사이로 파란 하늘을 바라보았다. 말할 수 없는 슬픔이 일어났다.

나는 말했다. 내 마음은 왠지 슬프다. 그렇지만 생각건대 이 슬픔은 두 마음이 서로 껴안은, 그 극점에서 일어난 자연스런 정일 것이다.

이 비애의 느낌은 내 애련(愛戀)의 정을 더욱 깊고 더욱 진실한 것으로 만들 것이라고. 양은 단지 끄덕일 뿐.

숲을 떠날 때 나뭇잎 몇 장을 뜯어 기념으로 가지고 돌아왔다.

사카이 정거장에서 기차를 탔다. 이등실, 우리 두 사람뿐. 이상하게 몇 정거장을 가도 단 한 사람 우리가 있는 칸에 들어오는 자 없었다.

우리는 자리를 나란히 하고 앉았다. 창밖의 흰 구름, 숲의 나무, 먼 경치를 바라보았다. 차라리 기차가 늦게 갔으면 하였다.

내가 귀가한 것은 다섯 시 반이었다(열두 시가 넘었다).

수

35 **무사시노** 관동 평야 남서부를 점한 홍적대지. 도쿄 중서부에서 사이 타마 현에 걸쳐서 숲으로 가득 찬 들판. 지금의 도쿄-사이타마 지역 은 과거 무사시 국(옛날 행정 구획)이었다. 현재는 도쿄 도(都) 중부 의 도시. 길상사(吉祥寺)를 중심으로 상업지와 주택지가 형성되어 있다.

이루마 군 과거 무사시 국의 22군 중 하나. 현재의 사이타마 현 이루 마 군 일대 지역으로 무사시노의 북쪽에 해당한다.

태평기 작가 미상. 1318~1368년의 50년간의 전란을 그린 전 40권 의 군담소설(軍記物語). 평화를 기원한다는 의미에서 반어적으로 태 평이라는 제명이 붙은 것으로 추정된다.

미나모토와 다이라 미나모토 씨와 다이라 씨를 합쳐 부르면 겐페이 (源平). 11세기 말~12세기 말까지 백여 년 동안 양대 무사 가문이 권력을 다투어 마침내 미나모토노 요리토모(源賴朝, 1147~1199)가 다이라 씨를 누르고 가마쿠라 막부의 초대 쇼군(將軍)이 되었다.

44 **투르게네프** Ivan Sergeyevich Turgenev, 1818~1883. 러시아의 소 설가. 농노 해방을 전후한 시기를 제재로 전원 묘사에 뛰어났다. 대 표작은 「첫사랑」과 「아버지와 아들」. 여기서 나온 '밀회'는 「사냥꾼

일기」의 일부로 어느 시골 남녀의 이별 장면을 자연 풍경 속에서 그렸다.

후타바테이 시메이 二葉亭四迷, 1864~1909. 소설가 · 번역가. 언문일치 소설 「뜬구름(浮雲)」 발표로 일본 근대 소설의 선구자가 되었다.

46 **구마가이 나오요시** 熊谷直好, 1782~1862. 막부 말기의 가인.

47 **꽃다발을 주워 들었다** 앞의 내용은 이렇다. 가련한 시골 처녀는 이별을 알리는 매정한 사내에게 꽃다발을 주었으나 사내는 꽃다발도 가져가지 않고 자리를 떠나갔다. 홀로 남아 우는 처녀가 불쌍한 마음에 '내'가 나타나자 처녀는 놀라 황급히 자리를 떴고 그 자리에는 꽃다발이 그대로 남아 있었다.

54 **해질 녘의 억새로구나** "山は暮れ 野は黄昏の 薄かな." 에도 중기의 하이진, 요사 부손(与謝蕪村, 1716~1783)의 하이쿠.

57 **a summer's noon** '자, 노래하자. 즐거운 물소리에 맞추어 오래된 변경의 노래나 여름 한낮의 합창가라도 부르자.' 윌리엄 워즈워스(1770~1850)의 시 "The Fountain, a conversation"의 일부.

58 **관동 8주** 일본의 동부 지방. 에도 시대 관동 8개국을 말한다. 사가미(相模), 무사시(武藏), 아와(安房), 가즈사(上總), 시모우사(下總), 히타치(常陸), 고즈케(上野), 시모쓰케(下野).

꽃 한 송이를 받았다 도칸(道灌, 1432~1486)은 무로마치 중기의 무장. 에도 성을 축성. 한학과 와카(和歌)에 뛰어났다. 도칸이 산중에 비를 만나 어느 집에 들어가 우산(도롱이)을 빌려 달라고 하자 소녀가 우산이 아니라 꽃 한 송이를 건네주었다. 화를 내고 돌아온 도칸이 신하에게 이 말을 전하자, 옛날 천황의 와카 중에 황매화 열매 밖에 없는 가난을 슬퍼했다는 와카를 알려 주어 가난을 전하고자 한 소녀의 뜻을 이해하게 되었고, 이를 계기로 고가(古歌)를 공부하게 되었다고 한다.

철관 사건 1895년 일본주철회사가 도쿄 시에 검사 불합격된 상수도용 철관을 납품한 것이 밝혀진 사건으로, 후에 시의회가 해산되고 시장이 시임하기에 이르렀나.

69 **테두리를 두드리는 소리** 화로에 담뱃재를 터는 소리.

78 **육천 척** 한 척(尺)은 30.3cm. 그러나 아소 산의 실제 높이는 해발 1,592m.

96 **그레이의 처치야드** 토마스 그레이(Thomas Gray, 1716~1771)는 영국의 시인. 케임브리지대 교수. 처치야드는 그의 시 "An Elegy written in a Country Churchyard"를 말한다.

113 **night-mare dream** '깨어나라, 가련하게도 고뇌하는 수면자여. 그대의 군은 몽마를 떨쳐 버려라.' 저자가 존경하는 칼라일(Thomas Carlyle)의 글에서 나온 것이라 하나 출처 불명.

115 **asleep and forgetting** '우리의 탄생은 단지 수면과 망각에 불과하다.' 워즈워스의 송시(頌詩) "Intimations of Immortality from Recollections of Early Childhood(어린 시절의 회상을 통해 불멸을 생각함)"의 한 구절.

almost as life '이윽고 너의 영혼은 세상의 무거운 짐을 짊어지고 습관은 서리와 같이 무겁고 생명처럼 뿌리 깊게 네 위로 덮칠 것이다.' 출전은 위와 동일.

151 **돈을 떨어뜨렸다** 아오토 후지쓰나(靑砥藤綱)는 가마쿠라 시대 후기의 무사. 공명정대를 대표하는 역사적 인물로 예술 작품 속에 자주 등장한다. 10문을 떨어뜨렸으나 하인들에게 50문 어치 횃불을 사서 찾게 했다. 남들이 뭐라고 하자, 내 돈은 지금 당장 없어지지만 천하의 돈은 없어지지 않으니 세상의 이익이 된다고 대답했다.

155 **가미지** 치카마쓰 몬자에몬(近松門左衛門)의 인형극 「신주텐노아미지마(心中天の網島)」의 내용. 오사카의 지물포 주인 가미야 지베(紙屋治兵衛)는 착한 아내의 만류에도 불구하고 유녀 고하루(小春)와 함께 정사(情死)를 한다. 1720년 초연.

165 **기수** 하급 기술자. 기사(技師)의 아래.

166 **요시쓰네** 미나모토노 요시쓰네. 源義經, 1159~1189. 헤이안 말기와

가마쿠라 막부 초기의 무장. 가마쿠라 막부 초대 쇼군 요리토모(賴朝)의 동생. 후에 형과 대립하다 자결을 한 비극적 운명으로 세인의 동정을 사 그를 영웅시한 전설이 많다. 미나모토와 다이라 참조.

167 **서국입지편** 원저는 영국 작가, 새뮤얼 스마일즈(Samuel Smiles, 1812~1904)의『자조론』을 나카무라 마사나오(中村正直, 1832~1891)가『서국입지편(西國立志編)』이라는 제목으로 번역했다. 당시 백만 부 이상 팔린 최고의 베스트셀러. 후쿠자와 유키치의『학문의 권유』와 함께 근대 일본의 정신에 큰 영향을 미쳤다. "하늘은 스스로 돕는 자를 돕는다(Heaven helps those who help themselves)"는 서문의 한 구절이 유명하다.

169 **다나카 쓰루키치** 田中鶴吉. ?~1925. 1867년 미국 선박의 보이로 고용되어 도미, 1881년 귀국. 캘리포니아의 천일제염장에서 일한 경험을 살려 오가사와라에서 제염업을 일으켜 한때 동양의 로빈슨 크루소로 불렸으나 곧 실패. 1889년 「시사신보」에서 연재한 미국 체험담『입지출세 다나카 쓰루키치 표류 이야기』로 유명하다.

172 **진서태합기** 에도 후기에 나온 도요토미 히데요시의 통속적인 일대기. 12편 360권.

205 **부동명왕** 팔대 명왕(八大明王)의 하나. 중앙을 지키며 일체의 악마를 굴복시키는 왕으로, 보리심이 흔들리지 않는다 하여 이렇게 이른다. 오른손에 칼, 왼손에 오라를 잡고 불꽃을 등진 채 돌로 된 대좌에 앉아 성난 표정을 하고 있다.

247 **원평성쇠기** 전48권. 작자 미상. 군담소설(軍記物語) 대표작 중 하나. 미나모토와 다이라 참조.

251 **안친 기요히메의 전설** 기슈(紀州, 지금의 와카야마 현 및 미에 현 일부) 지방의 전설. 기요히메는 미남 승려 안친을 사모했으나 거절당하자 뱀으로 변하여 복수의 화신이 된다. 기요히메는 도망가 종 속에 숨은 안친을 태워 죽이고, 물속으로 들어갔다. 후에 둘은 환생하여 성불했다.

279 철수가 ㅓ ㅊㅇㅅㅣ ㅣ 높는 선눌, 성누.

290 **아이가 있었다네** 워즈워스의 시 "There was a boy"를 지칭한다.

335 **고요산진** 오자키 고요(尾崎紅葉, 1868~1903). 소설가. 문단에 큰 영
향력을 가진 문학결사 겐유샤(硯友社)의 중심 인물이었다. 우리나라
에서 『장한몽』으로 번안된 『금색야차(金色夜叉)』의 저자.

336 **사사키 도요주** 佐佐城豊壽, 1853~1901. 여권 운동가. 도쿄부인교풍
회를 조직하여 폐창 운동, 절주 운동을 벌임. 남편은 의사로 자택에
서 많은 상류층 인사와의 교유가 있었다. 돗포도 저택에서 열린 종군
기자 환영 만찬에서 노부코를 알게 되었다. 후에 노부코와 돗포의 사
건 이후에는 공직에서 물러나 홋카이도에 거주했다.

340 **브라이언트** Bryant William Cullen, 1794~1878. 미국의 시인. 자연
을 노래한 시와 죽음을 관조한 시를 주로 남김.

근대의 풍경에서 만난 돗포

김영식(작가, 번역가)

1. 왜 돗포인가?

돗포는 일본 문학사에서 자연주의의 선구자로 불리지만, 정작 본인은 필명 돗포(獨步)처럼 당대의 유파에 개의치 않고 홀로 길을 걸어가 후대 여러 유파에 영향을 끼친 일본 근대의 대표 작가이다. 일본에서는 소세키나 아쿠타가와 등과 어깨를 나란히 하며 오랫동안 사랑을 받고 있지만, 국내에서는 불과 두세 편이 '일본 대표 단편선' 같은 제목 하에 다른 단편들과 함께 소개된 게 전부였다.

하지만 자신 있게 말하건대 그것은 결코 돗포의 작품이 재미없다는 것을 의미하지 않는다. 단지 번역자로 하여금 고어가 섞인 백여 년 전의 간결한 문장, 세밀한 풍경 묘사 등이 오랜 시간과 노력을 요구하기 때문이라고 생각한다.

역자가 1999년에 개설한 '일본 문학 취미'라는 사이트가 있는데, 열성 이웃 중에는 국문학 전공자가 많았고, 또 그들 중의 많은 이가 돗포의 번역본을 찾았다. 일문학도에게 돗포는 기본이지만 국문학도에게 돗포라니, 좀 의외였다. 사정을 알아보니 가라타니 고진(柄谷行人)의 『일본 근대 문학의 기원』이라는 책에 돗포가 빈 번히 인용되었다는 것이다.

『일본 근대 문학의 기원』은 우리나라에서도 1990년대 후반부터 문학 연구자의 필독서가 된 책이다. 이 책에서 저자는 돗포의 대 표작인 「무사시노」와 「잊을 수 없는 사람들」을 인용하는 등 돗포 를 자주 언급했다. 「풍경의 발견」이란 글에서도 밝히고 있듯이, 과거의 산수화에서 화가는 사물을 보는 것이 아니라 선험적인 개 념을 보았는데, 일본에서 처음으로 풍경을 그대로 묘사하며 '내 면(근대적 자아)의 발견'을 이룬 작가로 돗포를 평가했다. 또 「내 면의 발견」이라는 글에서도 일본 근대 문학의 주류로서 돗포를 높이 평가했다.

일본 근대 문학은 구니키다 돗포에 의해 처음으로 쓰기의 자유를 획득했다고 할 수 있다. 이 자유는 '내면성'이나 '자기 표현'이라는 것의 자명성과 연관되어 있다. (중략) 근대 '문학'의 주류는 후타바 테이, 오가이, 소세키가 아니라 구니키다 돗포의 선상(線上)으로 흘 러갔다. 요절한 이 작가는 어떤 의미에서 다음 문학 세대의 맹아를 모두 보이고 있다고 할 수 있다. 예를 들어, 그는 「거짓 없는 기록」이 라는 고백록을 최초로 썼다. (중략) 아쿠타가와 류노스케도 「갓파(河 童)」에서 돗포를 스트린드베리, 니체, 톨스토이 등과 어깨를 나란히

히며, "기차에 깔려 죽은 사람의 기분을 명확히 알았던 시인이다"라고 썼다. 또 초기의 시가 나오야는 분명히 돗포의 영향 아래에서 출발했다. (중략) 구니키다의 다채로움은 문학 유파의 문제 같은 것이 아니라 처음으로 '투명함'을 획득한 데 있었다.

당시 역자가 이웃들에게 보여 줄 수 있는 것은 작가 소개와 「무사시노」의 감상문뿐이라 언젠가는 번역을 해야겠다는 필요성을 절감했으면서도 번역의 난해성으로 인해 매번 시작과 중단을 반복하며 미루고만 있었다. 그러다가 몇 년 전 아쿠타가와 류노스케의 단편집 『라쇼몽』 번역 작업 중에 작품 선정을 위해 훑어본 『아쿠타가와 류노스케 전집』의 한구석에서 다시 돗포를 만나게 되었다. 일본 최고의 단편 작가로 불리는 아쿠타가와가 영향을 받았다고 밝히며, 자연주의 작가들 중에서 특별히 높이 평가한 이가 바로 돗포였다.

구니키다 돗포는 재인이었다. (중략) 만약 그를 무기교하다고 말한다면, 필립 모리스도 무기교하다고 말해야 한다. (중략) 돗포는 그의 예리한 두뇌 때문에 지상을 보지 않을 수 없었고, 또한 부드러운 심장 때문에 천상을 보지 않을 수 없었다. 전자는 그의 작품 중에 「정직자」, 「대나무 쪽문」 등의 단편을 낳았고, 후자는 「비범한 범인」, 「소년의 비애」, 「그림의 슬픔」 등의 단편을 낳았다. 자연주의자와 인도주의자 모두가 돗포를 사랑한 것은 우연이 아니었다. (중략) 자연주의 작가들은 모두 정진하여 걸어갔다. 그러나 단 한 사람, 돗포만은 때때로 공중으로 날아올랐던 것이다.

일본의 저명한 시인 이시카와 다쿠보쿠(石川啄木) 역시 돗포의 사망 소식을 듣고 그의 일기에서 이렇게 적었다.

아아, 이 박행(薄倖)한 진정한 시인은 십 년간 남들에게 인정받지 못했다. 인정을 받은 것은 불과 삼 년, 그리고 죽었다. 메이지의 창작가 중에서도 진정한 작가, 모든 의미에서 진정한 작가였던 돗포 씨는 결국 죽은 것인가!

일본 문학사에서 비중 있는 작가이며 개인적인 견해로도 충분히 재미와 깊이가 있다고 평가하지만 돗포의 번역서가 없어서인지 국내 현대 작가(고급 독자)의 언급이 없어 여기에서는 우리나라 근대 작가의 평가를 대신 싣는다.

김억은 돗포를 "우리 문단에 많이 영향을 준 작가지요. 간결한 작품이 맘을 끌지요"라고 했고, 빈궁 문학의 선구자로 불리는 최서해는 늘 돗포의 단편집을 애독하며 그의 문체를 좋아했다고 한다. 그리고 1933년, 잡지 『삼천리』의 기자가 누구의 작품을 애독하느냐는 질문을 했을 때 춘원 이광수는 이렇게 말했다.

역시 러시아의 톨스토이 것이올시다. 톨스토이 작품은 이십 년래 늘 읽어 옵니다. 이밖에 러시아 작가의 것으로는 고르키, 푸시킨 것도 좋아해요. 그리고 투르게네프의 작품도 거지반 다 보았는데 퍽 아름다워요. (중략) 일본인의 것으로는 나쓰메 소세키와 구니키다 돗 포의 작품인데 지금도 나쓰메 것은 그렇게 재독하고 싶지 않으나 구 니키다 돗포의 예술만은 늘 보고 싶어요.

어릴 적부터 그림을 좋아했으며 시인이기도 했던 돗포의 세심 한 풍경 묘사와 그 속에 그려진 이야기는 한 편의 시, 그림과도 같 다. 또한 때때로 번뜩이는 이지적인 면은 이광수가 지적했듯이 현 대의 독자로 하여금 '늘 곁에 두고 보고 싶은 예술'로 돗포의 작 품을 받아들이게 하리라 자신한다.

한편 소파 방정환도 돗포를 애독한 사실을 『개벽』에 실린 수필 에서 찾을 수 있다. 소파 또한 자신의 실연을 돗포의 그것과 동일 시한 당대 많은 젊은이 중 한 사람이었다.

등불을 가깝게 달고 고 독보의 병상록을 읽다가 언뜻 S의 일을 생 각하고 한참 동안이나 멀거니 앉아 있었다. (중략) 그리하여 독보가 말한 "밭 있는 곳에 반드시 사람이 살고 사람이 사는 곳에 반드시 연 애가 있다"고 한 그 구절 끝에 왜 이런 구절이 없는가 한다. "연애가 있는 곳에 반드시 실연 동거한다"고.

이렇게 백여 년 전에 일본에서 발생하여 우리 땅에도 전파된 '돗포'라는 문화적 유전자는 현대 일본 문화에 큰 영향을 주고 있 음은 더할 나위가 없다. 한국인들도 간단히 이해하기 쉬운 예를 하나만 들자면, 제3회 부산영화제 초청작으로 국내에도 소개되었던 이와이 슌지 감독의 「4월 이야기」(1998)라는 영화가 있다.

주인공 우즈키는 홋카이도(「쇠고기와 감자」에서 나오듯 홋카이도는 한때 돗포의 이상향이었다)의 전원에서 「무사시노」를 읽고, 짝사랑하던 선배가 다니는 도쿄 무사시노 대학에 합격하여 도쿄로 향하는 기차 안에서도 「무사시노」를 읽는다. 대학 신입생이 된 우즈키가 사랑을 찾는 과정이 벚꽃 만발한 무사시노의 풍경 속에서 그려지고 있는데, 이는 돗포와 첫 부인 노부코(信子)와의 사랑이 무사시노에서 꽃피었던 사실을 연상시킨다. 즉 일본 문화의 숲에는 수령 백 년이 넘은 돗포라는 나무가 큰 그늘을 드리우고 있는 것이다.

2. 돗포의 작품 세계 ─ 소민(小民)이 있는 풍경

돗포의 작품에는 모파상과 투르게네프의 제재와 기법, 워즈워스의 철학이 큰 영향을 미쳤다. 돗포의 주된 관심은 자연과 소민(서민)이라고 할 수 있다. 돗포에게 풍경은 풍경 자체로만 존재하거나 인물의 배경에 불과한 것이 아니다. 아름다운 혹은 쓸쓸하거나 음울한 자연의 풍경은, 그 풍경 속에 작은 점으로 존재하는 소민 혹은 이름 없는 사람들과 어우러지고, 수직적 시공간의 기억과 역사까지 품고서 돗포의 작품 속에서 완성되었다.

「겐 노인」에서의 외로운 노인, 「대나무 쪽문」, 「궁사」에서의 가난한 사람들, 「비범한 범인」에서의 성실한 보통 사람, 「봄 새」에서

354

의 백치 소년, 「소년의 비애」에서의 기생, 「잊을 수 없는 사람들」의 이름 없는 사람들로 나타나는 소민의 이야기는 대개 그 분위기에 어울리는 주위 풍경의 묘사와 함께 전개된다. 「잊을 수 없는 사람들」에 나온 아래 문장은 돗포의 작품에 나타난 소민관을 한 문장으로 요약한다고 볼 수 있다.

그래서 오늘 같은 밤 나 홀로 밤늦게 등불을 마주하고 있으면, 인생의 고독을 느껴 견딜 수 없을 정도의 애상을 불러일으키지. 그때 내 이기심의 뿔은 뚝 부러져 왠지 사람이 그리워지네. 옛날 일과 친구가 생각나지. 그때 강하게 내 머리에 떠오르는 것은 바로 그 사람들이네. 아니, 그때 그 광경 속에 서 있던 그 사람들이네. 아(我)와 타(他) 사이에 무슨 차이가 있겠는가. 모두 다 이승의 어느 하늘 어느 땅 한구석에서 태어나 머나먼 행로를 헤매다가 서로 손잡고 영원한 하늘로 돌아가는 게 아닌가. 이런 감정이 가슴 속 깊은 곳에서 일어나도 모르게 눈물이 뺨을 타고 흘러내린 적이 있네. 그때는 실로 아도 아니며 타도 아닌, 단지 모두가 그립고 애틋하게 느껴지네.(「잊을 수 없는 사람들」, 84쪽)

"깊은 가을/ 이웃은 무얼 하는/ 사람일까(秋深き 隣は何を する人ぞ)"라는 바쇼의 하이쿠가 있다. 여행길 여인숙의 옆방 사람은 어떤 사람인지 궁금하다는 뜻이다. 이렇듯 만난 적도 없는, 이름도 모르는 이웃에 대한 애틋한 감정은 주로 여행길(자기 내면을 응시하는 시간)이나 고독한 상태에서 솟아난다.

돗포는 첫 부인 노부코와의 이혼으로 무사시노의 숲에서 쓸쓸한 나날을 보내며, 노부코가 속한 상류층 '하이칼라'의 정반대 쪽의 아무것도 가진 것이 없는 외롭고 쓸쓸한 이에 대한 애틋한 감정이 깊어졌을 가능성을 능히 짐작할 수 있다. 물론 당시 돗포 자신의 모습도 저 앞에 보이는 소민과 다름없다고 생각했을 터이니 소민에 대한 동정은 실은 자기애와 같다. 자신의 내면으로 들어갔기에 외부 풍경 속에 서 있는 그들이 보인 것이다.

「무사시노」는 단순한 풍경 묘사로 그치지 않는다. 별도로 「교외」라는 단편을 쓸 정도로, 돗포가 추구한 풍경은 홋카이도처럼 단지 자연만이 존재하는 곳이 아니다. 그곳은 사람이 만든 길이 있고 농촌 사람들이 있으며 파리도 이리저리 날아다니고 멀리서는 기적과 정오의 포성이 들리는, 자연과 사람(생활)이 어우러진 곳이다. 또 수직적 시간을 더듬어 가면 정취를 아는 수백 명의 옛사람들이 거닌 곳이고, 사랑의 기억이 있고, 우연히 발견한 옛사람의 무덤이 있는 곳이다. 백 년의 세월이 흘러 지금 지리적 무사시노의 자취는 많이 사라졌지만, 돗포의 「무사시노」는 그 깊은 생명력으로 현대를 살아가는 우리까지 품고 있으니, 결과적으로 돗포는 무사시노의 풍경을 사차원적으로 형상화한 작가라고 평가할 수 있다.

옛사람들이 남긴 길이자 동시대 사람들이 숨 쉬는 곳이기에, 아무 길이나 선택해 걷더라도 생명의 위협을 받지 않는다는 인식이 전제되기에, 무사시노는 아름답다. 워즈워스의 자연 또한 바로 자기 나라 영국이라는 테두리 속 고향의 자연이다. 워즈워스가 아프니가의 빌림을 사랑할 수 없듯, 돗포는 아무도 없는 홋카이도를 사랑할 수가 없다. 결국 돗포는 홋카이도 개척의 험난함을 깨닫고 포기하고 말았다. 먼 삿포로에 대한 꿈을 꿀 수는 있지만, 애틋하고 포근한 감정은 바로 내 근처 무사시노에 존재한다. 돗포는 본문에서 이렇게 말했다. "나는 예전에 홋카이도의 밀림에서 가을비를 만난 적이 있다. 그곳은 인적 없는 대삼림이므로 정취가 더욱 깊기는 하나, 그 대신 무사시노의 가을비처럼 더욱 사람 그립게 속삭이는 듯한 정취는 없다"라고.

「겐 노인」은 돗포가 오이타 현 사이키에서 10개월간 교사 생활을 하며 겪은 내용을 토대로 쓴 그의 첫 번째 소설이다. 해변에 몰아치는 파도, 밤하늘의 달빛, 그리고 사공의 뱃노래로 시적 정취가 가득한 풍경 속에서 돗포는 인간이 겪을 수 있는 극한의 외로움을 그려 내었다. 오래전에 사랑하는 아내와 아들을 잃은 겐 노인, 그는 오랫동안 노래를 하지 않았다. 또 어릴 때 어머니에게 버림 받고 동구 밖 묘지에서 기거하며 동냥질하는 거지 기슈 또한 말이 없다. 말을 잃어버린 외로운 두 사람이 만나 정을 나누고자 했으나 그것마저 불행한 결과로 끝이 나고 말았다. 기슈는 이미 외로움조차 느낄 수 없이 '파도의 밑바닥을 기는' 소년이었던 것을……

「쇠고기와 감자」는 현실(쇠고기)과 이상(감자)에 대한 논박으로 전개되는데, 주인공은 마지막으로 '경이(驚異)의 바람(願)'을 역설한다. 궁금증을 유도하기 위해 과도한 점층법으로 이론을 몰고 간 경향이 없지 않지만, "나는 누구인지, 어디에서 와서 어디로 가는 것인지"를 질문하고, "낡고 오래된 습관이 어압에서 탈피하여 경이의 염(念)을 가지고 이 우주를 스스로 돌아보고 싶다"는 것은 비단 돗포뿐 아니라 모든 예술가가 끝까지 잃지 말아야 할 자세인 것이다. 하지만 그렇게 말한 주인공 오카모토 또한 "결국 도락에 불과합니다"라는 마지막 말을 남겼듯, 대부분의 사람이 늘 이상과 현실 사이에서 갈등하는 미약한 존재에 불과하다는 사실에 가슴 아프게 동감할 이 많을 것이다.

「소년의 비애」, 「그림의 슬픔」과 「봄 새」 같은 작품은 어린 독자층까지 흡수할 수 있어 백여 년 이상 거의 빠짐없이 일본의 교과서에 실리고 있다. 우리나라에서는 이광수가 「소년의 비애」와 「그림의 슬픔」에서 착상하여 「소년의 비애」(1917)를, 선영택이 「봄 새」에서 착상하여 「천치냐 천재냐」(1919)를 썼다는 연구 논문이 나와 있고, 오래전부터 간간히 국내에도 소개된 소년물(少年物)이다.

「비범한 범인」은 세속적 입신출세를 거부하고 자신의 작은 목표를 향해 성실하게 살아가는 소민에 대한 예찬이다. 어려서부터 야망이 많았던 데다 시대적인 분위기도 작용하여 정치가로 출세하려는 마음도 있었지만, 돗포는 끝내 세속의 허위를 받아들이지 못하는 천성적인 문학가였다. 이 작품도 '소년물'에 속하여 예로부터 학생용 독본에 자주 실리고 있다.

「운명론자」는 백여 년 전뿐 아니라 지금 21세기의 과학적 사고로도 풀 수 없는 우주의 신비와 인간의 기이한 운명을 다룬 것으로, 매우 드라마틱하여 흥미로운 작품이다. 출세작이 된 세 번째 단편집 『운명』의 대표작이라 할 수 있다. 출생의 비밀과 근친상간

의 테마는 지금도 꾸준히 반복된다. 작품 속에서 운명론자와 그 부친을 버리고 도망간 친모의 이름이 오노부(お信)인데, 이름에서 돗포의 첫 부인 노부코를 연상시킨다. 또 「겐 노인」에서 노인을 버리고 도망간 기슈도 함께 떠올린다면, 청년 돗포가 가진 슬픔의 근원이 무엇인지 짐작할 수 있을 것이다.

「정직자」와 「여난」에서의 이기적 성욕의 고백은 모파상에게서 영향을 받은 것으로, 돗포는 이 작품들로 인해 일본의 자연주의 작가들에게 지대한 영향을 미쳤다. 돗포의 절친한 친구 다야마 가타이는 육욕에 대한 기존의 수치스럽고 더럽다는 관점과는 달리, 최초로 대담하고 진솔하게 육(肉)의 힘을 인정하고 이를 쓴 돗포를 육욕소설의 원조로 인정하고 있다. 한편, 김동인의 「배따라기」(1921)는 「여난」의 제재와 구성에서 힌트를 얻었다는 연구 논문이 나와 있다.

「궁사」와 「대나무 쪽문」은 궁핍했던 말년의 작품으로 현실주의적 수작으로 꼽힌다. 작품을 읽어보면 느낄 수 있겠지만, 돗포는 그저 소민을 객체로 바라본 것이 아니라 그들의 마음속까지 들어가 있다. 그것은 그 또한 소민의 한 사람이었기에 가능한 일이었다. 친우 다야마는 돗포의 장례식 조사에서 돗포의 삶을 한마디로 '궁(窮)'이라고 표현했다.

「가마쿠라 부인」은 노부코에 관한 내용이다. 노부코는 돗포의 작품 이곳저곳에 깊은 애증의 그림자를 드리우고 있기 때문에, 돗포와 노부코의 사적인 관계를 보여 주기 위해 선정했다. 돗포라는 남성이 말한 '하이칼라 독부' 노부코는 여성의 입장에서 남성 지

배의 전근대적 윤리의 속박을 괴감히 떨치고 자신의 삶을 찾은 근대적 여성이라는 해석도 가능할 것이다. 어쨌거나 노부코는 오히려 돗포의 창작욕에 불을 지피고, 창작의 재료를 제공하여 주고, 또 그 작품에 깊이와 무게를 더해 준 공로자가 아닐까 생각한다.

궁금해 할 독자를 위해 노부코 그 후의 삶을 덧붙인다. 노부코는 돗포와 이혼 후 1897년 삿포로에서 돗포의 딸을 출산했으나 다른 집에 입양시켰다. 1901년 양친의 연이은 사망 후, 친척 회의에서 미국에 있는 모리히로라는 남성과의 결혼을 위해 미국행이 결정되었으나, 미국행 선박에서 유부남 사무장 다케이와 염문을 일으켜 샌프란시스코 항에 하선하지 않고 그대로 돌아왔다. 이 사건이 곧 신문에 연재되며 큰 사회적 센세이션을 불러일으켰고, 후에 모리히로의 친구인 아리시마 다케오(有島武郎)는 노부코를 모델로 하여 장편 『어떤 여자』(或る女, 1919)를 발표했다. 노부코는 다케이와의 사이에 1녀를 낳았다. 노부코는 1921년 다케이와 사별하고, 1933년 여동생 요시에가 있는 이바라기 현(茨城縣) 모오카 시(眞岡市)에 이주하여 그곳에서 일요 학교를 열어 성서와 찬송가를 가르쳤다. 당시 노부코와 함께 기거한 바가 있다는 어느 할머니는 노부코가 '키가 크고 늘씬한 미인'이었다고 증언했다. 1949년 71세로 사망했지만 달리 뼈를 묻을 곳이 없어 가이초사(海潮寺)에 있는 딸의 시가인 마쓰바라(松原)가의 묘에 함께 묻혔다고 한다.

마지막에 실은 「거짓 없는 기록」은 1896년 2월부터 시작되어 1897년 1월 23일에 끝난 돗포의 일기다. 메이지 근대기 청년의 내력을 엿볼 수 있는 소중한 자료로 일본 시소설의 원형이라고도 할 수 있다. 노부코가 언급된 부분을 발췌하여 『연애 일기』라는 제목으로 간행되기도 했다. 본서에서는 돗포와 노부코가 연애를 시작하고 이윽고 무사시노 숲에서 서로 사랑을 확인하는 부분을 골라 실었다. 현실에서는 이 장면이 돗포 인생의 마지막이 되지 못했지만, 본서의 마지막은 이 장면으로 끝내고 싶다.

판본 소개

본서에 수록된 작품은 발표된 단편집 어느 한 권 전체를 번역한 것이 아니라, 돗포가 발표한 많은 단편 중에서 걸작이라 할 수 있는 것을 중심으로 발표 연도순으로 실었다. 작품별 번역의 저본은 아래와 같다.

무사시노(武藏野), 겐 노인(源叔夫), 잊을 수 없는 사람들(忘れえ ぬ人々): 國木田獨步, 『武藏野』(新潮文庫, 1949)

쇠고기와 감자(牛肉と馬鈴薯), 소년의 비애(少年の悲哀), 운명론 자(運命論者), 봄 새(春の鳥), 궁사(窮死), 대나무 쪽문(竹の木戸): 國木田獨步, 『牛肉と馬鈴薯·酒中日記』(新潮文庫, 1980)

가마쿠라 부인(鎌倉夫人), 정직자(正直者), 여난(女難), 거짓 없 는 기록-초(欺かざるの記-抄): 國木田獨步, 『國木田獨步傑作選』(小學

館, 1942)

그림의 슬픔(畵の悲しみ), 비범한 범인(非凡なる凡人): 國木田獨
步,『明治大正文學全集 第22券 國木田獨步篇』(春陽堂, 1928)

거짓 없는 기록-초(欺かざるの記-抄): 國木田獨步,『獨步吟・武藏野
ほか』(教育出版, 2003)

1871	0세 치바 현(千葉縣) 초시(銚子)에서 출생. 부친은 구니키다 센하치(專八), 모친은 아와지 만(淡路まん). 유명(幼名)은 가메키치(龜吉), 후에 데쓰오(哲夫)로 개명. 부친은 다쓰노 번(龍野藩, 지금의 효고 현)의 무사로, 승선한 선박이 초시 앞바다에서 좌초되어 초시의 여관에서 요양하다 하녀 만을 만나 돗포를 낳았지만 센하치는 고향에 처와 3남이 있었다.
1874	3세 7월, 조모 사망으로 부친은 가족을 두고 상경. 초시에 있던 만과 가메키치를 불러 함께 거주.
1875	4세 7월, 부친이 사법성에 취직. 12월 8일, 도쿄 재판소 근무를 명받음.
1876	5세 2월, 부친이 야마구치 현 재판소 근무를 명받아 일가가 이주. 5월, 부친은 본처와 이혼. 7월에 만이 본처가 됨. 가메키치도 부친의 호적에 양자로 입적.
1877	6세 부친의 히로시마 재판소 전근으로 일가 히로시마로 이주.
1878	7세 5월, 부친의 이와쿠니 재판소 전근으로 이와쿠니로 이주. 8월, 니시미 소학교 입학. 9월, 남동생 슈지(收二) 출생.
1882	11세 초등과 졸업, 중등과로 진급.

1883	12세 10월, 부친의 야마구치 재판소 전근으로 이마이치 소학교로 전학.
1884	13세 6월, 부친의 호적에 적자로 올라감.
1885	14세 7월, 부친은 하기(萩)로 전근. 9월, 야마구치 중학교(현 야마구치 고교) 초등과 입학. 기숙사 생활.
1887	16세 3월, 야마구치 중학교 학제 개혁으로 중퇴. 4월, 도쿄 상경. 간다의 법률 학교에 다님.
1888	17세 3월, 『청년사해(青年思海)』에 「모든 책을 섭렵하라」를 기고. 5월, 도쿄전문학교(와세다 대학) 영어보통과에 입학.
1889	18세 7월, 데쓰오(哲夫)로 개명. 12월, 『여학잡지(女學雜誌)』에 「앰비션(야망론)」 발표.
1890	19세 9월, 영어정치과 1학년으로 전과. 10월, '청년문학회' 설립에 발기인으로 참가.
1891	20세 1월, 이치반초 교회에서 세례를 받음. 도쿠토미 소호(德富蘇峰)를 알게 됨. 2월, 영어정치과 개혁을 요구하며 스트라이크 결행. 3월, 도쿄전문학교 중퇴. 5월, 야마구치 현으로 귀향. 8월, 「요시다 쇼인 및 초슈 선배에 관해」를 『국민신문』에 발표. 10월, 고향에서 사숙을 열어 영어, 수학, 작문을 지도.
1892	21세 2월, 일가가 야나이로 이주하여 사숙 폐쇄. 6월, 동생 슈지와 함께 상경. 『청년문학』 편집에 참가하며 기고 활동.
1893	22세 2월, 일기 「거짓 없는 기록」을 쓰기 시작. 자유당 기관지 『자유사』에 입사하나 4월에 퇴사. 9월, 오이타 현 사이키의 '쓰루야 학관(鶴谷學館)'의 교사로 부임. 동생 슈지 동반.
1894	23세 1월, 동생 슈지와 아소 산 등산. 7월, 쓰루야 학관을 사직. 9월, 상경하여 국민신보(國民新報)사 입사. 10월, 청일전쟁 종군기자로 승선한 후 발표한 기사가 호평을 받음.
1895	24세 3월, 일본 귀환. 6월, 도쿄 니혼바시 구기다나의 병원장 사사키 혼시와 기독교부인교풍회 서기 도요주 부부의 종군기자 초대

만찬회에서 장녀 노부코(信子)를 알게 됨. 노부코에게 『가정 잡지』 두 권을 선물. 9월, 홋카이도 개척의 꿈을 가지고 홋카이도 현지 조사. 11월, 사사키 가와의 절연을 조건으로 노부코와 결혼. 즈시(豆子)에서 신혼 생활.

1896 25세 3월, 귀경. 4월, 노부코 실종. 후에 협의 이혼. 9월, 도쿄 시부야에 거주. 11월, 다야마 가타이, 야나기다 구니오와 친교를 맺음. 『프랭클린의 소장시대』(2월), 『링컨』(5월), 『요시다 쇼인文』(6월), 『넬슨 상권』(10월)을 민우사에서 간행.

1897 26세 1월, 노부코가 돗포의 딸 우라코 출산(돗포는 이 사실을 1901년에 인지). 4월, 다야마 등과 시집 『서정시』 간행. 7월, 하숙집 이웃의 에노모토 하루코와 교제를 시작. 「겐 노인」(8월)을 발표. 『웰링턴』(2월), 『넬슨 하권』(2월)을 민우사에서 간행.

1898 27세 1월~2월 「무사시노」 발표. 8월, 에노모토 하루코와 결혼. 10월, 호치신문(報知新聞)사 입사, 정치 외교 분야를 담당. 「잊을 수 없는 사람들」(4월), 「사(死)」(6월), 「두 소녀」(7월), 「사슴 사냥」(8월), 「강 안개」(8월)를 발표.

1899 28세 9월, 「무궁」이 요로즈초호(万朝報) 신문 현상 소설 1등 당선. 10월, 장녀 사다(貞) 출생.

1900 29세 2월, 「소나기」가 요로즈초호 현상 소설에 1등 당선. 4월, 호치신문사 퇴사. 5월~7월, 「인물과 그 평생, 사이온지 긴모치」를 『호치신문』에 연재. 12월, 민세이신문(民聲新聞)사에 편집장으로 입사. 「교외」(10월), 「소춘」(12월), 「두고 온 선물」(12월) 발표.

1901 30세 3월, 단편집 『무사시노』를 민우사에서 간행. 6월, 민세이신문 사주인 정치가 호시 도루가 암살되어 신문 폐간. 11월~익년 2월, 처자를 처가에 맡기고 단신으로 간다의 사이온지 긴모치 저택에 기거하며 집필에 몰두. 「쇠고기와 감자」(11월) 발표.

1902 31세 1월, 장남 도라오(虎雄) 출생. 2월, 가마쿠라에 동료와 기거하며 집필에 몰두. 6월, 워즈워스의 번역 시집 『자연의 마음』 간행.

12월, 도쿄 사쿠라다혼고 정으로 이주. 근사화보사(近事畵報社) 입사. 「순사」(1월), 「도미오카 선생」(7월), 「그림의 슬픔」(8월), 「소년의 비애」(8월), 「가마쿠라 부인」(11~12월), 「주중일기」(11월) 등 발표.

1903 32세 3월, 『동양화보』(후에 『근사화보』로 개제) 창간 편집. 「운명론자」(3월), 「비범한 범인」(3월), 「정직자」(10월), 「여난」(12월) 등을 발표.

1904 33세 1월, 부친 별세. 2월, 러일전쟁 특수로 『근사화보』는 월 2회에서 3회 이상 발간. 6월, 차녀 미도리 출생. 「봄 새」(6월), 「부부」(7월) 발표.

1905 34세 4월, 건강 악화로 초시에서 요양. 5월, 잡지 『신고문림』 창간. 7월, 『부인화보』 창간, 작품집 『돗포집』 간행.

1906 35세 3월, 작품집 『운명』이 간행되어 호평을 받음. 6월, 근사화보사의 뒤를 이어 돗포사 창립. 잡지 간행도 인수. 8~9월 건강 악화로 유가와라에서 요양. 폐결핵 징후가 발견됨. 「그 시절」(6월), 「호외」(8월).

1907 36세 4월, 돗포사 파산. 5월, 작품집 『도성(濤聲)』 간행. 6~7월, 9~11월 이바라키 현 미나토마치 우시쿠보에서 요양. 8월, 장편 『폭풍』을 일본신문에 연재하다 중단. 「사랑을 사랑하는 사람」(1월), 「궁사」(6월), 「피로」(6월).

1908 37세 2월, 병이 악화되어 가나가와 현 치가사키의 병원에 입원. 4월, 문우들이 돗포를 위로하는 28인집을 만들어 병상에 보냄. 6월 23일 사거. 29일 유골을 도쿄 아오야마 묘지에 매장. 『신조』, 『취미』, 『신소설』 등 대다수 문학지가 추도호를 발간. 9월, 차남 데쓰지(哲二) 출생. 「대나무 쪽문」(1월), 「두 노인」(1월) 발표. 『병상록 』(7월), 『거짓 없는 기록 전편』(10월), 『애제통신』(11월) 출간.

새롭게 을유세계문학전집을 펴내며

을유문화사는 이미 지난 1959년부터 국내 최초로 세계문학전집을 출간한 바 있습니다. 이번에 을유세계문학전집을 완전히 새롭게 마련하게 된 것은 우리가 직면한 문화적 상황에 적극적으로 대응하기 위해서입니다. 새로운 을유세계문학전집은 세계문학의 역할이 그 어느 때보다 중요해졌다는 인식에서 출발했습니다. 오늘날 세계에서 타자에 대한 이해는 우리의 안전과 행복에 직결되고 있습니다. 세계문학은 지구상의 다양한 문화들이 평등하게 소통하고, 이질적인 구성원들이 평화롭게 공존할 수 있는 문화적인 힘을 길러 줍니다.

을유세계문학전집은 세계문학을 통해 우리가 이런 힘을 길러 나가야 한다는 믿음으로 만들어졌습니다. 지난 5년간 이를 준비하기 위해 많은 노력을 기울였습니다. 세계 각국의 다양한 삶의 방식과 문화적 성취가 살아 있는 작품들, 새로운 번역이 필요한 고전들과 새롭게 소개해야 할 우리 시대의 작품들을 선정했습니다. 우리나라 최고의 역자들이 이들 작품 속 한 문장 한 문장의 숨결을 생생히 전하기 위해 심혈을 기울였습니다. 또한 역자들은 단순히 번역만 한 것이 아니라 다른 작품의 번역을 꼼꼼히 검토해 주었습니다. 을유세계문학전집은 번역된 작품 하나하나가 정본(定本)으로 인정받고 대우받을 수 있도록 최선을 다했습니다. 세계문학이 여러 경계를 넘어 우리 사회 안에서 주어진 소임을 하게 되기를 바라며 을유세계문학전집을 내놓습니다.

을유세계문학전집 편집위원단(가나다 순)
김월회(서울대 중문과 교수)
김헌(서울대 인문학연구원 교수)
박종소(서울대 노문과 교수)
손영주(서울대 영문과 교수)
신정환(한국외대 스페인어통번역학과 교수)
정지용(성균관대 프랑스어문학과 교수)
최윤영(서울대 독문과 교수)

을유세계문학전집은 계속 출간됩니다.

을유세계문학전집 연표